O QUARTO REICH

M.A.COSTA

O QUARTO REICH

LIVROS DE GUERRA

Diretor editorial
Marcelo Duarte

Diretora comercial
Patth Pachas

Diretora de projetos especiais
Tatiana Fulas

Coordenadora editorial
Vanessa Sayuri Sawada

Assistente editorial
Olívia Tavares

Capa
Leonardo Iaccarino

Projeto gráfico
Vanessa Sayuri Sawada

Diagramação
Victor Malta

Preparação
Sandra Brazil

Revisão
Beatriz de Freitas Moreira
Nana Rodrigues

Revisão técnica
Cesar Campiani

Colaboração
Martin Wille

Ilustração
Capa e pp. 211, 230-1: Daniel Rosini
p. 238: Tomas Prieto

Fotos
pp. 210, 212-3, 216, 222-3, 226-9, 233 (abaixo), 234-8: domínio público
pp. 214-5: © New York World-Telegram and The Sun Newspaper Photograph Collection/Library of Congress
p. 217: © Agência do Arquivo do Estado da Bulgária
p. 220: © Bundesarchiv, Bild 183-197-013-507/CC BY-SA 3.0 DE
p. 233 (acima): © Bundesarchiv, Bild 183-197-013-507/CC BY-SA 3.0 DE

Impressão
Geográfica

CIP – BRASIL. CATALOGAÇÃO NA PUBLICAÇÃO
SINDICATO NACIONAL DOS EDITORES DE LIVROS, RJ

Costa, M. A.
O Quarto Reich / M. A. Costa – 1. ed. – São Paulo: Livros de Guerra, 2018. 248 pp.

ISBN 978-85-52944-00-3

1. Guerra Mundial, 1939-1945. 2. Ficção Brasileira. I. Título.

18-47377 CDD: 869.93
CDU: 821.134.3(81)-3

2018

Um selo da Editora Original Ltda.
Rua Henrique Schaumann, 286, cj. 41
05413-010 – São Paulo – SP
Tel./Fax: (11) 3088-8444
edoriginal@pandabooks.com.br
www.pandabooks.com.br
Visite nosso Facebook, Instagram e Twitter.

Este livro é dedicado a Daniel Castello Branco,
livreiro, especialista em literatura de terror,
ficção científica, ficção histórica e fantasia, pelas
cuidadosas horas revisando o manuscrito original
de O Quarto Reich. *Sem sua leitura crítica,*
com certeza, o resultado final da obra seria de
qualidade inferior. Meu muito obrigado.

SUMÁRIO

NOTA DO AUTOR

Quando comecei a reler sobre a Segunda Guerra Mundial e, mais especificamente, o nazismo – temas que sempre me causaram muita curiosidade –, pouco imaginava que esbarraria num grande mistério, num grande segredo nazista jamais revelado.

Qualquer aficionado pelo tema sabe bem dos segredos militares nazistas: toda ou quase toda pesquisa nazista era voltada para a tecnologia militar e, se tivessem tido mais tempo, historiadores militares são unânimes em afirmar que o resultado da guerra poderia ter sido outro. Ainda bem que o tempo trabalhou contra eles.

Reli e aprofundei meus conhecimentos sobre os planos de Hitler para artefatos explosivos impressionantes, aeronaves que, se voassem, pareceriam extraterrestres, e que fariam autores de ficção científica ruborescer. Também não seria grande novidade para mim a redescoberta de sociedades secretas – muito já foi pesquisado e explorado a esse respeito. Alguns acreditam até mesmo que os nazistas detinham poderes místicos. Mas este escritor não é adepto dessa linha de pensamento.

O que me impressionou de verdade – e nisso sim acredito – é o que descrevo nestas breves linhas: um plano praticamente infalível para garantir o sucesso de Adolf Hitler, a conquista do mundo e a imposição do seu modo de pensar e viver.

Ao realizar minhas pesquisas – que consumiram incontáveis horas, debruçado em milhares e milhares de páginas sobre o assunto, pesquisas em bibliotecas e entrevistas com especialistas –, fui puxando o fio desse novelo. Algo que acredito ser um dos mais bem-guardados segredos nazistas de todos os tempos.

As provas estão aí. Disponíveis a quem queira buscá-las, conectar os pontos e acreditar. O que faremos com estas informações depende apenas de nós, pois – dado o tempo (e agora o tempo está ao lado deles) – a verdade transparecerá.

Portanto, sem querer vestir o chapéu de historiador nem de alarmista – até porque eu acredito na humanidade e que, acima de tudo, o bem sempre prevalecerá –, peço a sua atenção. Sua cuidadosa atenção. Abra sua mente, pois sua vida está para se tornar bem mais interessante e... apavorante.

M. A. Costa

PRÓLOGO

MARÇO DE 1987

Abro os olhos. Uma luz forte penetra como uma adaga me forçando a fechá-los novamente. Abro só um pouco agora, pisco. A luz brilhante ainda está lá. A dor cede lentamente. Franzo as pálpebras, começo a discernir imagens. Reconheço um teto azulado. Um ventilador gira lentamente. Sinto calor nos braços. Ouço murmúrios. Fecho os olhos de novo.

Conversas, sons altos, várias pessoas. Estou ouvindo, mas não compreendo. Consigo discernir um bipe intermitente pulsando em intervalos regulares. Ouço o som da minha respiração. "Onde eu estou? O que está acontecendo?"

Ouço dizerem "James". Meu nome. Alguém diz meu nome. "Está evoluindo." Tenho quase certeza de que ouvi isso. Ouço um ruído seco, como uma porta se fechando – ou abrindo. Tento abrir os olhos. Dessa vez, eles obedecem. Estou numa escuridão quase total. Sinto uma dor de cabeça lancinante e tento levar a mão a ela, mas não a alcanço. Estou deitado, agora percebo. Vejo o mesmo ventilador de teto girando lentamente. Ouço o mesmo bipe cadenciado. Olho para baixo e percebo um objeto na minha boca. Um tubo azulado se projetando para fora. Tento falar e não consigo.

Viro a cabeça levemente para o lado direito. Vejo uma janela com persianas abertas e, lá fora, só a noite. Viro para a esquerda e observo uma porta, uma máquina com um visor e números. O bipe vem dali.

Tento mexer meu braço direito, mas ele não vem. Tento mexer o esquerdo; ele também não obedece. Começo a respirar de modo acelerado. E me apavoro. "O que está acontecendo?"

Tento falar, gritar, mas o tubo não permite. Quero arrancá-lo, só que meus braços não se mexem. Tento mexer minhas pernas, mas consigo apenas movimentar os pés.

Começo a suar e a me desesperar. Estou sozinho, não há ninguém ali para ajudar. O que pode ter acontecido? Tento me lembrar de como vim parar aqui, mas recordo-me apenas de estar na Alemanha para entrevistar Rudolf Hess, o último detento nazista da prisão de Spandau, em Berlim.

Minhas lembranças não retornam. Não consigo encontrar uma explicação e não entendo o que estou fazendo aqui, nem por que não consigo me mexer. Tento de novo: braços, pernas, pés. O máximo a que chego é mexer os pés, subir o braço, e deixá-lo cair. Exausto, adormeço.

....

Sinto calor na pele. Ouço sons de conversas. Cada vez mais e mais altos. Uma emoção toma conta instantaneamente de mim, e abro os olhos para ver quem está ali. Dor excruciante. Aquela luz penetrando meus olhos. Havia me esquecido dela.

Abro-os lentamente desta vez. Mais contraídos que abertos. Deixo a vista se acostumar novamente à luz do sol. Pisco sem parar, contraio fortemente, e enfim abro os olhos. Vejo duas pessoas conversando: uma de jaleco branco, a outra não me é estranha. Tento falar, mas é impossível. Ainda estou com o tubo. Tento mexer os braços, mas os movimentos são pífios. Elas saem do quarto. Adormeço com uma lágrima que escorre pela face.

....

Acordo assustado. Sinto-me invadido por sons, cheiros e calor. Sinto a dor da luz brilhante do sol, só que desta vez ela passa rapidamente. Olho ao redor e agora há três pessoas debruçadas me observando. Ray Cave dá um sorriso ao ver que abri os olhos. Reconheceria meu editor-chefe e amigo em qualquer lugar. Aquele rosto sisudo com nariz proeminente num corpo franzino, que tanto me acompanhou nos últimos anos.

À esquerda, um homem de jaleco branco, e ao pé da cama, quase fora da minha visão, uma mulher. Reconheço a touca de enfermeira, ouço o som do bipe cadenciado, o cheiro de éter típico de hospital. Enfermeira, homem de jaleco e meu estranho estado denunciam que estou internado.

O homem que aparenta ser médico me diz para ficar calmo.

– Você está em um hospital de Berlim Oriental. Você sofreu um acidente, estava em coma, mas já está fora de perigo. Em breve poderá ir para casa.

Adormeço.

CAPÍTULO 1

TIME, PULITZER, MORETTI

Agosto, 1986, Nova York, 8:50 horas da manhã. Corro apressado, atrasado como sempre. Atravesso as portas giratórias do número 255 da Liberty Street e miro os elevadores. A reunião semanal de pauta começa impreterivelmente às 8:30 horas, toda segunda-feira, e meu editor-chefe, Ray Cave, nunca se atrasa. Nunca.

A sala de reunião está cheia. Ray me olha de lado, sério, sem me cumprimentar e continua o que estava falando. Eu me espremo contra a parede em pé mesmo, pois hoje, além dos editores das sessões da revista *Time*, todos os jornalistas de campo de Nova York estão aqui. Esta reunião é diferente e talvez por isso eu tenha me atrasado sem planejar. É uma reunião de ovação a Leonardo Moretti, que é agora oficialmente o novo preferido do chefe. Moretti está sendo homenageado hoje, mas nem precisava, pois já fora homenageado na sexta-feira à noite, quando recebera o Prêmio Pulitzer por sua reportagem sobre o voo 182 da Air India[1]. Moretti é responsável pelo editorial Mundo e, em junho, ele "ganhou" um presente: a explosão de um avião. O pesadelo para muitos geralmente é uma dádiva para um jornalista. Não tenho vergonha de dizer que nos alimentamos da tragédia humana. Bem, tenho um pouco de vergonha, sim.

Essa sexta-feira foi inesquecível: coloquei meu smoking, fomos eu e minha esposa Carla e seu longo roxo assistir à glória do menino-prodígio Moretti. A noite foi dele, mas a madrugada foi minha.

Comecei bebendo uísque na cerimônia e só parei em casa, depois que havia vomitado todos os canapés servidos na festa. Carla odeia quando bebo assim. Ela vem de uma tradicional família protestante da Nova Inglaterra e, além do vinho comunal, raramente bebe. Um champanhe para brindar aqui ou ali faz parte, mas, fora isso, ela é quase abstêmia. Mas apesar das suas reclamações e caras feias, ela teve que me dar algum espaço dessa vez. Afinal, era o menino-prodígio tomando o lugar de honra que deveria ser meu.

Leonardo Moretti deve ter seus 36 anos. Entrou para a *Time* depois do estágio e posterior contratação pelo *New York Times*. Tem um currículo impecável que inclui a prestigiosa Universidade Columbia. Deve ter ficado uns três anos como jornalista auxiliar de Stephany Morgan – responsável até então pelo editorial Mundo – e, quando ela foi transferida para a sucursal de Londres, ele automaticamente foi promovido. Ray Cave já o chamava de menino-prodígio desde sua contratação. Ou Ray percebera o talento logo cedo no garoto, ou apenas torcia para que isso se tornasse verdade. E agora, apenas seis anos depois, ele conquistou o maior prêmio do jornalismo. Um prêmio que a maioria dos profissionais jamais verá em suas longas e tediosas carreiras.

Como eu disse antes: ele conquistou o Pulitzer após fazer uma reportagem fantástica (odeio admitir) sobre o voo 182. Assim que a tragédia repercutiu na mídia, ele voou para Montreal, no Canadá, para entrevistar os familiares dos mortos e os investigadores. Além de traçar um perfil emocionante das vítimas e dos familiares, quase por acaso acompanhou a caçada que levou os terroristas à prisão – e o posterior julgamento de apenas um homem, o canadense de origem indiana Inderjit Singh Reyat. Moretti conseguiu uma exclusiva com ele e por isso foi aplaudido.

Mas verdade seja dita: além desse esforço enorme, da dedicação e do risco que Moretti correu, ele escreveu com maestria seu artigo – na verdade uma série de três –, não deixando pedra sobre pedra, explorou os culpados pela falha de segurança aeroportuária, as origens do perpetrador e a fantástica caçada para localizá-lo e prendê-lo. Se eu tivesse feito parte do júri do Pulitzer, acho que também votaria nele.

Meu problema com Moretti é que ele é sarcástico, arrogante e jovem. Não fosse isso, até poderia gostar dele. Ah, mentira. Não poderia não. Ele sempre me provoca, sempre sugere pautas para mim nas reuniões semanais e acaba sendo uma sombra – ou referência – para Ray, que provoca outros jornalistas: "Quem vai me trazer uma reportagem boa como a do Moretti?"; "Só o Moretti traz ideias novas aqui", e por aí vai. Admito que meu problema com ele seja maior que o dos meus colegas, mas não se enganem, ninguém – eu disse ninguém – gosta de um menino-prodígio fazendo sombra.

Ray continua a ladainha sobre Moretti. Entre aplausos e risos ficamos sabendo de toda sua trajetória profissional até a glória. Meu editor-chefe me cobra o fato de que minha última grande reportagem – a que teve maior repercussão – já tem cinco anos. Foi um perfil de Jimmy Carter no seu último ano na Casa Branca. "Jimmy Carter: seu último ano na presidência" mostrou um presidente cansado do cargo e contando os dias para se aposentar. Maculado pelo fracasso da operação Garra de Águia[2], tudo o que consegui apurar sobre o democrata é que ele queria ir para casa, queria paz e esquecimento. Poucos jornalistas tiveram a coragem de descrever os últimos dias de Carter assim e, talvez por essa linguagem, pela profundidade do artigo, acabei ganhando respeito do setor. Mas não o suficiente para ganhar o Pulitzer.

– Williams – Ray Cave só me chama pelo sobrenome.

A reunião havia acabado e todos se dirigiam aos seus afazeres. Ray grita meu nome e me chama para acompanhá-lo até a sua sala.

– Fala, chefe.

– Quando você vai me trazer uma reportagem boa como a do Moretti? Já faz muito tempo desde aquela do Carter. Não dá para ficar vivendo dos louros do passado para sempre, Williams.

– Não sei, chefe, tenho pensado muito. Tem uma ou duas pautas que passam pela minha mente, mas ainda não me decidi.

– Williams, deixa eu te dizer algo do alto dos meus quarenta anos de jornalismo: ou você faz a notícia, ou alguém fará por você. E se isso acontecer um dia, você poderá acordar debaixo da ponte. Não é uma ameaça do seu chefe, é apenas um fato da vida. Em todos os lugares, garotos como o Moretti estão sedentos, esfomeados, comendo os espaços dos outros.

As palavras de Ray têm se tornado cada vez mais ásperas. Sei ler o que está por trás do seu jeito despojado e direto de falar: ele quer resultados. Ele é cobrado e assim nos cobra.

– Como disse, chefe, estou com duas pautas em mente: um perfil dos astronautas mortos no acidente do *Challenger*[3], ou um perfil dos nazistas que não foram condenados à morte em Nuremberg[4].

– O acidente do Challenger já foi muito explorado, mas me explique melhor por que você teve essa ideia envolvendo nazistas. Gosto muito desse tema. Geralmente gera bastante repercussão, mas tenho receio de estar muito batido – diz Cave.

– Minha ótica será diferente das reportagens que já foram feitas. Primeiro, estamos completando quarenta anos do julgamento de Nuremberg; em segundo lugar, ao invés de focar nos condenados à morte, porque estamos todos cansados de reportagens sobre "as grandes mentes do mal", que tal focarmos nos principais absolvidos ou condenados à prisão perpétua? Imaginei uma série de reportagens, uma por semana, começando com o primeiro-ministro nomeado por Hitler: Karl Dönitz, e depois todos os outros que sobreviveram a Nuremberg. Deixe ver os nomes... – abrindo meu caderninho localizo minhas anotações.

– Hans Fritzsche, Franz von Papen, doutor Hjalmar Schacht, Baldur von Schirach, Albert Speer.

– Estão todos vivos? – espanta-se Ray.

– Não, chefe, estão todos mortos...

– Porra! Então de que adianta essa reportagem?

– Calma, chefe, a cereja do bolo vem por último. Eu falei seis nomes, certo? O sétimo e mais importante está vivo ainda: Rudolf Hess, amigo pessoal e braço direito do *Führer*!

Os olhos de Ray brilharam. Sei quando consigo persuadi-lo a acreditar numa pauta minha.

– Ok, me convenceu, Williams. Mas estou cansado de reportagens que só falam que os nazistas são monstros. Quero ver o lado humano deles, em especial deste último que ainda está vivo.

....

A redação da revista *Time* fervilha. Fica num andar inteiro, sem paredes, somente uma ou outra coluna seguram a laje superior. Centenas de mesas e pessoas, telefones tocando sem parar, e uma ladainha eletrizante à medida que as notícias correm do mundo lá fora para os dedos nervosos dos jornalistas, que digitam enlouquecidamente suas reportagens nos terminais verdes de computadores IBM, e depois vão parar nas prensas da revista para semanalmente ganhar as ruas e voltar para as mesmas pessoas que geraram as notícias. Em 1986, gozávamos de muito prestígio, a revista encontrava-se no auge de vendas, e estávamos acostumados a dar furos de reportagem.

– E o Moretti, hein, Williams? Não cabe em si – fala Jacqueline Carter, responsável pelo caderno de celebridades. Sem dúvida um caderno menos importante, resumindo-se a fofocas sobre os famosos. Ela é uma moça simpática e bonita, e mal sabe que qualquer menção ao Moretti faz um arrepio percorrer minha espinha.

– É, sem dúvida.

– Do jeito que ele é, todo ano ganhará um Pulitzer – grita John F. (eram três Johns na redação) do outro lado da mesa. Meus olhos encontram os dele, mas estou sem energia para tecer qualquer comentário.

A falação indiscernível impregna a redação, pessoas andando apressadas em todas as direções. Esta é a vida de jornalista que eu escolhi. Uma loucura diária que já me entusiasmou mais. Na época da faculdade romantizamos tudo. A minha fantasia era que eu seria um Clark Kent sem os poderes do Super-Homem: viveria atrás de notícias heroicas e, se não pegasse todas as repórteres, teria ao menos minha própria Lois Lane. Mas dos dias de estagiário até chegar à posição de repórter titular do editorial Perfil, foram muitos anos de ralação, muitos anos fazendo coisas irrelevantes – até horóscopos eu tive que escrever e, olhe, escrever não é bem o termo, porque eu apenas reaproveitava horóscopos antigos da própria revista. Servi de office boy para os repórteres mais velhos, fiz muito *clipping* de jornais e revistas concorrentes, servi de telefonista, até de motorista *ad hoc* eu tive que atuar, mas, enfim, cheguei aqui. E acho que gosto da minha vida, sempre gostei de farejar a reportagem, de sair atrás dela para, ao alcançá-la, interpretar e publicar. Recebi algumas ameaças, como quando escrevi sobre um advogado criminalista, Scott Herbert III, que defendia a máfia italiana de Nova Jersey, mas, normalmente, minha vida profissional não teve maiores sobressaltos. Devo admitir que a única reportagem mais impactante que eu fiz foi o perfil do presidente Jimmy Carter, mas nem assim fui indicado para o Pulitzer. De certa forma, me acostumei com a ideia de que não nasci para ele e ele não nasceu para mim.

....

O telefone toca. Carla Beau Williams do outro lado da linha. Alta, desengonçada, magra e com cabelos longos ondulados, louros e bonitos, resultando em certa beleza. Estamos casados há 15 anos. Ela tinha só 22 quando a conheci e no ano seguinte nos casamos. Eu dava aula no curso de pós-graduação em jornalismo investigativo na Universidade de Nova York (NYU). Acho que ela se interessou mais por mim do que eu por ela, e em pouco tempo passamos do inocente café após o curso para drinques na noite de Nova York. Carla mantém o hábito de frequentar a mesma igreja desde a infância e, talvez por isso, sempre considerou importante o conceito de família. Família com filho etc. Ter filhos nunca foi uma opção para mim, mas mal não fariam e, assim, após sete anos juntos, decidimos tentar.

Carla teve uma gravidez difícil. Na verdade, foi mais de uma gravidez problemática. Na primeira vez, ela perdeu o embrião recém-fertilizado. Sangrou de forma pavorosa numa noite de verão. Acordei com os gritos dela e a cama toda ensanguentada. Corremos para o pronto-socorro e soubemos que esse projeto havia terminado ali, naquela noite, naquela poça. Depois houve uma segunda gravidez, que logo começou a apresentar dores e estranhamento. A essa altura, ela já havia abandonado a faculdade de jornalismo – onde era professora-assistente – para se dedicar ao projeto de ser mãe. Infelizmente, dessa vez, foi ainda pior: descobrimos que era uma gravidez tubária, que teve de ser interrompida para o bem da saúde de Carla e pela preservação de sua capacidade reprodutiva. Mas ela não aceitou bem. Entrou numa espiral descendente de depressão da qual somente após longo tratamento psiquiátrico conseguiu sair. Hoje ela trabalha como auxiliar de *marchand* numa importante galeria de Manhattan e continua com seu projeto prioritário na vida, que é engravidar.

– Jim...

– Sim, Carla?

– Quando você volta para casa? Preciso de você aqui. – Depois de sair da depressão, Carla se tornou muito carente, exigindo mais a minha presença.

– A redação está uma loucura, Carla. O chefe aprovou a minha pauta nova, tenho que me organizar, pensar como vou começar e arregaçar as mangas. Agora que Moretti se tornou o queridinho de todos, tenho mais trabalho a fazer, se quiser continuar com meu emprego.

– Você tem pouco tempo para mim, Jim. Sabe que preciso de você, você me prometeu mais tempo, prometeu uma viagem e, além do mais, tenho uma notícia para lhe dar.

– Carla, vamos viajar assim que der. Estou lhe dizendo que a pressão aqui aumentou muito desde que Moretti foi premiado, tenha um pouco de paciência.

– Não aguento mais você me pedindo paciência. Você nem ao menos percebeu que eu disse que tinha uma notícia para lhe dar?

Carla desligou. Desde sua depressão tenho prometido mais tempo para ela, viajarmos juntos – não saíamos para uma viagem de férias havia uns seis anos –, mas a verdade é que ela me cansa, demanda mais energia da que tenho para dar. Agora provavelmente está chorando, e se for à casa da mãe nesse estado, tenho certeza de que receberei um telefonema nada bom da minha sogra.

....

Belinda é uma jovem jornalista, daquelas moças pequenas e agitadas que nunca param quietas. Ela é minha assistente, tem 22 anos e é recém-formada pela NYU. Aliás, todos os jornalistas da matriz, aqui em Nova York, são da NYU. É regra da casa. Trabalhamos juntos há uns seis, sete meses. Belinda já sabe como eu funciono e se tornou uma valiosa assistente.

– Linda, já para a sala de reuniões. Temos trabalho a fazer.

Pegamos uma pequena sala entre três dispostas nas laterais da redação. Cada uma tem uma mesa e quatro cadeiras e geralmente são usadas pelos jornalistas titulares de cada editorial e seus assistentes.

– Nossa pauta nova foi aprovada. Vamos fazer as reportagens com o perfil dos nazistas condenados à prisão perpétua ou inocentados no julgamento de Nuremberg. Sabe que julgamento foi esse?

– Oba! Claro! Sei tudo sobre nazismo – vangloria-se Belinda. – No fim da Segunda Guerra Mundial foi realizada uma série de julgamentos, promovidos pelos países Aliados, para processar e condenar nazistas, militares e outros profissionais que colaboraram com as atrocidades. Fale um pouco sobre esta pauta. Já estou gostando!

Essa era Linda: sempre com um sorriso no rosto, pronta para mergulhar nas pautas que eu trazia. Tenho certeza de que em algum momento de seu caminho profissional ela será realizada e reconhecida.

– Então, muito já foi escrito sobre o nazismo e os nazistas, mas eu convenci Ray a autorizar esta pauta porque quero dar um enfoque diferente. O primeiro detalhe você já viu: quero tratar dos nazistas que não foram condenados à morte. Acontece que dezenas de livros, filmes e reportagens foram feitos sobre os condenados, como Göring e Himmler. Isso já está mais do que batido. Agora, dos sobreviventes de Nuremberg, é assim que gosto de chamá-los, pouco se falou. Você já ouviu falar, por exemplo, do homem que sucedeu a Hitler no comando da Alemanha após seu suicídio: Karl Dönitz? Ou do seu braço direito Rudolf Hess, que tentou a paz com a Inglaterra?

– Não, realmente nunca ouvi falar desses dois. Que curioso...

– Pois é. É isso que quero explorar: quem são esses homens que sobreviveram a Nuremberg e que fim eles levaram.

– Ótimo, Williams, estou gostando.

– Certo, mas agora é que você vai se entusiasmar de verdade. O último perfil que faremos é desse senhor de quem falei há pouco: Rudolf Hess. Ele foi o braço direito de Hitler por muitos anos. Esteve preso com ele quando Hitler escreveu *Mein Kampf* (*Minha luta*). Aliás, a história conta que Hitler ditou seu livro para Hess. Enfim, a parte mais entusiasmante a que me referi é que Hess ainda está vivo. Ele foi condenado à prisão perpétua e hoje, com 92 anos, ainda se encontra preso em Spandau, na Alemanha.

Os olhos de Linda brilharam. Qualquer jornalista curioso, preparando-se para escrever uma pauta histórica, sabe que o personagem vivo é o melhor presente que pode receber.

– Uau! Que incrível, chefe. Você pretende ir à Alemanha entrevistá-lo? Quais são as minhas tarefas? Quando começamos? Vamos, vamos, vamos!

– Calma, menina. Sim, pretendo ir à Alemanha assim que conseguir autorização para entrevistá-lo. Por incrível que pareça, até hoje ele só tem autorização para receber uma visita por mês. E pelo que andei pesquisando, essa visita é de seu filho Wolf Rüdiger Hess. Mas temos muito que fazer antes disso: quero preparar todos os outros perfis e, quando finalmente for à Alemanha, espero ter bastante material compilado sobre Hess.

– Sua mulher no telefone, Williams, é urgente – diz John F. ao abrir a porta, sem pedir licença. Carla Beau Williams tem sempre a capacidade de me atrapalhar, de me interromper.

– Linda, vá ao departamento de registros e comece a organizar sua pesquisa sobre os julgamentos de Nuremberg e os nazistas que não foram condenados à prisão perpétua. Quero saber tudo o que temos em arquivos.

– Sim, chefe.

Linda bate continência e sai como um raio. Sigo para minha mesa e pego de forma enfadonha o telefone, esperando mais um capricho de Carla. Mas tenho uma notícia inesperada. Não sei se positiva ou não, mas definitivamente inesperada.

– Oi, Carla, o que houve agora?

– Estou grávida, Jim. Esta é a notícia que você nem se interessou em ouvir.

CAPÍTULO 2

PALÁCIO DEVASTADO, O JULGAMENTO DO SÉCULO

Nuremberg foi uma das mais importantes cidades alemãs durante o regime nazista, sediando muitos eventos portentosos do Partido Nazista e abrigando prédios imponentes construídos para mostrar ao mundo o poder e o tamanho da ambição desse grupo. Mas, no fim da Segunda Guerra Mundial, Nuremberg havia virado pó. Os bombardeios reiterados dos Aliados devastaram o sonho de grandeza de Hitler, atingindo-o em cheio no coração. Mais da metade de suas residências havia sido destruída, e os moradores haviam fugido. Foi nesse cenário – um local arrasado, mas simbólico – que os Aliados decidiram criar a prisão mais importante do pós-guerra e montar o Tribunal Penal Internacional que julgou as maiores patentes do outrora poderoso Terceiro Reich. A primeira parte de nossa pesquisa – minha e de Linda – seria sobre a prisão dos nazistas e o julgamento em Nuremberg, e foi facilmente realizada com o farto material que a revista *Time* tinha em seu acervo histórico. A *Time* já havia realizado algumas matérias, das quais conseguimos compilar muitas informações interessantes que situariam os leitores em nossas reportagens definitivas.

O Palácio da Justiça era um prédio imponente, relativamente intacto ao final da Segunda Guerra Mundial, que acabou se tornando, de forma emblemática, a prisão dos oficiais nazistas – e de outros presos de guerra –, bem como o palco dos julgamentos. O telhado havia sido destruído num bombardeio aéreo, a torre do relógio, derrubada, e por pouco o edifício escapara de um incêndio devastador, mas era a escolha mais óbvia, por mais irônico que fosse. Tinha mais de seiscentos cômodos, entulho em todos os lugares, janelas destruídas, móveis revirados e seu tamanho era necessário para os planos dos Aliados.

Os norte-americanos utilizaram materiais de construção encontrados em toda a cidade e, coordenando um exército de cidadãos alemães, restauraram minimamente o prédio. Ampliaram o pátio, retiraram os escombros, repuseram as janelas e refizeram o teto. O prédio foi todo cercado com arame farpado, com torres de vigia e tanques e, assim, ficou preparado para receber seus visitantes "ilustres". Um complexo penitenciário anexo de três andares serviu de última morada para eles. Em um prédio histórico, do século XIX, com cinco alas, 250 presos foram abrigados sob o rígido controle do coronel Burton C. Andrus.

O coronel Andrus foi designado para ser o responsável pelo mais importante presídio da história recente. Esse prédio também se encontrava em escombros, e os mesmos trabalhadores alemães – em sua maioria, prisioneiros – tratavam de escorar as paredes e tapar buracos. Parecia estranho ver alemães vestidos com uniformes de guerra trabalhando como pedreiros só para, ao final da noite, serem escoltados para suas celas sob ordens e armas. A situação inicial do presídio era frágil e seu uso, precipitado – conforme relatou o coronel Andrus muito tempo depois. Quase nada poderia impedir uma fuga ou invasão de rebeldes. O contingente de guardas à disposição de Andrus era pequeno e as oportunidades para uma tragédia eram muitas. Mesmo assim, sua missão foi dada e ele a levou a cabo da melhor forma que pôde, e Nuremberg se tornou segura graças a seu pulso firme.

Andrus estabeleceu normas muito rígidas na prisão. Com certeza, muito diferente do dia a dia a que esses personagens estavam acostumados. Detentos podiam ter em suas celas apenas alguns objetos de higiene pessoal, livros da biblioteca da prisão e fotos de familiares. Exercícios se limitavam a apenas meia hora no pátio externo, dois prisioneiros por vez e sob forte vigilância dos guardas. Inspeções nas celas eram regulares – até mesmo em horários noturnos – e frequentemente eles tinham que se despir para revistas completas. A busca por contrabando era prioridade, especialmente por objetos que permitissem a algum deles cometer suicídio. A missão número um do coronel Andrus era mantê-los todos vivos e sãos para o julgamento.

A rotina diária era tediosa: os detentos eram acordados às 6:00 horas para um espartano café da manhã – geralmente biscoitos, cereais e café. Eles se alimentavam sem garfos e facas, e o almoço era basicamente composto de sopa, carne e legumes. O jantar acontecia às 18:00 horas e, a seguir, eles eram recolhidos às celas.

....

Nossas pesquisas evoluíam rapidamente. Tínhamos agora um colorido completo do Palácio da Justiça, onde foram realizados os julgamentos do século. Também já havíamos compilado os primeiros perfis dos nazistas que seriam o foco de nossas reportagens.

Karl Dönitz, Hans Fritzsche, Franz von Papen, Hjalmar Schacht, Baldur von Schirach, Albert Speer e Rudolf Hess encontravam-se nesse cenário, tanto no presídio quanto no palácio. Oficiais do outrora poderoso Terceiro Reich agora se encontravam reduzidos a meros prisioneiros. Passaram a morar em celas de 10,53 metros quadrados, despojadas de tudo. A cama era aparafusada na parede, a mesinha, frágil, de modo que ninguém pudesse ficar de pé nela, o colchão era de palha. O banheiro, apenas um buraco aberto no chão e à vista dos guardas. Não havia objetos ou móveis que os presos pudessem usar para atentar contra si ou contra os outros.

Apenas uma pequena janela permitia a entrada da luz do dia e outra, na porta da cela, a entrega das refeições. Uma única lâmpada iluminava esse espaço e as cadeiras eram retiradas das celas todas as noites. Nesse ambiente sombrio e úmido, esses militares de alta patente tiveram que aprender a sobreviver e aguardar seu destino.

Os juízes desse tribunal por fim inocentaram Fritzsche, Papen e Schacht, e condenaram a sentenças que variavam de dez anos a prisão perpétua os demais: Hess, Dönitz, Schirach, Speer, além de Konstantin von Neurath, Walther Funk e Erich Raeder – oficiais que não são abordados na minha série de reportagens. Todos os outros, inclusive o poderoso Hermann Göring, foram condenados à morte.

Sem dúvida, a mais importante figura desta prisão foi Hermann Göring. Ele não seria objeto de minhas reportagens, pois se suicidou logo após o julgamento que o condenou à morte. No entanto, durante todo o tempo em que eles estiveram presos – até o momento da sentença –, Göring continuou a exercer sua liderança. Ele intimidava, tinha um ego exacerbado e projetava sua personalidade de forma a ser uma autoridade para os outros presos. Göring era o número dois de Hitler e ficou muito aborrecido quando, nos últimos dias, o *Führer* nomeou Karl Dönitz chanceler da Alemanha. Göring considerou essa atitude uma traição: ele achava Dönitz fraco e nunca abdicou do seu papel de liderança, nem mesmo agora, na prisão, nem diante do próprio Dönitz.

Göring imaginava também que seria inocentado e tratado com o respeito que uma alta patente de governo merecia. Achava que nos anos vindouros o povo alemão aprenderia a idolatrá-lo e construiria estátuas em sua homenagem. Esse devaneio apenas confirmava os sonhos de grandeza de um homem que não aceitava a derrota.

....

Nascido em 16 de setembro de 1891, Karl Dönitz tornou-se comandante da poderosa Marinha alemã – a Kriegsmarine – e foi nomeado sucessor de Hitler nos últimos dias da Segunda Guerra. Entrou para a história, principalmente, por ter assinado a rendição incondicional da Alemanha. Apesar de ter sido condenado, Dönitz recebeu uma pena leve comparada a seus crimes. Foi sentenciado a dez anos, passados em Spandau, em Berlim Ocidental. Após sua prisão, teve uma vida discreta e morreu na noite de Natal de 1980.

Ele ficou conhecido na prisão de Nuremberg como uma figura amigável, sempre exibindo grande senso de humor. Não mostrou sinais de depressão – ao contrário de muitos dos outros presos – e chorou durante o julgamento quando foram exibidas cenas de corpos de judeus nos campos de concentração. Dönitz fez valer sua estada na prisão se esforçando para melhorar seu inglês por meio da leitura e conquistou, de certa forma, seus captores. A impressão geral é que Hitler havia acertado ao nomeá-lo como seu sucessor, em vez do egomaníaco Göring.

••••

Hans Georg Fritzsche foi ministro da Propaganda do Terceiro Reich e estava logo abaixo do todo-poderoso Joseph Goebbels. Fritzsche serviu aos 17 anos no Exército alemão na Primeira Guerra Mundial e, terminado o conflito, se tornou jornalista. Em 1933 entrou para o Partido Nazista, no qual conheceu Joseph Goebbels. Sob o comando de Goebbels trabalhou na rádio do governo até ser promovido a ministro do setor de notícias. Em maio de 1938, tornou-se vice-diretor da Divisão de Imprensa Alemã, responsável pelo controle do noticiário no país, e depois diretor-chefe.

Em 2 de maio de 1945, Fritzsche foi preso pelos soviéticos em Berlim e entregue aos norte-americanos para custódia no presídio de Nuremberg e posterior julgamento. Foi julgado no lugar de

Joseph Goebbels, que cometera suicídio. Tornou-se um dos três únicos réus nazistas inocentados nesse tribunal, mas pouco tempo depois, já livre, foi acusado de crimes menores e condenado a nove anos de prisão. Finalmente libertado em 1950, faleceu de câncer em 1953, aos 53 anos de idade.

Psicólogos foram designados aos presos. O objetivo era tentar mantê-los mentalmente sãos e também compreender a mente nazista. Ao psicólogo norte-americano tenente Gustave Gilbert (ironicamente, um judeu), Fritzsche teria dito: "Não seria tão ruim se a gente pudesse sentir que estava sofrendo uma morte honrosa, como um sacrifício para proteger a honra da Alemanha, mas morrer na vergonha, com o desprezo do mundo inteiro sobre nossas cabeças, é doloroso!".

....

Franz von Papen tinha medo de Göring e se ressentia sempre que era colocado perto dele. Papen não gostava da direção do presídio nem dos psicólogos. Reclamava que eles "pareciam não ter qualificação alguma", mas no teste de QI promovido pelo psiquiatra Gustave Gilbert, Papen obteve um dos maiores coeficientes, 133, o que o colocou num seleto grupo de potenciais gênios. Ele se gabou disso muitas vezes com seus colegas. Göring e Dönitz tiveram notas maiores, ambos com 138, e logo a seguir vieram Schirach, com 130, Hess, com 120. Todos, sem dúvida, coeficientes altos.

Em sua carreira militar houve altos e baixos, e historiadores demonstram que ele lutou com unhas e dentes contra os nazistas até sua ascensão definitiva, momento em que mudou de lado e se tornou um de seus mais ferrenhos defensores. Ocupou o cargo de chanceler da República de Weimar de 1º de junho a 17 de novembro de 1932; mais tarde serviu ao governo nazista como embaixador na Áustria (1934 a 1938) e na Turquia (1939 a 1944).

Após a Noite das Facas Longas[5], muitos de seus aliados foram mortos e ele então foi relegado a posições inferiores no governo. Foi absolvido no julgamento de Nuremberg e tentou sem êxito retomar sua carreira política. Publicou suas memórias e morreu praticamente no anonimato, aos 89 anos, em 1969.

....

Em um jantar na casa de Hermann Göring, em 5 de janeiro de 1931, o economista alemão Hjalmar Schacht conheceu Hitler. Ele fora presidente do Reichsbank, Banco Central alemão, e responsável pelo fim da hiperinflação e do desemprego na fase pós-Primeira Guerra Mundial.

Quando se conheceram, Hitler já era o líder do segundo maior partido alemão e guardou bem o nome de Schacht, de forma que em 17 de março de 1933, já no poder, convidou-o para assumir novamente a presidência do Reichsbank. Schacht conseguiu de novo colocar a economia alemã no trilho do crescimento, porém, a partir de 1936, o governo nazista começou a demonstrar interesse em mudar a sua política econômica. A oposição de Schacht o levou a seu afastamento e à perda de influência, sendo substituído por ninguém menos que seu padrinho político: Hermann Göring, em 20 de janeiro de 1939, quando foi demitido do Reichsbank, ficando sem função. Descontente, ele e membros da resistência alemã orquestraram a frustrada tentativa de assassinar Adolf Hitler. Mas foi preso pela Gestapo, a polícia secreta da Alemanha nazista, e encarcerado num campo de concentração até a rendição alemã, momento em que foi transferido ao presídio de Nuremberg.

No presídio, frequentemente, os guardas eram instruídos a realizar buscas nas celas dos prisioneiros a fim de tentar encontrar contrabando. O que mais preocupava o diretor-geral do presídio, o coronel Andrus, era a possibilidade de algum deles cometer suicídio. Certa vez encontraram nove pílulas de um produto desconhecido na cela de Joachim von Ribbentrop – outro oficial encarcerado. Dönitz teve cadarços de sapato, barbante e parafusos confiscados. Com Schacht foram encontrados clipes de papel (não se sabe com qual finalidade ele guardava isso). Junto ao líder do grupo, Göring, e ao terceiro em comando do *Reich*, Hess, nada foi encontrado.

Schacht era um dos leitores mais ávidos entre os detentos, tendo devorado, entre outros livros, a famosa obra *Beethoven*, com suas cartas e diários selecionados por Michael Hamburger. Era também um dos maiores críticos do sistema. Por exemplo, reclamou da qualidade dos ternos fornecidos aos oficiais para participarem dos julgamentos. Seu desfecho foi mais do que satisfatório: inocentado no julgamento, seguiu uma vida discreta até sua morte em 1970.

....

Baldur von Schirach foi líder da Juventude Hitlerista e governador-geral de Viena. Preso aos 38 anos, era o membro mais jovem desse grupo. Durante o tempo que permaneceu na prisão, perdeu muito peso e enfrentou depressão, para preocupação dos psicólogos e psiquiatras encarregados. Era apaixonado por poesia e usou seu tempo encarcerado para ler e escrevê-las. O poema "Para a morte" (*Dem Tod*) talvez externasse bem o estado de espírito que tomava conta de si.

Schirach rendeu-se em 1945 e junto de Albert Speer foi o único a acusar Hitler pelas atrocidades. Disse que não tinha conhecimento dos campos de extermínio e que havia protestado sobre o tratamento desumano recebido pelos judeus. Mas assumiu sua responsabilidade por ter desenvolvido o movimento Juventude Hitlerista, bem como por ter assinado inúmeros decretos persecutórios contra os judeus. Foi declarado culpado por crimes contra a humanidade e sentenciado a vinte anos de prisão em Spandau.

Cumpriu sua pena e foi solto em 30 de setembro de 1966, passando a viver no sul da Alemanha até sua morte em 1974.

....

Albert Speer foi o arquiteto-chefe e ministro do Armamento do Terceiro Reich. Ele assumiu responsabilidade por seus atos durante o julgamento de Nuremberg e recebeu uma sentença de vinte anos após ter sido comprovado que – entre outros motivos – utilizou mão de obra escrava nos campos de concentração para ampliar a produção de armas durante a guerra. Passou a totalidade de sua pena em Spandau, ao lado de outros condenados como Rudolf Hess. Speer entrou para o Partido Nazista em 1931, depois de ouvir e ver Hitler num desfile. E ao visitar Berlim, em julho de 1932, Karl Hanke, militar de grande influência no Partido, recomendou o jovem arquiteto a Goebbels para ajudar na renovação da sede do Partido.

Em março de 1933, Hanke chamou novamente Speer para Berlim, dessa vez para renovar o prédio do Propagandaministerium, o Ministério da Propaganda do poderoso Goebbels. Ao fim do trabalho, Speer visitou Hanke e viu o projeto do desfile do Dia do Trabalhador, em Berlim. Decepcionado com toda a ideia do projeto, disse a Hanke que poderia fazer melhor. Montou uma grande tribuna por trás de três grandes bandeiras, sendo a do meio uma suástica estendida em um mastro maior que um prédio de dez pavimentos, numa imagem que entrou para a história. O projeto agradou a Hanke e foi aprovado por Rudolf Hess. A partir disso, Speer rapidamente se tornou uma das pessoas mais próximas de Hitler.

Quando Paul Troost morreu, Albert Speer foi designado primeiro arquiteto do Terceiro Reich; seu trabalho inaugural foi o Zeppelinfeld (Campo Zeppelin), local onde seriam (e foram) realizados grandes comícios nazistas. Ironicamente, seu primeiro trabalho como arquiteto do *Reich* levou-o à cidade que serviria agora como sua prisão: Nuremberg. Em 8 de fevereiro de 1942, Fritz Todt, então ministro do Armamento, faleceu num acidente de avião, e Hitler promoveu Speer a ministro do Armamento, missão que ele também executou com muita competência.

Em Nuremberg, Speer testemunhou sobre sua proximidade a Hitler: "Eu pertencia a um grupo que consistia em artistas e outros altos escalões. Se Hitler teve algum amigo, eu certamente estava entre os mais próximos".

Speer deixou Spandau em 1966, após cumprir a totalidade de sua pena. Publicou dois livros autobiográficos: *Por dentro do III Reich* e *Spandau – O diário secreto*, detalhando seu relacionamento com Hitler e contando histórias desconhecidas sobre o Terceiro Reich. Faleceu em 1981, em Londres.

....

Rudolf Hess tinha 46 anos e era o terceiro na hierarquia de Hitler quando caiu em desgraça junto ao *Führer*, depois de ter viajado sozinho de avião (e, aparentemente, sem a aprovação de Hitler) para a Escócia, para hipoteticamente negociar a paz com o Reino Unido. Foi detido, interrogado e nunca mais solto. Posteriormente, foi levado para Nuremberg, processado e condenado à prisão perpétua a ser cumprida em Spandau – onde reside até hoje. Ele se tornou amigo de Hitler logo nos primeiros anos do Partido Nazista e se aproximaram muito no tempo que passaram juntos na prisão, na década de 1920 – quando Hitler escreveu *Mein Kampf*.

Hess alternou momentos de lucidez e de total esquecimento durante os julgamentos, o que gerou dúvidas aos psicólogos e psiquiatras dos Aliados quanto à sua sanidade. Até hoje não ficou claro se tudo não passou de uma estratégia para tentar livrá-lo da cadeia, mas os juízes entenderam que ele estava hábil a ser julgado.

....

Em 8 de agosto de 1945, em Londres, as quatro potências (Estados Unidos, União Soviética, Grã-Bretanha e França) assinaram o acordo sobre o Tribunal Militar Internacional e os estatutos pelos quais deveria ser regido. Os julgamentos ocorreram entre 20 de novembro de 1945 e 1º de outubro de 1946. O Tribunal de Nuremberg decretou 12 condenações à morte, três prisões perpétuas, duas condenações a vinte anos de prisão, uma a 15 anos e outra a dez anos. Três réus foram absolvidos: Hans Fritzsche, Franz von Papen e Hjalmar Schacht. Assim a sala de número 600 entrou para a história. Nela nada lembrava a guerra e os destroços da cidade de Nuremberg, nem do próprio Palácio da Justiça. Houve uma renovação suficiente apenas para a instalação do tribunal, uma nova e intensa iluminação foi inserida para permitir que fotógrafos registrassem todos os procedimentos. Paredes foram pintadas, o ambiente foi ampliado. A sala poderia abrigar agora até quinhentas pessoas, mas somente um canto dela foi de fato utilizado. Nesse ambiente, juízes, promotores, advogados de defesa, réus, jornalistas e público autorizado (basicamente militares) seriam protagonistas no maior julgamento da história. Os Aliados desenharam o julgamento para que fosse um marco, um exemplo para o mundo. Queriam transmitir a clara mensagem de que acontecimentos como esse não ficariam impunes. Tanto os procedimentos legais como as execuções planejadas guardavam um viés de propaganda forte com cunho inibitório.

O banco dos réus consistia de duas longas filas para onde os líderes nazistas foram trazidos todos os dias. À frente deles estavam as cadeiras para seus advogados, a tribuna dos juízes adiante, voltada para todos. As grandes janelas ficaram cobertas com pesadas cortinas para impedir a entrada de sol e ainda havia cabines para os tradutores de inglês, francês, russo e alemão ao longo da parede, à direita dos juízes, e os repórteres ficavam à esquerda.

Havia quatro mesas nas quais equipes de promotores, separados por nacionalidade, se sentavam. Os repórteres tinham de certa forma mais conforto: cadeiras amplas e acolchoadas, além de uma cabine, na parte de trás do salão, exclusiva para televisão. Espectadores achavam lugares para se sentar na parede oposta aos juízes ou nas galerias acima do salão, se debruçando sobre ele. Havia ainda o púlpito para os advogados e promotores, e a peça mais importante do mobiliário: uma pequena cadeira em que cada réu seria inquirido, um após outro.

Em 20 de novembro de 1945, foi aberta a sessão que julgaria os líderes nazistas por longas horas, dia após dia. O pequeno exército de operadores do direito, réus e repórteres consistia em cerca de 1.500 pessoas e iriam testemunhar um dos eventos mais notáveis da história recente. Todos os presos foram vestidos de forma respeitosa – com terno e gravata – para evitar comoção entre os juízes. Se aparecessem em mau estado, magros e malvestidos, isso poderia levar a um sentimento de compaixão entre os magistrados. Mas tanto as gravatas, como cintos e alguns outros objetos de vestuário eram recolhidos todo dia após a sessão para que os prisioneiros não as levassem consigo e os utilizassem caso tivessem ideias suicidas. O coronel Andrus cuidou pessoalmente disso. Garantiu inclusive que os ternos fossem lavados e passados sempre que necessário. A sua obsessão pela aparência dos presos levava-o a supervisionar pessoalmente se cada um deles estava com a barba feita e vestido de acordo com o que ele esperava.

Para garantir a segurança do tribunal, o coronel Andrus exigiu que apenas ele e mais um guarda ostentassem armas de fogo. Todos os outros tinham apenas cassetetes; mesmo assim ele esperava manter o controle e a calma no tribunal. Sua escolha mostrou-se acertada, pois não houve nenhum incidente – como agressões, tentativas de fuga, ou de suicídio.

O primeiro a ser julgado foi Hermann Göring: ele entrou usando seu uniforme cinza da Luftwaffe (Força Aérea alemã), despido de todas as suas insígnias. O uso do uniforme foi um pedido pessoal ao coronel Andrus, que, livrando-o de todas as indicações de posto e conquistas, não viu problemas. Ao contrário, imaginou que assim o réu seria visto pelo tribunal como um militar alemão totalmente ciente de seus atos e apto a ser julgado. Göring estava confiante, apesar de magro: bem mais magro do que quando ingressara no presídio, então um homem obeso – e estufava o peito, mostrando-se impoluto. Acreditava estar de novo pronto para defender seu país e seus atos. Göring era daquelas pessoas que crescem sob os holofotes e era exatamente isso o que ele teria no tribunal. Parecia que poderia sair dali e assumir o lugar de maior destaque em seu país, tamanhas eram sua confiança e sua resolução.

Schacht era um dos poucos réus que prestavam atenção cuidadosa aos procedimentos, e Hess era o desânimo e a derrota em pessoa. Indiferente aos procedimentos da Corte, ele recusou a visita de familiares e, ao se pronunciar, dizia coisas sem sentido. Em certos momentos, Hess parecia um animal enjaulado, em outras ocasiões parecia simplesmente insano. Se essa era uma estratégia de defesa nunca se soube, mas o fato é que ele não foi condenado à forca e vive até hoje.

Durante a exibição por parte da promotoria de cenas dantescas de corpos esqueléticos nos campos de concentração – e outros horrores perpetrados pelos nazistas –, cada um deles esboçou uma reação diferente: Göring tossiu, nervoso, e cobriu o rosto como se percebesse o duro golpe recebido para a sua estratégia de defesa. Fritzsche chorava. Schacht – que trabalhou nos campos de concentração – virou-se de costas. Ribbentrop cobria os próprios olhos, mas de vez em quando espiava através dos dedos. Rosenberg ficava olhando a reação dos colegas prisioneiros, Dönitz olhava e desviava o olhar, tirando e pondo os óculos num sinal claro de nervosismo. Streicher parecia muito interessado, e Hess, bem, Hess fitou longamente as imagens e não demonstrou emoção alguma, eventualmente protestava, alegando que não acreditava no que estava vendo.

Em 29 de setembro de 1946, após 218 dias, o tribunal finalmente chegou ao fim e decretou o veredicto a respeito desses homens: 19 réus foram declarados culpados, mas Fritzsche, Papen e Schacht, inocentados. Sete dos nazistas condenados, entre eles Hess, Dönitz, Schirach e Speer, receberam sentenças que variavam de dez anos de prisão à perpétua. Os demais foram condenados à morte, incluindo o outrora todo-poderoso Göring e um oficial nazista que fora julgado à revelia. Os enforcamentos foram marcados para o dia 16 de outubro. Menos de um mês após o sentenciamento.

....

Para as penas de morte foram instalados três cadafalsos no presídio de Nuremberg. Na manhã de 16 de outubro de 1946, foi usada a técnica chamada de "queda-padrão" (em vez da "queda longa"), provocando mais dor, sofrimento e demora na morte do condenado. Os Estados Unidos foram acusados de crueldade, pois a queda-padrão causou morte lenta aos enforcados, mas, apesar dos registros, negou qualquer erro. Na execução de Ribbentrop, o historiador Giles MacDonogh registra em seu livro *After the Reich* que "O carrasco trabalhou mal na execução, e a corda estrangulou o ex-chanceler por vinte minutos antes que ele morresse".

Göring de certa forma escapou dessa punição. Ele considerou a pena de execução por enforcamento indigna e pediu às autoridades que a comutassem para fuzilamento. Os Aliados queriam que todas as execuções trouxessem uma mensagem em relação aos atos desses homens, e recusaram então o seu pedido. Em 15 de outubro – um dia antes da data das execuções –, Göring cometeu suicídio por envenenamento. Ele havia conseguido esconder um pequeno frasco de cianureto de potássio e, ao quebrá-lo em sua boca, se convulsionou quase instantaneamente, e não houve tempo para os guardas fazerem coisa alguma para socorrê-lo. Nunca foi esclarecido como ele escondeu esse frasco – ou como o obteve –, mas o fato é que Göring havia conseguido evitar – a seu modo – o vexame de ser enforcado e ter seu corpo exibido como um troféu de guerra.

Todos os outros enforcamentos ocorreram sem sobressaltos e, como ato de punição final, os corpos foram incinerados e tiveram suas cinzas jogadas num rio de modo a evitar que locais de vigília ou de culto surgissem. Aqueles que foram poupados da sentença de morte, como Hess, foram encaminhados para a prisão de Spandau, em Berlim.

CAPÍTULO 3

HERR HESS, SPANDAU, FOTOGRAFIAS

A primeira vez que encontrei *Herr* Hess, vi um senhor de idade, com 92 anos, cansado e fragilizado. Muito diferente da imagem do grande líder nazista que eu havia construído em minha mente. Eu me preparei com afinco para esse encontro: li todas as mais famosas reportagens sobre *Herr* Hess. E li também alguns livros dos maiores historiadores sobre a Segunda Guerra Mundial. Todos os artigos e livros pintaram uma imagem muito próxima do nazista: um homem alto, imponente, convicto de que fizera o certo nos longos anos ao lado de Hitler. Mas o que encontrei foi um homem pequeno, magro e frágil. Com os sentidos comprometidos e a razão questionável, parecia um arremedo do homem que fora outrora.

Antes mesmo de conhecê-lo, eu já tinha dúvidas se um senhor dessa idade, com os problemas de saúde que ele apresentava, aliado à sua questionável sanidade mental, poderia me fornecer uma entrevista coerente. De fato, assim que o encontrei, pensei que havia perdido meu tempo. Achei que não conseguiria resultados satisfatórios numa conversa com ele e que todo o meu projeto de produzir uma série de reportagens com esse notável grupo de nazistas, coroando-a com uma incrível entrevista com o único sobrevivente, teria ido por água abaixo. Mas me enganei. A entrevista foi no mínimo interessante, se não perturbadora.

Levou quase um mês para que eu conseguisse autorização para entrevistá-lo. Primeiro, o diretor-geral de Spandau, o senhor Darold

Keane, teve que aprovar. Isso não foi tão difícil em virtude das boas conexões da revista *Time* na Alemanha.

A prisão de Spandau era um velho presídio construído em 1876, reaproveitado para abrigar os condenados à prisão do julgamento de Nuremberg. Apesar da capacidade de abrigar centenas de presos, recebeu apenas sete homens condenados nesse julgamento; entre eles, alguns dos personagens que eram objeto da minha reportagem: Rudolf Hess, Karl Dönitz, Albert Speer e Baldur von Schirach. Mas na data que me dirigi à prisão, apenas Hess estava vivo e, portanto, era quem eu podia entrevistar pessoalmente. Além disso, ele se encontrava havia quase vinte anos morando solitariamente na prisão, pois os últimos prisioneiros a serem libertados, Albert Speer e Baldur von Schirach, haviam sido soltos em outubro de 1966. A pena de isolamento total por décadas me pareceu severa demais até para um homem como Hess.

A administração da prisão foi exercida pelos Aliados em rodízios trimestrais. Como eu disse, não foi difícil obter a aprovação da atual administração de Spandau para fazer a visita. A direção da *Time* prometeu que eu não iria expor o estado de manutenção das instalações ou tecer críticas aos cuidados que o célebre prisioneiro vinha recebendo. Para mim isso configura censura, e como todo jornalista há de saber, isso seria, em condições normais, inaceitável. Mas como meu intento não era escrever sobre a prisão – eu queria as memórias de Hess e talvez alguma pérola do passado –, segui em frente, mesmo com essa restrição.

A segunda parte era obter a autorização do próprio Rudolf Hess. Ele era assistido nessa época pelo senhor Abdallah Melaouhi, um misto de enfermeiro, ajudante, confidente e amigo, e a aprovação para encontrar Hess teve que passar por ele. Nascido em 1942, na Tunísia, Abdallah Melaouhi já residia na Alemanha havia anos e desde 1982 cuidava de Hess.

Encontrei Melaouhi para um café no meu hotel, em Berlim Ocidental, numa manhã cinzenta. Homem muito educado, me contou que o acaso o levou a Spandau e, por fim, se tornar amigo de Hess. O prisioneiro recebia muito poucas visitas – por ordem dos Aliados –, apenas os membros mais próximos da família, basicamente a esposa, a irmã, a prima, o sobrinho, seu filho e a nora. O filho Wolf Hess, por exemplo, só veio encontrá-lo em dezembro de 1969 – quase 23 anos após a prisão do pai. Quando Melaouhi foi designado enfermeiro de Hess, em 1982, encontrou um homem carente de companhia e de amigos. Naturalmente, ao passarem tanto tempo juntos, acabaram desenvolvendo algum tipo de empatia que acreditei ser uma amizade genuína, pela forma como se referiam um ao outro e se tratavam.

Melaouhi demonstrou não considerar que o outrora número dois do Terceiro Reich fosse o monstro retratado por muitos. E aprendi também, durante nosso café, que ele queria saber que tipo de reportagem eu gostaria de fazer e que, se percebesse que eu era apenas mais um dos muitos que já tinham uma ideia preconcebida do seu amigo, ele vetaria minha visita. Não que Melaouhi esperasse que eu concordasse com os crimes de guerra de Hess, nada disso, apenas me pareceu um homem bem sensato e equilibrado. Ele acreditava que Hess fora mais uma peça nas mãos de um homem extremamente manipulador e que, no fim das contas, praticara poucos crimes diretamente e que, em sua essência, era um homem bom. Não chegou a me dizer que achava a condenação de Hess um erro, mas deixou transparecer que considerava a pena longa demais.

....

Ao entrar em Spandau me senti impressionado: era como voltar no tempo, mas também era como entrar num mundo esquecido. A prisão tinha muros largos de cinco metros de altura, cerca elétrica em todo o seu entorno, além de arame farpado. Setenta soldados se revezavam nas diversas funções, com turnos de vigília, inclusive nas nove torres que circundavam todo o complexo. Isso tudo me soou um exagero considerando que existia apenas um prisioneiro: o senhor Rudolf Hess, um nonagenário. Tudo cheirava a abandono: paredes descascando, jardins por cuidar, como se as muitas administrações que essa localidade tivera apenas esperassem que esse último preso fosse transferido, ou morresse, para fechar suas portas. E aos 92 anos de idade, isso não parecia tão longe de acontecer.

Percorri os corredores das celas observando seu arranjo. Eu diria que todas pareciam ter mais ou menos o mesmo tamanho: algo entre 15 e 18 metros quadrados. A maioria se encontrava fechada ou abandonada, mas notei numa delas uma pequena e embolorada biblioteca. Noutra, uma capela.

O soldado que me recepcionou na entrada me guiava por esses corredores que outrora abrigaram alguns dos maiores criminosos de guerra: homens como Dönitz, que por pouco não comandou uma nação, ou Albert Speer, que, como arquiteto-chefe do *Reich*, foi responsável pela construção da chancelaria, do Zeppelinfeld – onde os comícios do Partido eram realizados – e elaborou o plano arquitetônico para remodelar Berlim de modo que se tornasse a mais imponente metrópole da época; além disso, foi acusado de supervisionar a construção de Auschwitz. Esse mesmo soldado me informou que trabalhava na prisão havia mais de vinte anos e que se lembrava de quando o número de prisioneiros era maior (um pouco maior, na verdade) e que eles mantinham uma pequena plantação de verduras e frutas para consumo próprio. Mas isso há muito fora esquecido.

O sol teimava em atravessar algumas nuvens espessas. O soldado me guiou até o pátio central, aberto e descuidado, e apontou um homem sentado do outro lado do gramado. Ele me abandonou nesse momento e me deixou atravessar sozinho esse último trecho. *Herr*

Hess estava sentado com um cobertor protegendo-o do leve frio daquele final de manhã. Em pé a seu lado reconheci Melaouhi.

Hess era egípcio, filho de um comerciante bávaro e mãe britânica, e nasceu em 26 de abril de 1895. Teve uma infância e juventude em que nada lhe faltara, e o pai o preparara para sucedê-lo nos negócios. Mas em 1914, aos vinte anos de idade, Hess aderiu ao Exército alemão como voluntário para lutar na Primeira Guerra Mundial. Ele nunca mais deixaria a vida política e não seguiria a carreira de comerciante como seu pai sonhara. Depois, ligou-se ao Partido Nacional Socialista dos Trabalhadores Alemães, mas, ao ver um homem discursar de forma inflamada num bar, decidiu segui-lo. Esse homem, que mudaria sua vida, era Adolf Hitler. Hess se tornou então um dos primeiros membros do Partido Nazista a participar de todos os seus eventos cruciais até o momento em que foi preso.

Hess formou-se em ciência política, história e geopolítica pela Universidade de Munique, onde conheceu o professor Karl Haushofer e seu filho Albert, que se tornou seu amigo inseparável. O professor Haushofer passou a ser um tipo de mentor de geopolítica para Hess e Hitler.

Entre 8 e 9 de novembro de 1923, Hess elaborou com Hitler o fracassado *Putsch* (golpe) para tomar o poder na Alemanha. O objetivo deles era dar início a uma revolução nazista, inspirados na Marcha sobre Roma, liderada por Benito Mussolini. Hess teria dito a seguinte frase: "Eu vi um homem nesta noite e ele irá trazer a Alemanha de volta ao lugar que ocupava antes da guerra". Toda a motivação de Hitler, de Hess e do Partido Nazista apoiava-se no desejo de recuperar a grandeza que a Alemanha outrora tivera e que, após a Primeira Guerra Mundial, havia sido dilapidada. Ambos acabaram presos nesse golpe fracassado, e é exatamente nesse período encarcerado que Adolf Hitler escreve o seu manifesto, o documento mais importante a exibir sua forma de pensar e seus objetivos: *Mein Kampf*. Hess ajuda-o com o manifesto anotando o que lhe é ditado e auxiliando Hitler na organização do livro.

Apesar da ligação visceral com Hitler, que era, inclusive, padrinho de seus filhos, Hess acabou sendo ofuscado por homens como Hermann Göring, Joseph Goebbels e Heinrich Himmler. Mesmo assim, em 1939, foi nomeado Líder Membro do Conselho de Defesa do *Reich*, sendo o próximo na linha de sucessão ao *Führer*. Atrás dele, e nada satisfeito com isso, estaria o centralizador e líder nato Hermann Göring, que jamais aceitara ser o terceiro na linha sucessória. Quando Hess desapareceu do mapa político alemão, por causa daquele seu estranho voo à Escócia, Göring teria ficado eufórico. Mesmo assim, nem após a queda de Hitler Göring seria elevado ao papel de *Führer*: Hitler havia deixado ordens expressas para nomear Dönitz seu sucessor e, assim, Göring se frustrou novamente. Mas isso é outra história.

Hess havia se tornado uma das figuras mais polêmicas do *Reich*, pois de braço direito de Hitler transformara-se em um pária ao ser capturado na Escócia depois do voo em que, de acordo com suas alegações, fora enviado pelo *Führer* para negociar a paz com os ingleses. Adolf Hitler jamais admitiu isso e – talvez por estratégia, talvez porque estivesse falando a verdade – abandonou Hess à própria sorte.

Em 10 de maio de 1941, Rudolf Hess pulou de paraquedas na Escócia depois de um voo solo e disse estar à procura do duque de Hamilton – opositor de Winston Churchill e favorável a um possível acordo de paz entre as potências. Hess acabou caindo de mau jeito, quebrou o tornozelo e foi aprisionado na Torre de Londres. Hitler se apressou a desmentir que Hess seria emissário do *Reich* com uma proposta de paz e, assim, Hess permaneceu preso até os julgamentos em Nuremberg que, finalmente, o condenaram à prisão perpétua. Rudolf Hess se tornou o primeiro, e o último, oficial nazista preso.

– Estou no final de minha vida, *Herr* Williams – fala Hess numa voz rouca. – Já são 45 anos preso, de forma absolutamente injusta, e tenho certeza de que irei morrer aqui. Meu filho ainda nutre esperanças de que serei liberto, que os russos acabarão autorizando, mas ele não percebe que o problema não são os russos, são os ingleses. Quando fiz meu último voo, um voo de esperança no qual eu tentava mais uma vez a paz com a Grã-Bretanha, fui capturado, como todos sabem, e trancafiado, porque Churchill não queria a paz com a Alemanha. E se fosse de domínio público que a mais alta patente do *Reich*, a mando do *Fürher*, havia procurado a Grã-Bretanha com uma proposta de paz, e esta havia sido recusada, Churchill acabaria caindo. Mas ele era como Hitler, ou até pior. Ele queria a guerra e assim me calou, trancafiado e impedido de receber visitas.

Deixo Hess à vontade. Este é um dos segredos de uma boa entrevista: criar empatia com o entrevistado e deixar que ele fale livremente.

– *Herr* Hess, fale-me mais sobre esses planos de paz. O que saiu publicado era que, na verdade, Hitler não queria paz alguma e que você agira de forma independente.

– Hitler quis a paz sim. Por muito tempo, por muitos anos tentamos a paz. De 1939 a 1941 foram pelo menos seis tentativas, mas a Grã-Bretanha sempre resistiu. Claro que queríamos a paz com o oeste, pois os objetivos da Alemanha estavam a leste. Nossos objetivos sempre foram a reconquista de territórios perdidos a leste, territórios que foram originalmente nossos e que nos foram subtraídos na Primeira Guerra Mundial. E eu não fui à Inglaterra sem autorização do *Führer*. Foi uma ação pensada e planejada, que deu errado. Mas não quero falar mais disso. Muito já foi dito e entendo que muito já foi escrito também. Você quer realmente fazer uma reportagem que marque época, *Herr* Williams? Quer realmente escrever algo que entre para a história, que faça as pessoas pensarem e questionarem o passado, presente e futuro?

– Claro, *Herr* Hess. Por que me pergunta isso?

– Porque estou cansado. Fui abandonado aqui por todos, por toda a minha vida, para morrer no esquecimento. Mas agora que minha vida está por terminar posso me conciliar com meu passado, posso ao menos uma vez ser sincero com a história. Aceitei meu fardo todos esses anos, aceito ter sido esquecido pelos meus pares, mas não preciso sair desta vida sem ao menos revelar o maior segredo nazista e deixar de uma vez por todas claro que Rudolf Hess não era um louco agindo sem conhecimento do *Führer*. Você escreverá isto em sua reportagem, *Herr* Williams? Que eu não sou um louco?

– O que vejo, *Herr* Hess, é um senhor de idade, lúcido, articulado. Não vejo nada que me faça pensar que seja um louco, desmemoriado e, ouvindo o senhor, tenho reais dificuldades em imaginar que fez aquele voo solo sem autorização e parceria do seu líder. Confesso também que me causou muito estranhamento este isolamento tão grande em torno do senhor. Minhas pesquisas indicaram que, nestes 45 anos, o senhor deve ter recebido apenas umas 250, trezentas visitas. Ou seja, uma visita a cada mês e sempre acompanhada de um guarda. Seu filho só veio visitá-lo quando o senhor já estava encarcerado havia vinte anos. Tudo isso, confesso, me deixou perplexo e acreditando em algum motivo maior por trás deste silêncio forçado.

– Exatamente, *Herr* Williams. O Grande Segredo. Este é o motivo. Claro, nem um dos jovens que me mantêm preso até hoje imagina os segredos que guardo. Mas como um velho hábito que dificilmente perdemos ano após ano, diretores de presídio após diretores de presídio, líderes de países após líderes, todos acharam por bem deixar o velho Hess trancafiado.

É impossível não me compadecer por uma pessoa que passou metade de sua vida encarcerada, e os últimos vinte anos simplesmente sozinho, recebendo uma visita no máximo a cada mês. Mesmo sabendo do papel crucial que ele teve no surgimento do nazismo, isso tudo me pareceu exagerado.

– *Herr* Williams, veja este livro que estou lendo.

Rudolf Hess me entrega um livro velho, *Sidarta*, do premiado escritor alemão Hermann Hesse. Uma escolha no mínimo curiosa por ser um livro sobre a busca espiritual completa, talvez algo que este homem esteja à procura – imagino.

– Trouxe ele comigo, ao jardim, para nosso encontro, especialmente para lhe mostrar.

Folheio as páginas amareladas e gastas. Em princípio, não vejo nada que me chame a atenção. É um velho romance alemão, escrito em alemão, datado de 1956. Até que duas fotos velhas caem do seu interior.

Havia duas fotos antigas, em preto e branco. Uma reunia alguns soldados da Primeira Guerra Mundial em volta de uma placa que parecia ser de uma escola. Na placa continha o seguinte texto em cirílico:

ВОИНУВСКОЕ ГМИННОЕ
ОБЩЕЕ НАЧАЛЬНОЕ
1ºКЛАССНОЕ УЧИЛИЩЕ

A outra, mais interessante, era de Hitler ladeado por uns vinte oficiais alemães. Procurei rapidamente Rudolf Hess na foto, mas não encontrei. Fiquei me perguntando o que essas fotos tinham de tão especial para que ele me mostrasse, mas não achei a resposta.

– São fascinantes, *Herr* Hess, mas o que eu deveria estar vendo em especial?

– Não me decepcione, *Herr* Williams. Você me pareceu um jovem perspicaz. Façamos o seguinte: vamos descobrir quão bom jornalista você é?

Rudolf Hess pega a primeira fotografia, mais antiga, da Primeira Guerra Mundial, e aponta um soldado, o quinto da esquerda para a direita na segunda fileira de baixo para cima.

– Observe-o, *Herr* Williams.

Depois pega a segunda foto e aponta o primeiro homem da direita para a esquerda, na última fileira. Quase caio da minha cadeira! É a mesma pessoa, o mesmo homem. Como pode? Essas fotos têm pelo menos trinta anos de diferença.

– Do que se trata, *Herr* Hess? É o que estou pensando? A mesma pessoa nas duas fotos? Como pode?

Minha cabeça gira, repleta de perguntas.

– *Herr* Williams, estou cansado. Nossa entrevista me cansou. Não sou mais um jovem, você sabe?

Rudolf Hess faz um sinal para o guarda vir buscá-lo e, à medida que ele se afastava de mim, segurando o braço do guarda enquanto caminhava, ainda teve tempo de dizer uma última frase:

– Olhe o passado para entender o futuro.

Estas últimas palavras do homem que fora o braço direito de Adolf Hitler por muitos e muitos anos, do homem que outrora fora um dos mais importantes artífices da Segunda Guerra Mundial, de um homem velho que talvez se sentisse esquecido e injustiçado e agora gostaria de ser ouvido, ecoaram em minha mente e não mais me abandonaram, dirigindo minhas ações dali em diante.

"Olhe o passado para entender o futuro." O que ele quisera dizer com isso? Como é possível uma mesma pessoa parecer idêntica em duas fotos tiradas num intervalo de trinta anos?

CAPÍTULO 4

CONFLITOS, DÚVIDAS, PASSADO-PRESENTE

Saí da prisão de Spandau aturdido pelas fotos que Rudolf Hess havia me mostrado. Eu poderia viver com o fato de ter visto um mesmo homem em duas fotos feitas num intervalo de trinta anos. Podia ser uma simples coincidência: duas pessoas diferentes, mas com fisionomias parecidas. Podia até mesmo ser que fossem parentes distantes. Mas algo não soava bem na minha cabeça. Quanto mais eu pensava nas fotos, mais eu pensava também que Hess era um homem muito próximo de Adolf Hitler. Um homem cujo filho fora afilhado do *Führer*. Um homem que foi trancafiado e isolado do mundo por mais de quarenta anos e que, agora, à beira da morte, podia querer revelar o segredo que o transformara neste pária, condenado ao isolamento total. Um homem que ao final do nosso encontro soltou uma frase provocativa que ecoaria em minha mente sem parar:

– Olhe o passado para entender o futuro.

....

Na saída de Spandau, enquanto eu caminhava pensando nesses fatos, um carro preto modelo sedã parou bruscamente ao meu lado, me assustando. A porta do passageiro foi aberta pelo motorista – sozinho no carro –, que me apontou uma arma e ordenou que eu entrasse. Achei que fosse um tipo de assalto, talvez um sequestro, e sem pensar entrei de imediato. O alemão mandou que eu fechasse a porta e acelerou cantando pneus. Descansou a arma entre as pernas enquanto eu explicava que tinha pouco dinheiro comigo.

Rodamos alguns minutos que me pareceram uma eternidade. Ele nada falava e confesso que estava com medo demais para insistir que não tinha recursos comigo. Assim que pegamos o trânsito, o carro teve que parar. Andava e parava ao sabor dos outros automóveis e dos sinais. Minha cabeça fervilhava de pensamentos e temor. "O que ele queria se nada havia sido pedido? Aonde estaria me levando? Iria me matar?"

– Podemos passar em algum Banco Chase que retiro todo o dinheiro que puder para você – acabei por dizer. – Você quer meu passaporte? Vamos ao hotel que lhe entrego.

Meu nervosismo agora fazia com que eu começasse a tagarelar sem parar.

– *Stille!* (Silêncio!) – foi só o que ele disse.

Olhava em volta e pensava em todos os detalhes minuciosamente: as pessoas caminhando nas calçadas; cada um dos carros que passava por nós; as placas das ruas; as lojas. Minha mente não parou um segundo durante o trajeto, e assim que o carro parou num sinal não pensei bem nas consequências, mas a sobrevivência é nosso maior e mais forte instinto: abri a porta e pulei para fora do carro, estabanadamente. Tropecei, levantei, corri.

– *Halt!* (Pare!) – ele gritou para eu parar, mas eu só parei quando cheguei ao meu hotel.

....

Tomei um banho quente e relaxante. Aquele dia havia sido mais intenso que meus últimos dez anos. Entrevistei o único nazista vivo, que parece esconder um segredo, depois fui sequestrado e quase roubado. Definitivamente, este não foi um dia normal na vida de James Williams.

A luz vermelha do meu telefone de cabeceira piscava sem parar. Isso queria dizer que havia algum recado para mim na recepção do hotel. Tirei o telefone do gancho e digitei nove. A telefonista atendeu e explicou que na minha ausência a senhora Carla Beau havia ligado e pedira meu retorno. Peço que liguem para ela então.

– Alô. Carla?

– Oi, Jim, querido, como foi de viagem? Como está o tempo aí?

Não posso contar a Carla o que acabara de vivenciar. No estado emocional em que ela se encontrava entraria em parafuso.

– Foi ótimo, querida. Voo cheio mas tranquilo, sem turbulências, graças a Deus, e fora o frio aqui tudo está correndo conforme o planejado: estive com meu entrevistado hoje e foi muito revelador. Acho que conseguirei uma grande reportagem. E você? Está bem? Sua mãe vai fazer companhia a você na minha ausência?

– Não... – Carla começa a chorar. – Mamãe não poderá ficar aqui; papai não está bem e precisa dela. Estou me sentindo muito sozinha e abandonada, Jim...

– Carla, vai chorar por quê? Ficarei fora uma semana, dez dias no máximo. – Carla desata a chorar baixinho, mas consigo ouvir. Ela não fala mais nada. – Meu Deus, mulher. Para que isso?

A situação só piora. Agora ela soluça copiosamente.

– Você me abandonou, Jim, na hora que mais preciso...

– Não te abandonei, Carla. Estou a trabalho e, como eu disse, são apenas alguns poucos dias. Controle-se – o choro só piora. – O que você quer que eu faça, Carla? O que eu posso fazer estando do outro lado do Atlântico?

– Você prometeu que viajaríamos juntos, me prometeu mais tempo. Agora em especial, que estou grávida, você prometeu... Estou sozinha, abandonada – fala Carla intercalando as frases com choro.

– Tenho uma ideia: quer vir à Alemanha? Não vou poder estar com você o dia todo, mas prometo que à noite poderemos ir às óperas e recitais. Poderemos almoçar quase todos os dias e, quando acabar minhas pesquisas, tiramos uns dois dias para fazermos algum passeio juntos, só nós dois.

– Sério, amor? Seria maravilhoso! – o choro começa a ceder. – Mas você tem certeza de que terá tempo para mim ou vai me manter trancada num quarto de hotel?

– Tenho certeza, Carla, pode comprar as passagens. Acho que fará bem a você e a nós. Preciso desligar agora, quero descansar um pouco, o dia foi muito cansativo.

– Ok, amor. Já me sinto melhor. Vou comprar as passagens. Um beijo.

Apago na cama sem pensar muito se a decisão de trazer Carla foi boa ou não. Eu precisava acabar com aquele choro e precisava voltar a minha mente para a descoberta do dia. Ou melhor, a "não descoberta", porque tudo que Hess fez foi me provocar. Mas eu iria fundo nisso. Eu descobriria o que estava por trás das fotos e de sua frase enigmática. Mas depois. Por hora só precisava dormir.

....

O dia amanhece nublado, acordo com o corpo todo dolorido. Deve ser do tombo que levei ao sair do carro, da fuga alucinada que empreendi, ou de fundo emocional, ou tudo junto. Com as imagens vivas em minha mente, a ordem do dia era tentar identificar quem eram os cidadãos das fotos. Ou cidadão.

Berlim Oriental tem uma enorme biblioteca com farto material sobre a guerra. A foto mais recente é facilmente encontrada pelo funcionário da casa. Havia uma seção enorme e bem organizada com fotos de Hitler. Esta foto é relativamente nova e importante, pois reúne uma série de patentes do *Reich* como Otto Dietrich, Wilhelm Keitel, Martin Bormann e Heinrich Hoffmann. Tratava-se de uma reunião entre Hitler e seus oficiais na Toca do Lobo[6], em junho de 1940. Todos esses homens eram figuras importantes e de primeira linha do Partido Nazista. Lá no final, na última fileira, estava um homem mais alto que todos os outros: Jörg Bardric. Um homem agora com um nome.

Restara o trabalho tedioso de tentar encontrar esse homem nos registros de alistados das forças militares alemãs. Deduzi que ele deveria ter entre vinte e 35 anos na foto e, portanto, solicitei ao funcionário da biblioteca – um jovem que mais parecia saído de um filme B – que me direcionasse para os registros de alistamento dos anos de 1923 a 1938.

O restante do meu dia foi tomado por pastas e mais pastas emboloradas, amareladas e desgastadas. Muitas delas rasgadas ou manchadas. Ao cair da tarde, perto da hora da repartição fechar, eu achei o que tanto procurava: Jörg Bardric, natural de Berlim, alistado na Luftwaffe em 12 de junho de 1930. Prazer, Jörg! Agora que sei quem você é, vamos descobrir quem é seu "irmão gêmeo" da foto mais antiga.

....

No meu quarto de hotel, vi a teimosa luz vermelha do meu telefone piscando de novo freneticamente. Deve ser mais algum recado de Carla. Não estou disposto a falar com ela agora. É sempre uma enorme carga emocional. Por que tudo se tornou tão difícil após as duas primeiras gestações? Estou feliz que ela está novamente grávida, mas também estou muito preocupado. Ela não está lidando bem com essa situação, ainda estava saindo de sua depressão, e agora, com todas as mudanças hormonais que estão lhe acontecendo, está mais carente e suscetível a tudo.

Tenho mais uma peça do quebra-cabeça que Hess me forneceu. Sei quem era o soldado na foto com Hitler em 1940. Agora tenho que descobrir quem era o soldado na foto da Primeira Guerra, para depois decidir os próximos passos. Só isso me importa no momento:

desvendar este segredo e continuar escrevendo minhas histórias, meus perfis, para o meu empregador.

....

Do púlpito, Adolf Hitler começa a bradar: "Olhe o passado para entender o futuro, olhe o passado para entender o futuro". Mil homens começam a marchar o Passo do Ganso[7]. De modo estrondoso, os mil pés batem no chão simultaneamente. Gritam em uníssono: "*Heil Hitler!*". Hitler devolve: "Olhe o passado para entender o futuro". Marcham sem parar, marcham em minha direção. Repetem a saudação, repetem os passos cadenciadamente, marcham em minha direção. Não consigo me mexer, vejo-os se aproximando. Mil homens, mil nazistas, mil soldados marchando, bradando a seu *Führer*. Quero sair do caminho, senão serei atropelado pela massa humana, mas meus pés parecem grudados no chão. "Parem!", eu grito. "Parem!" Mas a coluna humana avança. Como uma máquina sem sentimentos, como um rolo compressor passando por cima de tudo e de todos, em busca de seu objetivo. Eles não me ouvem, eles não me enxergam, e Hitler, no púlpito, ri. Nunca vi uma foto do *Führer* rindo, mas ele parece zombar de minha desgraça. Vou ser pisoteado e agora ele grita: "Isto é por Rudolf Hess!".

....

Acordo de meu pesadelo, ensopado. São 5:08 horas da manhã. Noite escura, sem lua, sem estrelas. Minha mente vagueia para longe. Para um passado distante, 45 anos. Exatamente para o dia 10 de maio de 1941, quando Rudolf Hess voou para a Escócia, decidido a negociar a paz entre Alemanha e Grã-Bretanha. Que segredos esse homem aprisionado há quase cinco décadas esconderia?

....

A busca na biblioteca agora é outra. O jovem Jovair – estudante de biblioteconomia – me reconhece e me atende com um meio sorriso no rosto. Imagine alguém animado com seu trabalho e seu dia a dia: esta pessoa não era Jovair.

– *Herr* Jovair, bom dia. Preciso pesquisar fotos da Primeira Guerra Mundial. Você pode me explicar onde posso achá-las?

– Bom dia. Siga-me, por favor.

Ele me leva ao setor de microfilmagens. Uma sala grande com dezenas (ou centenas) de caixas.

– Aqui o senhor encontrará o que precisa. Tire apenas uma caixa por vez para examinar e devolva-a antes de pegar outra.

O dia já estava acabando quando Jovair avisa a cada um dos visitantes da biblioteca que em 15 minutos fechariam. Devo ter examinado uma dúzia de caixas, centenas de fotos, sem sucesso até agora. Até agora.

Encontro a foto! Com data aproximada de 1914 ou 1915, regimento desconhecido lutando na frente russa. Eles estão posando com um sinal, uma placa, com a inscrição em cirílico:

ВОИНУВСКОЕ ГМИННОЕ
ОБЩЕЕ НАЧАЛЬНОЕ
1°КЛАССНОЕ УЧИЛИЩЕ

A foto não tem os nomes dos soldados. Mas de qualquer forma dei um passo para descobrir quem é o homem misterioso da Primeira Guerra. Sei que lutou na frente russa entre os anos de 1914 e 1915. Agora é só uma questão de tempo para descobrir seu nome. Anoto o texto em cirílico no meu bloco de anotações.

De volta ao hotel, envio a anotação por fax a minha assistente, Linda. Ligo a ela e peço que me retorne até a manhã do dia seguinte, antes que eu saia para mais pesquisas.

Havia mais recados da Carla. Desta vez, ela simplesmente informou que comprou sua passagem para Berlim Ocidental e que chegará em dois dias. Canso só de imaginar o trabalho que a presença dela irá me causar, mas convite feito, convite aceito. Com Carla era assim.

....

Acordo com o telefone tocando. Olho o rádio-relógio na cabeceira de minha cama e são cinco e meia da manhã. Que droga, quem será?

– Alô.

– Bom dia, chefe – era Linda. – Ainda na cama?

– Lógico, Linda. São cinco e meia da manhã.

– Ah... desculpe. Quer que eu ligue mais tarde?

– Não! Você já me acordou. Diga o que descobriu.

– A inscrição em cirílico parece até uma piada, Williams. Diz: "Escola Geral Primária em Voynov. 1ª classe". Tem certeza de que estava escrito isso numa placa junto aos soldados durante a guerra? Será que eles atacaram uma escola por engano?

– Tenho certeza. Estranho mesmo...

– Descobri algo mais, Williams: Voynov é uma vila nos arredores de Zarya, na Rússia.

– Linda, você é o máximo! Esta sim é uma informação importante. Tchau.

Pulei da cama. Tomei um banho rápido e desci para o café no hotel. Precisava pesquisar qual regimento militar foi deslocado para a região de Voynov entre 1914 e 1915.

....

Entrego um café ao meu jovem e desengonçado amigo da biblioteca.

– *Herr* Jovair, bom dia. Aceita um café?

– Sim, obrigado.

– Agora preciso ver os registros militares de 1914 a 1915, em especial dos deslocamentos dos regimentos na frente russa. Onde posso achá-los?

– Levo o senhor até lá. Desculpe perguntar, mas do que trata a sua pesquisa? – indaga Jovair.

– Sou jornalista e estou escrevendo uma reportagem sobre o nazismo.

– O senhor está pesquisando os registros errados, então. Precisa verificar os registros entre 1939 e 1945.

Ignoro o seu comentário. Não pretendo me explicar a ele ou a qualquer outra pessoa nesse momento. Jovair me leva para outra sala e aponta na direção de duas prateleiras.

– Os registros militares da Primeira Guerra estão todos ali, mas, fora a poeira, não sei se o senhor encontrará o que busca. Está tudo muito desorganizado.

– Obrigado, *Herr* Jovair.

Pensei que minha tarde seria mais tediosa que a do dia anterior, mas encontrando o que viera buscar, meu prêmio seria também mais gratificante. E, felizmente, não demorei o dia todo dessa vez: entre um registro e outro de regimentos, encontrei uma pasta com a distribuição das tropas em 1914. No rol de soldados designados à frente russa, encontrei um nome que me saltou aos olhos: Jörg Bardic. Não era Jörg Bardric, mas Jörg Bardic. Próximo o suficiente para significar algo. Passei correndo pelo jovem Jovair e agora meu destino seria o Cartório de Registros de Nascimentos e Mortes.

....

O prédio do Cartório de Registros de Nascimentos e Mortes de Berlim Oriental era típico dessa parte da cidade: uma construção centenária e imponente. O governo local não tinha recursos – ou interesse – para manter esses prédios em bom estado e, assim, todos se pareciam: cinza e malcuidados. No caminho entre um prédio e outro, passei por uma barreira policial. Uma das rotinas que essa cidade manteve – mesmo quase quarenta anos após o fim da guerra – foi a de parar carros e pessoas e inspecioná-los aleatoriamente. É como se procurassem por alguém o tempo todo, criando um clima intimidador que acrescentava um sabor característico: o de uma cidade ocupada. Se eu tivesse que descrever Berlim Oriental em uma palavra, usaria esta: ocupada.

A atendente da recepção do cartório me lembrou o bibliotecário: cara fechada, mal-humorada, como se trabalhasse por obrigação. Dificilmente alguém diria que a Berlim Oriental sustentava um clima europeu usual de viver.

Jörg Bardic – o homem alto da foto de 1940 – deve ter nascido entre 1910 e 1914 e peço a minha simpática atendente para ver os registros de nascimentos de Berlim, dessa época. Não encontro dificuldades em achar logo o seu registro: nascido às 5:23 horas da manhã, no Hospital Público Central, filho de Evelyn Bardic e Joseph Bardic.

Solicito cópias do registro e aproveito para pedir as pastas dos nascidos entre 1890 e 1897. Vou resumir os fatos: não o achei. Não achei Jörg Bardic (nem Jörg Bardric) nesses anos em nenhum registro de Berlim e das cidades de Potsdam, Dresden, Leipzig, Schwerin, Erfurt, Lübeck e Görlitz – que também são armazenados nesse cartório. Existem duas ou três explicações possíveis para isso: Jörg Bardic poderá ter nascido em outra cidade alemã – o que era bem improvável, pois nessa época os rapazes geralmente serviam o exército nas suas cidades de nascimento, mesmo que suas famílias tivessem emigrado para outra. E a outra possibilidade é que o nome estivesse novamente grafado errado. Também considerei isso pouco provável, pois procurei pelas duas grafias que conhecia (Bardic e Bardric), mas mantive um olho em outras grafias próximas sem sucesso algum. Restou-me a possibilidade mais estranha de que os dois seriam a mesma pessoa. "Quando nada mais fizer sentido, a explicação para um mistério será sempre a mais lógica." Preciso visitar *Herr* Hess novamente.

CAPÍTULO 5

HESS NOVAMENTE, O PROFESSOR

Carla chegou a Berlim Ocidental num voo da American Airlines. Recebi-a às 9:50 horas no Aeroporto de Berlim-Tegel com um sorriso no rosto, mas, intimamente, preferia que ela não tivesse vindo. Eu teria agora que me desdobrar em dois para poder continuar minhas pesquisas e dar atenção a ela. E Carla, na fase em que está, demanda muita atenção.

– Como foi seu voo, querida? – pergunto fingindo interesse.

– Horroroso. Muitas turbulências. Acho que o piloto deve ser novato. Jim, está muito frio aqui. Não sei se trouxe roupa suficiente para este frio todo.

Uma característica da Carla dos últimos anos é que ela havia se tornado mal-humorada e muito crítica de tudo. Não fora sempre assim: quando a conheci, ela era mais doce e leve. Entendo todo o sofrimento pelo qual ela passou – passei o mesmo com ela –, mas o seu retorno à normalidade tem sido demorado e a tem tornado uma pessoa desagradável para se estar junto. Por conta dessa mudança de humor e comportamento, suas amigas se afastaram, e, além da sua mãe, ela basicamente contava comigo.

– Já fiz um pequeno roteiro para nós, Carla: iremos visitar pontos turísticos, jantar no Ber, o restaurante mais antigo da cidade, e assistir à orquestra filarmônica de Berlim tocar Beethoven.

– Parece maravilhoso, querido. Já me sinto melhor em estar ao seu lado.

– Preciso dar um telefonema quando chegarmos ao hotel, mas em seguida sairemos para almoçar.

Eu sabia que Carla iria atrapalhar meus trabalhos, mas precisei chamá-la para vir. Entre sair com ela e continuar minhas pesquisas eu preferia a segunda opção, só que a partir de agora teria que me dividir. É bem verdade que venho prometendo mais atenção e até uma viagem com ela e entendo o quanto isso é necessário para nós, mas, infelizmente, este é o pior momento e local.

É nossa primeira vez juntos em Berlim Oriental. Carla já conhecia superficialmente Berlim Ocidental e não demorou a fazer as comparações usuais: uma cidade evoluiu e floresceu sob a égide do capitalismo e da democracia. Tornou-se um centro internacional de congregação de povos, um alto-falante que amplificava as vozes pela liberdade e reunificação da Alemanha. O outro, o nosso lado, era cinza e sombrio. Jovens gritavam por mais liberdade, mas sem o colorido do lado ocidental. E sem a plateia também. O que se falava ou o que se combatia no lado oriental dificilmente se tornava conhecido no mundo livre.

Quando a guerra acabou e os Aliados dividiram a Alemanha, os defensores da democracia e do capitalismo já enxergavam o futuro deste lado de Berlim – e lutaram contra essa divisão. Mas essas decisões são sempre políticas, e os soviéticos estavam no seu "direito" de ficar com parte do espólio da guerra, por mais terrível que isso soe para nós. A verdade é que o fim da Segunda Guerra Mundial só foi possível por causa deles. Sua participação foi tão grande e importante – ou até mais, dizem alguns historiadores – quanto a dos norte-americanos. Claro que não sou a favor dessa "divisão de espólios de guerra", mas entendo e aceito o que houve. E ao final dessas quatro décadas de separação, Berlim – e toda a Alemanha – se ressentiu mais do que é possível descrever: famílias partidas, evolução cultural e científica rompidas. Percebemos as pequenas diferenças que o tempo criou em pequenas coisas: prédios mais modernos do lado ocidental, mais liberdade de imprensa e de expressão também... Mas também percebemos que a gênese alemã continua presente. Não é apenas na língua, mas também nas características físicas, nos hábitos alimentares e musicais. Aliás, essas últimas duas coisas permanecem fortes, instigantes e interessantes deste lado do Muro: a comida é maravilhosa e a vida cultural, interessante. A companhia de Carla irá me garantir ao menos isso: comer bem, assistir a algumas peças, óperas e recitais e, talvez, relaxar um pouco do meu trabalho e pesquisa.

....

Domklause é um maravilhoso restaurante típico de Berlim Oriental. Além do óbvio cardápio alemão, ele incorporou uma pitada do sabor russo. Entre um *eisbein* (joelho de porco) e um *borsch* (sopa de beterrabas – prato típico russo), confesso que tive uma tarde relativamente prazerosa com Carla. O humor dela melhorou e ela conseguiu relaxar um pouco. E, pela primeira vez desde que cheguei, eu me alimentei de verdade com comida boa, e não aqueles sanduíches com batata frita do hotel.

O sol abriu entre as nuvens e aqueceu o dia levemente. A caminhada pós-almoço pelo centro da cidade é agradável, devo admitir. As conversas com ela passam apenas pelas frivolidades usuais, sempre se tomando cuidado para não falar de bebês, filhos e gravidez. Tenho o maior tato nas conversas com minha esposa, pois sei que ela pode desmontar emocionalmente com facilidade.

Descubro que sua mãe está tendo aulas de cerâmica após um longo curso de crochê. Que tem insistido em dar um cachorro para ela acreditando que ter um animalzinho devolverá a sua vontade de viver. Fico feliz em saber que ela não cedeu a essa muleta emocional, pois não compartilho da opinião da minha sogra e acho que

Carla não tem a menor condição de cuidar de um ser vivo no momento. É só lembrarmos que todas, eu disse todas, as plantas de casa morreram nas últimas semanas.

Também fico sabendo que Carla voltou a ler – o último livro foi *Emma*, de Jane Austen –, e que também está querendo retomar as nossas idas ao cinema. Há alguns anos, quando nos conhecemos, éramos frequentadores assíduos dos cinemas. Toda semana, religiosamente, íamos aos lançamentos. Com o tempo, o trabalho e, posteriormente, os problemas de saúde, deixamos de fazer isso, mas essa ainda era uma grande paixão minha. Gostava muito do cinema francês e do alemão, mas não perdia um bom *blockbuster* norte-americano também. A verdade é que em uma tarde descobri como me reconectar com minha mulher, descobri coisas que ela estava fazendo que eu não sabia, e que poderia ter uma tarde agradável com ela. Talvez sua insistência em me encontrar tenha sido para o melhor. Pelo menos assim começava a parecer para mim.

....

De volta ao hotel, ligo para Abdallah Melaouhi.

– *Herr* Abdallah Melaouhi, preciso ver *Herr* Hess.

– Boa tarde, senhor Williams. *Herr* Hess me garantiu que você iria querer vê-lo novamente. Descobriu quem são as pessoas nas fotos?

"Sim e não", penso. Na verdade descobri mais perguntas e dúvidas que respostas.

– Descobri apenas que seu amigo é bem mais interessante do que eu pensava. Quando você consegue nos unir novamente?

– Vou ver o que consigo e retorno.

– Obrigado, *Herr* Melaouhi.

....

Dessa vez encontrei Rudolf Hess um pouco mais cansado. Melaouhi me contou que ele oscilava muito entre dias bons e outros não tão bons. Afinal, já era um nonagenário. Encontro-o sentado no pátio, embaixo de um cobertor, com seu assistente ao lado.

– Boa tarde, *Herr* Hess. Obrigado por me receber novamente.

– Descobriu algo que lhe interessou, *Herr* Williams?

Seus olhos pareciam mais decididos, focados em mim. A aparência cansada se dissipou rapidamente e percebi certa determinação nesse velho senhor. Como se ele quisesse que eu descobrisse algo, como se ele quisesse brincar e me provocar.

– Jörg Bardric e Jörg Bardic são a mesma pessoa – chuto, só para ver sua reação. Seus olhos se abrem, seu corpo se endireita na cadeira. Melaouhi sorri.

– Vou contar uma história, *Herr* Williams. E não será uma história para criancinhas dormirem. Melaouhi, nos deixe a sós e garanta que nem um guarda se aproxime até eu terminar – Melaouhi aquiesce. – Você está certo: Jörg Bardric e Jörg Bardic são a mesma pessoa. Jörg Bardric, o nome correto, fez parte de um dos projetos ultrassecretos do *Reich*. Você com certeza soube de alguns desses projetos, como a bomba desagregadora, bolas de fogo, aeronaves em formato discoidal. Mas o mais radical projeto, e mais bem-guardado segredo, foi o da máquina do tempo – ouvi com atenção, cada vez mais absorto no que o homem poderia ter a me dizer. – Jörg Bardric fez parte das experiências da máquina do tempo. Ele era um militar de terceiro escalão do *Reich* e foi escolhido por nós para experimentar o primeiro protótipo. O homem que você viu na foto de 1914 é ele. Ele voltou no tempo, se realistou e lutou na frente russa. Anos mais tarde, mais precisamente em 1929, ele me procurou na Sociedade Thule[8] e se identificou, conforme havíamos combinado. Sabe, *Herr* Williams, mesmo o tendo enviado de 1940 ao passado, quando o reencontrei, em 1929, tive dificuldade para acreditar. Afinal, era a primeira vez que o via, pois uma viagem no tempo é um conceito difícil de acreditar. Mas *Herr* Jörg trouxe informações importantes e incontestes do futuro. Princípios que eu, Hitler, Haushofer[9] e outros ainda estávamos discutindo e burilando em 1929. Princípios que cimentaram a base para o nacional-socialismo. Posso afirmar que os primeiros dias com *Herr* Jörg foram de bastante incredulidade, mas, à medida que ele relatava a expansão do *Reich* e nossos feitos militares, fomos nos convencendo. Depois, simplesmente o mantivemos próximo e fora da vista de todos. Até porque não entendíamos nada de viagem no tempo naquela época e não tínhamos ideia do que aconteceria se ele encontrasse com seu "eu" mais novo. Afinal, o Bardric "verdadeiro" nasceu em 1912 e este homem que estava na nossa frente deveria ter seus 45 anos.

– *Herr* Hess, me permita dizer que acho difícil acreditar numa história dessas. Estamos em 1987 e nunca ouvimos falar em nazistas viajando no tempo. Aliás, que eu saiba tais viagens são uma impossibilidade.

– Abra sua mente, *Herr* Williams. Bombas intercontinentais também eram ficção científica até que conseguimos criá-las, não é verdade? Submarinos, aviões, que agora são supersônicos, foguetes que vão à Lua, computadores do tamanho de armários. Tudo era ficção científica até ser criado. E se Jörg Bardric não viajou no tempo, como o senhor explica as duas fotos?

– Eu não explico...

– Faça o seguinte, *Herr* Williams, pesquise essas coisas de que lhe falei: bombas desagregadoras, bolas de fogo e discos voadores. Procure saber o que quer dizer *Die Glöcke* e, depois, volte a me procurar. Mas vou dar uma dica, um ponto de partida: a Sociedade Thule – depois, o velho fez um sinal para Melaouhi, chamando-o em sua direção. – *Herr* Melaohui, estou cansado. Quero me recolher.

É minha deixa para sair de Spandau e perseguir mais esses pedaços de informações, esses farelos que o velho nazista havia jogado displicentemente para mim.

....

Entre pensamentos distantes, Carla e eu jantamos no restaurante do hotel. Acompanhados pelo som de um piano de cauda com uma agradável sequência de clássicos ocidentais, eu me satisfiz com um prato tradicional norte-americano, um bom e velho *stake* ao molho marsala, enquanto ela degustava seu prato predileto: risoto de *funghi*.

Apesar da estranheza das informações com que tenho me deparado, consegui me concentrar o suficiente no jantar e em minha esposa para tornar a noite agradável para nós. Após um delicioso *apfelstrüdel* para mim e um *cheesecake* tipicamente nova-iorquino para ela, acompanhado de vinho do Porto, conseguimos nos soltar e rir um pouco. Só posso dizer que à noite, recolhidos em nosso quarto, conseguimos fazer amor. E isso não foi algo trivial. Momentos de intimidade com Carla tornaram-se cada vez mais raros depois das grandes perdas. Eu me ressenti desse distanciamento dela, mas compreendi e tive paciência e, devo admitir, Carla parecia estar bem melhor, estava mais relaxada e leve, como se a viagem estivesse lhe fazendo bem. Acho que acertei ao convidá-la.

....

Vou começar esta nova fase das investigações sobre Rudolf Hess e os estranhos fatos que ele tem relatado com uma visita à Staatsbibliothek, a Biblioteca Nacional de Berlim, uma das maiores do mundo e a maior da Alemanha, com várias unidades espalhadas pela cidade. Vou tentar descobrir algo sobre as tecnologias de que ele falou: bomba desagregadora, bolas de fogo, aeronaves em formato discoidal e, obviamente, a máquina do tempo. Após o café da manhã com Carla, sigo para Dorotheenstrasse, 27, enquanto ela me diz que pretende descansar, passar o dia à toa no hotel.

Tenho a impressão de estar sendo seguido. Aliás, não é a primeira vez, desde quando tentaram me roubar. Tenho atribuído esse fato a uma fixação ou paranoia derivada do incidente, mas também tenho achado cada vez mais real e intenso. Às vezes, sinto uma compulsão em me virar quando caminho nas ruas e, quando o faço, vejo dezenas de rostos desconhecidos com a impressão de que algum deles me conhece. Hoje, no trajeto de táxi entre o hotel e a biblioteca, eu me peguei olhando para trás algumas vezes e com a impressão de estar sendo seguido por um velho Lada azul-escuro. "Paranoia pura e simples", fico me convencendo.

Essa instalação da Staatsbibliothek não foge ao modelo de outros prédios governamentais de Berlim Oriental: grande, velho e em reforma. Tudo parece sempre estar sendo reformado, em obras. Entre as centenas de milhares de livros, encontro alguns exemplares esclarecedores sobre tecnologia alemã da Segunda Guerra: os supersubmarinos, maiores, mais carregados de armas e mais resistentes que quaisquer outros até então. Os mísseis terra-terra V-2: a mais poderosa arma de guerra daquela época. Descubro que as "bolas de fogo" a que Rudolf Hess se referiu foram algum tipo de arma aérea que pairava no céu bloqueando ou atingindo aviões inimigos. Pareciam bolas de luz ou fogo (chamadas também de *foo fighters*) e, aparentemente, emitiam um pulso eletromagnético. Por certo, tecnologia tão avançada que, ainda hoje, não a compreendemos por completo.

Aprendo que se os nazistas tivessem concluído suas pesquisas sobre as bombas desagregadoras, teriam certamente vencido a guerra. Eles teriam acesso a bombas tão poderosas quanto as nucleares antes dos Estados Unidos as terem desenvolvido.

Leio também sobre projetos mais estranhos, como o refletor solar orbital ou *Wunderwaffe:* uma arma que ficaria pairando na nossa atmosfera e desviaria raios solares, de forma concentrada, para o alvo que os nazistas desejassem, incendiando-o quase instantaneamente. Graças a Deus, eles não desenvolveram a tecnologia necessária para levar a cabo esse projeto ou não estaríamos aqui hoje. Ou pelo menos não estaríamos vivendo no mundo que viemos a conhecer.

A lista de projetos ambiciosos continua: há motores antigravitacionais e naves em formato de discos voadores. Essas naves, testadas em escala menor, se desenvolvidas, seriam como verdadeiros porta-aviões aéreos levando unidades inteiras, batalhões de soldados e armas. E, finalmente, esbarro na Thule Gesellschaft ou Sociedade Thule, a precursora do Partido Nazista que teria uma divisão secreta mística responsável por projetos ultrassecretos como o *Die Glöcke*. Novamente este nome. Novamente o nome que *Herr* Hess soltou no final de nosso último encontro, como quem não quer nada.

....

Ao vir para a Alemanha, Ray Cave, meu editor, me indicou um contato seu na Universidade de Berlim: Dieter Waldmann. O professor Waldmann é historiador e especialista em nazismo e disse-me Ray que poderia ser útil. Eu achava que iria apenas fazer uma entrevista com um senhor nazista e assim finalizar os perfis para os artigos que estou escrevendo, mas ao esbarrar nessas estranhas histórias sinto-me obrigado a mergulhar mais fundo e, para isso, qualquer um que puder ajudar, fornecer informações adicionais, será útil.

Da Biblioteca Nacional à Universidade de Berlim passei por um posto de checagem policial. A universidade fica no lado ocidental e essas checagens são o último sinal – e o mais insuportável – da divisão da cidade. Percebemos facilmente nas populações de ambos os lados uma crescente insatisfação, apesar de que as vozes do lado ocidental são sempre mais altas e fortes. A reunificação da

Alemanha é com certeza só uma questão de tempo, pouco tempo. Como vou atravessar para o lado ocidental, passo primeiro no hotel para buscar Carla. Enquanto procuro pelo professor, ela poderá passear um pouco por esta bela cidade. As ruas em Berlim Ocidental são mais coloridas, o céu parece mais azul, as pessoas, mais leves e sorridentes.

Foi fácil encontrar o professor. Um homem com certeza interessante, de aparência estranha e frenético nos gestos e palavras. Falo de Ray e ele me atende prontamente. Conto da minha entrevista com Hess, dos perfis nazistas que estou escrevendo e ele boceja, desanimado. Mas, quando falo em *Die Glöcke*, ele quase pula da cadeira.

– *Die Glöcke*, o "sino nazista" – começa o professor –, foi um projeto ultrassecreto deles. O objetivo era dominar a tecnologia para viagens no tempo. Ele tem esse nome, "sino", por conta do seu formato. Era um aparelho com uns três metros de altura por cinco de diâmetro, continha dois motores que giravam invertidos gerando um campo antigravitacional. Esses motores eram alimentados por Xerum 525, uma substância conhecida apenas pelos nazistas. A rotação em velocidade elevada criava um vórtex, um buraco de minhoca por onde o sino seria transportado através do tempo.

– Mas isso é verdade? Parece apenas ficção científica. Como nunca ouvimos falar disso antes? – pergunto.

– Primeiramente me diga, *Herr* Williams, por que o interesse nesse projeto?

Eu lhe conto da minha pesquisa para os perfis nazistas e que, nos encontros com Rudolf Hess, ele me mostrou duas fotos separadas por trinta anos, mas com o mesmo homem aparentando a mesma idade. Mostro as fotos ao professor.

– *Mein Gott!* (Meu Deus!)

– E no meu segundo encontro com Rudolf Hess, ele me falou do *Die Glöcke*, além desta misteriosa frase: "Olhe o passado para entender o futuro".

– Esta talvez seja a prova mais contundente de que o projeto secreto funcionou – recomeça o professor –, deixe-me contar o que sei: o responsável pelo projeto era o general da SS Hans Kammler[10]. Kammler era um engenheiro ambicioso e subiu rapidamente no *Reich*; tinha no seu currículo o projeto arquitetônico do campo de concentração de Auschwitz, incluindo a fabricação dos seus fornos e câmaras de gás. Kammler também foi responsável pelo bem-sucedido projeto de mísseis V-1 e V-2 e pelo programa de propulsão a jato. Logo, ele foi deslocado para o projeto ultrassecreto *Die Glöcke* e montou essa operação no complexo industrial Skoda, na Tchecoslováquia, país que a SS considerava seu próprio domínio privado. O segredo era primordial na linha de pesquisa de Kammler, e nenhuma informação saía desse complexo sem sua autorização. Ele também tinha os meios e recursos para mover toneladas de documentos, equipamento e pessoal para qualquer lugar que quisesse e, assim, ao final da guerra, ele sumiu do mapa junto com o sino e toda a documentação técnica. Acredito que todo esse material foi levado para a base secreta nazista na Antártida, em Neuschwabenland. E na base secreta em Skoda, o general Joseph Sporrenberg[11], oficial da SS, ficou responsável por eliminar todos os técnicos, tendo liquidado aproximadamente sessenta alemães. Sporrenberg foi depois levado à corte polonesa de crimes de guerra e condenado por matar seus próprios homens, executado por enforcamento. Em interrogatório, ele admitiu o projeto *Die Glöcke*, sem nunca revelar seu verdadeiro propósito.

– Isso é tudo muito fantástico, professor – sinto minha cabeça girar com este turbilhão de informações. Não sei em que acreditar, mas confesso que considero viagens no tempo tão inverossímeis que, mesmo tendo visto fotos que, teoricamente, comprovam que pelo menos um homem conseguiu essa façanha, tenho dificuldades para acreditar. – O senhor tem mais provas disso?

– Indícios, *Herr* Williams, indícios. Além de depoimentos aqui e ali, como do general Sporrenberg admitindo a existência do projeto, existem alguns documentos aleatórios como, em especial, diagramas do sino – o professor revira alguns documentos e me mostra um diagrama de um objeto que se parece com um sino. – Além disso, existiu pelo menos um "avistamento" suspeito de um objeto que se parece com este sino.

– Como assim, avistamento? Alguém relatou já ter visto esse objeto?

– Ocorreram relatos de um avistamento de um objeto não identificado na cidade de Kecksburg, Pensilvânia, em 9 de dezembro de 1965. Esse objeto tinha o mesmo formato do sino e, depois de capturado pelas autoridades, foi destruído ou escondido.

– Mas se é o mesmo objeto da pesquisa do general Hans Kammler, eles conseguiram enviar o objeto para o futuro?

– Aparentemente sim, *Herr* Williams, aparentemente.

CAPÍTULO 6

A "FELICIDADE"

Carla Beau estava me esperando no saguão da faculdade de história.

– Como foi seu passeio, querida? – pergunto de forma protocolar.

– Foi ótimo, Jim. Sabia que aqui perto da universidade existe um jardim muito bem-cuidado? Aparentemente é um dos orgulhos do bairro.

Mal presto atenção nas suas palavras. Desde que minha jornada de conhecimento começou com o que eu acreditava que seria apenas uma entrevista, um perfil, sobre um dos homens que perpetraram alguns dos maiores crimes contra a humanidade, tenho sido inundado com informações novas e peculiares. São tantas as informações estranhas que demoro a processá-las e a digeri-las. Como um pedaço de carne malpassada, que não cai bem e passa dias "conversando" com meu estômago, as informações que Hess e o professor Waldmann lançaram ao meu encontro são de difícil digestão.

Pego o pequeno Opel, carro que aluguei no aeroporto para buscar Carla, e sem falar nada saio em direção a Berlim Oriental. Planejo darmos uma volta por essa região da cidade. Carla insiste em me contar do seu enfadonho *trottoir* pelas ruas da universidade e do entorno, como se eu não tivesse nada mais importante para focar. De fato, tivemos um dia prazeroso ontem, e esta viagem está lhe fazendo muito bem, mas tira meu foco do que realmente importa: minha investigação. Sim, agora se tornou uma investigação. Não é apenas uma entrevista para um perfil: estou na trilha de algo muito maior, muito mais significativo. Pela primeira vez me convenço de que poderei ter algo digno de um Pulitzer. Imagine: estamos falando de segredos nazistas, tecnologia avançada e, quem sabe, projetos de viagens no tempo.

Percorro as bonitas ruas de Berlim Ocidental sem nem ao menos observar sua beleza. A arquitetura da cidade é linda, com prédios históricos preservados contrastando com edificações novas e modernas. A única coisa que conecta os dois lados dessa cidade, que nos faz lembrar que no fundo são a mesma cidade e o mesmo povo, são as placas em alemão. Mas, de resto, quatro décadas de ocupação – de cada lado – foram o suficiente para diferenciá-las. Berlim Ocidental é moderna, bem-conservada, vibrante e linda. Berlim Oriental é mal-conservada, cinza, conservadora, opressora.

Os Aliados decidiram repartir a Alemanha entre si e assim foram criadas quatro zonas de ocupação: uma área sob controle dos Estados Unidos, outra do Reino Unido, outra da França, e a última da União Soviética. A cidade de Berlim também foi dividida entre esses quatro países. Nos anos seguintes, transformações profundas afetaram as duas grandes divisões de Berlim: de um lado, Estados Unidos, Reino Unido e França; do outro, União Soviética.

Em 23 de maio de 1949, os Aliados ocidentais promulgaram a Lei Fundamental da República Federal da Alemanha (RFA). Essa lei tinha caráter provisório, e Bonn seria sua capital. A União Soviética anunciou a seguir, em outubro de 1949, a República Democrática Alemã (RDA), tendo Berlim Oriental como capital. Nesse período já estava em curso o Plano Marshall norte-americano, que disponibilizou 1,4 bilhão de dólares para a reconstrução e o desenvolvimento da Alemanha Ocidental e que se concluiria em 1952.

A Alemanha Oriental – e Berlim Oriental – não teve a mesma sorte, tendo que arcar sozinha com os custos de sua recuperação, além de custear as reparações de guerra, desmontagem de fábricas, estradas de ferro e instalações que eram levadas para a União Soviética.

E Berlim sofreu com a construção de um muro com 156 quilômetros de extensão. O Muro dividiu e separou famílias, amigos e empresas. Possuía mais de trezentas torres de observação, postos de checagem militar, cercas elétricas, explosivos e cães para impedir a circulação desautorizada da população de um território ao outro.

Nessas quatro décadas pode-se afirmar que houve desenvolvimento econômico e social nas duas Alemanhas, mas nada que se comparasse. A vida do lado ocidental era muito melhor, e o padrão de vida, muito mais alto. Como reflexo disso, os alemães da porção oriental frequentemente tentavam fugir para o lado ocidental, arriscando suas vidas. Estima-se que mais de 3 milhões deles tenham conseguido realizar a travessia.

A pressão pela reunificação alemã é cada vez mais alta e, acredito, não deve demorar muito para acontecer o inevitável: vermos a Alemanha como uma nação única e soberana novamente.

– A cidade está linda, Jim.

– Sem dúvida, querida.

– Estou tão feliz em estar aqui com você. É como nos velhos tempos: nós dois viajando e conhecendo o mundo.

A felicidade de Carla transborda, mas consigo me concentrar apenas na história que estou investigando. Nos segredos que o velho Rudolf Hess está querendo me entregar. E não percebo o caminhão que se dirige em alta velocidade em nossa direção. Atravesso a Mülenstrasse em ritmo normal, só que na interseção com a Seestrasse minha vida muda. Para sempre.

O caminhão Mercedes-Benz atravessa o sinal vermelho sem tirar o pé do acelerador e acerta meu pequeno Opel pelo lado direito, empurrando o metal da lataria em direção a Carla. A pressão contínua desloca o veículo para a esquerda na pista da avenida e seu *momentum* faz com que ele gire 180 graus. O mamute de aço continua seu trajeto enquanto bate na frente do meu carro levando-nos a girar, mais uma vez, 180 graus. O caminhão nos impacta novamente, agora na traseira, tombando o valente Opel e fazendo-o rolar como um dado lançado vigorosamente por uma criança.

Eu não saberia dizer, mas o carro girou uma, duas, três, quatro vezes até parar com suas rodas projetadas para o ar. Após os assombrosos sons de batida e de metal veio o estranho silêncio. Do meu assento do motorista, de cabeça para baixo, preparando-me para desmaiar, sinto calor na minha pele e percebo as labaredas. Apago.

CAPÍTULO 7

HOSPITAL, RAY CAVE NOVAMENTE

Março de 1987. Ray está ao pé da minha cama. Aos poucos começo a me lembrar de que estou num hospital, numa cama, ligado aos aparelhos que bipam sem parar. Lembro-me de um homem de jaleco branco – com certeza um médico – dizendo que eu estava no hospital da Universidade Humboldt e que havia sofrido um acidente.

– Williams? Como se sente? – pergunta meu chefe. Ainda sonado, eu olho à minha volta. Vejo apenas uma enfermeira. – Você teve sorte. Você se lembra do acidente?

– Si-sim, acho. Cadê a Carla?

Ray Cave pede para a enfermeira sair, nos deixar a sós. Puxa uma cadeira e se senta ao lado da cama.

– Williams, você precisa ser forte.

"O pior aconteceu a Carla. Sei disso."

– Você teve muita sorte de ter sobrevivido. Teve traumatismo craniano, ruptura do baço e quebrou quatro costelas. Você estava há duas semanas em coma induzido enquanto os médicos tentavam diminuir o inchaço em seu crânio.

– Cadê a Carla?

Ray Cave pega minha mão e me olha diretamente nos olhos.

"Ele nunca pega na minha mão. O pior aconteceu. Sei disso."

– Não tem jeito certo de dizer isso, James.

"Ray Cave nunca me chama pelo nome."

– Os ferimentos de Carla foram muito extensos. A equipe médica lutou como pôde. Ela lutou como pôde, foi uma guerreira. Mas após cinco horas na mesa de cirurgia, nós a perdemos, James. Sinto muito. Quero que você volte o quanto antes para casa, para os Estados Unidos.

Meu coração partiu. Queria seu corpo contra o meu. Queria me despedir. Não, não queria. Queria Carla Beau ao meu lado aqui e agora. Meu corpo estremeceu, contraiu-se e contorceu. Meu coração quase parou, achei que não aguentaria tamanha dor. Chorei por toda a minha vida e tudo pareceu muito mais difícil, muito mais distante e complicado do que jamais tinha imaginado.

Precisava de Carla para ter um norte, um sentido na vida. Precisava dela para ouvir "eu te amo". Precisava dela mesmo que no silêncio. Nós éramos parte de um todo, indivisível, e, agora, não sabia como viver. Os arranjos de Deus são, por vezes, impossíveis de entender e seus desígnios, um desafio para nós mortais.

....

Carla era uma estudante de pouco mais de vinte anos quando a conheci. Eu era seu professor na pós-graduação de jornalismo. Ela era linda, alta, magra e loira. Impossível não ser notada. Foi um relacionamento-relâmpago e em menos de um ano nos casamos. Sabíamos que havíamos encontrado nossa cara-metade – se é que isso existe. Carla era de uma família protestante tradicional de Nova York, eu, nem tanto. Nunca me dei muito bem com os pais dela, especialmente com a mãe, Sophie. Ela não gostava da minha profissão, não gostava do fato de eu não ser católico praticante e não gostou de mim quando, após apenas cinco anos de casados, fui transferido para a filial da *Time*, em Frankfurt, por causa da minha fluência em alemão. Foi uma época muito ruim em nosso relacionamento, pois estávamos a muitos quilômetros de distância. Carla não quis se mudar para a Alemanha comigo – ela era muito apegada à família. Nós nos víamos pelo menos uma vez a cada três meses quando eu voltava para reuniões na matriz. Carla também foi, nesse período, duas vezes à Alemanha passear e ficar comigo. Sophie gostava de deixar claro que não aprovava a vida que eu havia dado à sua filha. Além de não poder lhe oferecer muito conforto, afinal era apenas um jornalista em início de carreira, agora estávamos longe, separados por um oceano. Ela reclamava da demora em dar a Carla um filho e, mais tarde, me culpou pelas gestações que não vingaram. Dizia que eram "meus genes" ou minha falta de fé. Aprendi que para Sophie tudo se resumia em achar um motivo para me culpar de algo. E Brent, seu marido, pai de Carla, era um empresário "das antigas", do ramo imobiliário, mais ausente que presente e totalmente indiferente a tudo. Intimamente eu pensava que Sophie quisesse apenas transferir para a filha suas frustrações de um casamento que não era o modelo que ela imaginava correto. Sophie devia estar me culpando pela morte da filha. E me odiando. Ela estava certa: eu deixei Carla morrer. Eu nunca deveria ter aceitado que ela viesse para a Alemanha.

Apesar da mãe, nosso amor floresceu. Carla era doce e companheira e, como todo novo casal, vivíamos uma lua de mel contínua. O casamento foi especial, planejado detalhadamente por ela e a mãe. Nós nos casamos na Catedral de São João, o Divino, em Manhattan, e tivemos uma lua de mel inesquecível no sul da França. Quando retornamos, ganhamos – Carla ganhou – um pequeno apartamento no SoHo, presente dos pais, para vivermos. Os primeiros anos foram inesquecíveis e, exceto quando estávamos separados por motivos profissionais, fazíamos tudo juntos. Combinávamos em quase tudo: os dois adoravam comer uma boa carne, os dois eram fãs de cinema europeu e os dois eram fãs de musicais da Broadway.

Nunca pensei seriamente em ter filhos, mas Carla me fez desejar isso. A família, dizia ela, era o "centro de tudo, centro de nosso universo particular". E aí veio a primeira gravidez e tudo começou a mudar. Aquela cena da cama ensanguentada, Carla gritando no meio da noite, me fez pensar. Se existisse a possibilidade de perdê-la por esse motivo, eu preferia nunca ser pai. Após esse episódio passei a resistir à ideia de ela engravidar, e Carla começou a ficar um pouco frustrada e deprimida.

E veio a segunda gravidez fracassada, e Carla se transformou. Passou a ser uma pessoa negativa, mal-humorada, triste, depressiva. Passou a se isolar, perdeu os amigos e eu comecei a perder a paciência e o encanto por ela. Eu deveria ter tido mais paciência, deveria ter estado mais presente, mas passei a me isolar, mergulhar no trabalho para não ter de enfrentar a depressão dela. Penso agora que se eu não tivesse sido ausente, talvez Carla não estivesse emocionalmente tão frágil e eu não a tivesse convidado para vir à Alemanha depois daquele telefonema, e ela não estaria morta agora. Eu sou o culpado pela morte dela.

....

A dor não tem dimensão. A dor é intangível. A dor não tem forma, cor ou cheiro. Só quem sente sabe o tamanho dela. Faz dois dias que Ray me deu a notícia. Dois dias que vi só escuridão e dor.

– Williams, já providenciei o traslado do corpo de Carla para os Estados Unidos. E pedi para Linda vir e lhe fazer companhia. Ela deve chegar a qualquer momento.

Nesses últimos dois dias, acho que apenas balbuciei algumas palavras e, agora, também não havia motivo para falar nada, mas falei assim mesmo:

– Quando recebo alta? Gostaria de acompanhar o corpo de minha mulher.

– A equipe médica quer você aqui mais uma semana, mas quero que você volte aos Estados Unidos em seguida – responde Ray.

– Ray, como vou viver com essa culpa? Eu sou responsável pela morte da minha mulher... eu sou responsável por esse acidente – começo a chorar novamente, como tenho feito nesses últimos dois dias.

– Você não é responsável, Williams. E não acho que o acidente foi um... acidente. Eu acho que foi proposital.

– Como assim?

– O caminhão foi abandonado após a colisão. Dentro dele a polícia achou uns panfletos do Partido Nazista. Algo cheira mal nisso tudo, Williams. Acho que estava começando a descobrir algo bem podre e resolveram apagar você. A Carla foi apenas um "dano colateral". Quero que você se levante desta cama de hospital e volte para casa. Dê apoio à família de Carla, pois eles precisarão. Termine sua reportagem como material que você já tem.

– Não. Vou continuar, chefe. Quero dizer, não sei. Acho que vou continuar a reportagem. Neste momento, não sei bem o que fazer... Queria apenas retornar para casa com minha mulher.

– Como eu disse, você terá que ficar mais uma semana aqui porque não pode viajar ainda. A Linda chega amanhã. Assim que possível volte para casa e termine a reportagem com o que você já conseguiu de material.

"Não quero escrever mais nada. Quero apenas voltar para casa."

A porta se abre após uma breve batida. É o médico-chefe acompanhado de um homem de terno. Ele o apresenta como inspetor da polícia.

– Preciso fazer algumas perguntas, *Herr*... Williams. É possível? – pergunta-me o homem.

– Se não houver outro jeito... – respondo laconicamente.

– Será rápido. Primeiramente: o senhor tem motivos para acreditar que seu acidente não tenha sido apenas ocasional? O senhor tem inimigos na cidade?

– Não, não tenho motivos para acreditar nisso.

– O senhor é jornalista, correto? O que o senhor faz em Berlim Oriental?

– Um material para a revista em que trabalho, a *Time*. Estava entrevistando um oficial nazista de alto escalão.

– Entendi. Como sua esposa estava no seu carro e veio a falecer? Aliás, meus pêsames, *Herr* Williams. Abrimos um inquérito policial. É de praxe nesses casos.

– Ok – respondo sem interesse nenhum.

– O senhor sabia que o motorista do caminhão que o atingiu era filiado ao Partido Nazista? Como o senhor estava entrevistando um nazista, é possível que essas duas coisas estejam relacionadas. O nome do proprietário do caminhão é Jörg Bardic. O senhor conhece este nome? Ele tem alguma relação com sua reportagem?

"Jörg Bardic de novo. Meu Deus. No que fui me meter."

– Não, não sabia que era um nazista que dirigia o caminhão e não tenho a menor ideia de quem seja esse senhor. Policial, preciso dormir. Estou muito, muito cansado.

– Senhor policial, se puder, nos dê licença. Ele passou por muitas coisas e precisa realmente descansar – avisa o doutor Wilfried Weiss.

– Ok, senhores. Se surgir alguma dúvida voltarei a procurá-los. Não saia da cidade sem nos comunicar, ok?

Aquiesço sem intenção nenhuma de cumprir esse acordo.

– Ray...

– Sim, Williams.

– Vou ficar em Berlim e continuar investigando.

Viro-me para o lado, fecho os olhos, choro e durmo.

....

O sol entra timidamente pela persiana do quarto imprimindo um desenho listrado na cama e no chão. A luz amarelada bate nos meus olhos e me faz acordar. Assim que meus olhos se acostumam com a claridade, vejo Linda sentada na cadeira de acompanhante do meu quarto.

– Bom dia, Jim. Como se sente? – Linda abre um sorriso.

– Por favor, me chame de Williams, ou de qualquer outra coisa, menos Jim. Jim era só para Carla.

– Sinto muito... – Linda volta a se sentar e fecha o sorriso que havia aberto.

– Há quanto tempo você está aí, Linda?

– Cheguei ontem à noite. Dei uma passada aqui, mas você estava dormindo. Resolvi ir para o hotel descansar e voltei hoje às oito da manhã. Como você se sente?

– Péssimo. Parece que fui atropelado por um trem. Aliás, foi quase isso que aconteceu. E Ray? Ele já voltou para os Estados Unidos com o corpo de Carla?

– Sim, chefe. Tudo certo.

O doutor Weiss entra, pede licença e traz alguns exames.

– Bom dia, James Williams. Vejo que está acordado e disposto.

– Olá, doutor. Ou me libere para ir embora ou deixe-me morrer. Estou cansando deste hospital e de todos vocês.

– Calma, rapaz. Tenho ótimas notícias. Está vendo isto? – o doutor Weiss mostra os exames que tem em mãos. – São os raios X do seu crânio. O inchaço desapareceu por completo. Além disso, a cirurgia do baço foi um sucesso: nós o retiramos, já que não serve para nada mesmo. Você não está com infecção. Enfim, está praticamente cem por cento.

"'Cem por cento' uma ova. Carla morreu por minha causa e isso não tem cura."

– Quero que você fique aqui mais uns dois dias só por garantia e depois vou liberá-lo, ok?

– Fazer o quê...

O dia passa arrastado. Enfermeiras entram e saem o tempo todo. Linda vai a algum lugar almoçar e volta. Depois vai a algum lugar jantar e volta. Apesar de sua insistência não conversamos, não tenho interesse nem motivo. Prefiro o silêncio.

Às 23:17 horas uma enfermeira entra correndo no quarto nos acordando. Fecha a porta cuidadosamente e nos olha assustada.

– O que houve? – pergunto. – E por que você ainda está aqui, Linda?

– Acho que dormi.

– Tem um atirador no hospital! Eu estava pegando umas fichas quando vi um homem de preto atirar na recepcionista – fala a enfermeira.

O pavor na sua expressão demonstrava a mais dura realidade. Se havia uma conspiração por trás do acidente que me atingiu e matou Carla, ela acabava de nos alcançar. Ouvimos sons vindos do corredor, pareciam ser de pessoas correndo, portas abrindo e fechando.

Saio da cama. Arranco o tubo de soro que estava ligado ao meu braço e o deixo derramando pelo chão. Arranco os fios do sensor cardíaco, e ele emite um alarme.

– Desligue este aparelho antes que ele nos entregue – digo para a enfermeira.

Eu me visto o mais rápido que posso. A primeira vez que me visto desde que cheguei aqui. Abro a porta levemente e olho. Vejo um homem no final do corredor abrindo e fechando as portas dos quartos. Temos que sair dali.

– A janela – fala Linda.

Linda não consegue abrir a janela. Tento, mas também não consigo. Parece emperrada. Um objeto cai no quarto fazendo barulho. É o suporte para o meu soro. Entreolhamo-nos e aponto para o banheiro. Agora ouvimos sons ocos vindo do corredor e gritos, muitos gritos.

Linda corre para o banheiro no momento em que a porta do quarto é escancarada. Um homem com capacete e viseira pretos aponta uma pistola com silenciador em nossa direção. Ainda lutando contra a letargia, olho o assassino e viro-me em direção à porta do banheiro. No tempo exato em que entro e fecho a porta atrás de mim ouço dois tiros atingindo a enfermeira. Ouço o barulho do corpo dela caindo. Sinto o mais absoluto medo.

Linda já havia aberto a janela do banheiro. Um pouco mais alta que a janela do quarto, posicionada dentro do boxe do chuveiro, o basculante abria-se para fora. Um vento gelado entra forte entregando a época do ano em que estamos. Linda é a primeira a sair, estamos no térreo do prédio. Ela pula e cai de qualquer jeito na grama lá fora. Tiros atingem impiedosamente a porta, seguidos por murros.

Passo pelo mesmo basculante e caio de qualquer jeito. Sinto o impacto na grama, a dor nas costelas. Demoro um segundo ou dois para me levantar. Linda me puxa. Atravessamos o gramado do hospital e ganhamos a rua. Tropeço e caio. Levanto e corro. Sou engolido pela escuridão. Olho para trás e tenho a impressão de ver o vulto de preto saindo pela janela, mas pode ter sido apenas impressão.

Minha reserva no Hotel Berlim foi mantida pela *Time*, afinal, todas as minhas coisas estão lá e é onde Linda também está hospedada. Entre a decisão de ir à polícia ou ao hotel, prefiro o hotel. Algo me diz que é melhor juntarmos nossas coisas e sairmos de lá, pois se alguém quer me matar não terá dificuldades em me achar.

Meu quarto está revirado. Minhas anotações sumiram junto com as fotos que Rudolf Hess me entregou. Preparo minha mala enquanto Linda vai ao quarto dela, mas, antes de sair, vejo a luz vermelha do telefone piscando, acusando um recado. É Melaouhi: "Preciso lhe falar urgente, senhor Williams. Urgente! *Herr* Hess foi assassinado".

Bato na porta do quarto de Linda para ela se apressar quando, no final do corredor, vejo o elevador se abrir e um homem de preto sair. Linda abre a porta e eu a puxo para fora. O homem passa a vir em nossa direção, e nós corremos pelo corredor na direção contrária. Passo pelo alarme de incêndio e quebro o vidro. O alarme dispara e as portas dos quartos começam a se abrir para os hóspedes fugirem. Alcançamos as escadas e descemos o mais rápido que podemos. Encontramos cada vez mais hóspedes indo na mesma direção que nós e, entre um empurrão e outro, olho para cima. Vejo o algoz em nosso encalço. As escadas se enchem cada vez mais, a cada andar. Nove, oito, sete. O alarme continua ensurdecedor. Temos que ganhar a rua e despistar o homem de preto.

Conseguimos chegar à rua e entrar no primeiro táxi que encontramos. Direciono-o para se afastar o mais rápido possível. Recobramos o fôlego e nos entreolhamos, assustados. Tentamos digerir o que estamos vivendo.

– Quero que você volte amanhã para os Estados Unidos, Linda. Não quero mais uma morte na minha conta.

– O que está acontecendo, chefe? Quem é esse homem e por que ele quer matar você?

– Não sei, mas recebi um recado perturbador de Melaouhi, o assistente de Rudolf Hess. Ele disse que assassinaram Hess.

Peço ao taxista para nos levar o mais rápido possível à residência de Melaouhi. Entrego-lhe um papel com o endereço.

....

Melaouhi nos atende apressado na porta. Ele já estava de saída e nos avisa que pretende ir para um hotel de beira de estrada para se esconder. De lá irá diretamente para o aeroporto e seguirá para sua casa, na Tunísia.

– Tome – ele me entrega uma caixa. – Aqui estão todos os documentos que se encontravam no quarto de *Herr* Hess. O assassinato dele foi uma queima de arquivo.

– Você sabe quem está por trás disso tudo, Melaouhi? Você sabe o que eles querem esconder?

– Não, não sei. Sei que alguns homens, executivos, de vez em quando visitavam *Herr* Hess. Ele me dizia que "o futuro será mais grandioso que o passado", mas se recusava a me explicar por quê. E ele me pediu para entregar esta caixa a alguém em quem eu confiasse que exporia a "verdadeira história de Rudolf Hess", caso fosse assassinado. Pois bem: ele foi encontrado enforcado, e seu quarto, revirado.

– Você já ouviu alguma vez *Herr* Hess falar do projeto *Die Glöcke,* o sino nazista? – pergunto a Melaouhi.

– Sim, sim. Já ouvi. Ele dizia que esse era o maior empreendimento nazista, mas se recusava a me dar detalhes. *Herr* Williams, descubra o que houve, descubra por que mataram *Herr* Hess e o que eles querem esconder. Tome cuidado! Proteja-se!

Melaouhi entrou no táxi que havia chamado. Eu e Linda voltamos ao nosso, agora com a caixa que me fora entregue. Peço que nos leve a algum hotel próximo. Quero examinar a caixa, mas preciso tomar um banho quente e relaxar um pouco. Depois, tentar dormir.

CAPÍTULO 8

RIHHI, BARNARD

O céu azul-claro da Sardenha no outono é inigualável. A brisa suave e fresca percorre os cabelos dourados dela enquanto o conversível serpenteia a estrada litorânea. Das encostas verdejantes vejo o mar translúcido do Mediterrâneo. Carla sorri ao som das baladas italianas que atravessam o pequeno rádio do carro. A vida não podia ser mais bela: um casal apaixonado, um lugar mágico. À noite, um jantar à luz de velas, um vinho e ostras típicas da região. Sexo apaixonado num *cottage* italiano. Nada podia ser mais perfeito.

O vaivém das curvas da litorânea embala nosso humor. Nunca me senti mais vivo e feliz. Seguindo para o sul na rodovia, vejo o mar adiante. A próxima curva é para a direita e nos levará a oeste, beirando o precipício. Nada de mais, nada incomum. Mas o volante não vira. O freio não funciona. A curva não é feita.

A brisa de outono na Sardenha bagunça os cabelos loiros dela enquanto o conversível mergulha no precipício. Reparo no azul do céu, no mar translúcido. É a última coisa que vejo antes do impacto na água. Antes de nos afogarmos. Antes da morte.

....

Acordo assustado com batidas na porta. Estou suado e choro. Nem em meu sonho Carla sobrevive. Estivemos na Sardenha. Percorremos belas paisagens. Tivemos noites de amor inesquecíveis, mas, obviamente, não mergulhamos para a morte em um precipício.

– Williams, chefe... Acorde – mais batidas na porta. – Você está bem? Acorde, chefe – insiste Linda.

Abro a porta ainda de pijama.

– Sim, estou bem – digo a ela. – Não, não estou. Estou mal. Péssimo.

– São dez e meia. Desde as oito e meia estou ligando para o seu quarto. Você perdeu o café da manhã – fala Linda.

– Não tem importância. Tomo café aqui no quarto. Entre, vou tomar um banho, mas pode me esperar aqui mesmo.

A caixa que Melaouhi me entregou está em cima da cama. Alguns documentos revirados, fora da caixa. Outros ainda por examinar.

– Posso olhar estes documentos enquanto você se arruma? – Linda pergunta.

– Claro.

....

Saio do chuveiro quente. Mal vejo minha imagem no espelho embaçado. Penso em Carla. Percebo que estou com medo de viver sem ela, mas que também preciso vingá-la, fazer sua passagem neste planeta ter tido algum sentido.

Vejo Linda absorta nos documentos revirados sobre minha cama. Sua expressão é de incompreensão e logo me junto a ela.

– O que você concluiu destes documentos, Linda?

– Nada, chefe. Não consigo nem entender o que são.

Achamos dois documentos que parecem ser plantas de objetos, máquinas. Acompanham o nome *Haunebu*. Há também uma foto de um objeto com o formato de sino em cima de um caminhão. Existem fotos de pessoas. Várias, inclusive cópias daquelas que Rudolf Hess me entregou nas quais está Jörg Bardic. Encontramos muitas cartas que aparentam ser de cunho pessoal. Cartas de sua esposa, Ilse, e de seu filho Wolf Rüdiger. Há uma carta que faz referência a uma Câmara Âmbar e também muitos relatórios e fichas de difícil compreensão. Essas cartas, assinadas por Barnard Kampmann, CEO, carregam uma logomarca:

4. RIHHI
– uuerde uuillo di'n

....

O táxi nos leva à Universidade de Berlim, onde espero que o professor Waldmann consiga nos ajudar com os documentos da caixa. Linda se recusou a ir embora, mas prometo a mim mesmo que após a universidade a levarei pessoalmente para o aeroporto. Não posso arriscar a vida dela também.

O professor nos recebe apressadamente. Como se soubesse que eu retornaria, ele disse ter separado algumas coisas para me mostrar.

– Ah, *Herr* Williams. Sabia que o senhor retornaria. Sente-se, sente-se.

– Professor, Rudolf Hess foi assassinado. Trouxemos alguns documentos pessoais dele para lhe mostrar.

– *Mein Gott! Mein Gott!* Quem é a moça com o senhor?

– Minha assistente de Nova York. Ela não deveria estar aqui e vai voltar hoje para os Estados Unidos.

– *Ja, ja.* (Sim, sim.) Sentem-se. Tenho algo para mostrar.

O professor libera uma mesa de trabalho enorme empurrando livros para um canto e abre alguns papéis e jornais para vermos.

– Veja, este jornal noticiou o sino em Kecksburg – mostra-nos o jornal *Spokesman-Review* de 10 de dezembro de 1965 com a seguinte notícia: "OVNI inicia vários incêndios".

– Este OVNI não veio do espaço, *Herr* Williams. É o sino, o *Die Glöcke* de que lhe falei. Olhe a foto que foi tirada por um cidadão antes que os militares bloqueassem todos os acessos – o professor

Waldmann mostra a mesma foto que tenho na caixa de Hess: um objeto no formato de sino em cima de um caminhão.

– Espere! Na caixa de Hess há uma cópia desta foto – pego-a e a mostro, para o espanto do professor.

– *Ja, ja*. É verdade então, *Herr* Williams. Os nazistas conseguiram desenvolver algum tipo de máquina do tempo.

– Não sei se estou convencido, professor. É claro que existem segredos que ainda não desvendamos totalmente, senão por que estariam tentando nos matar e por que assassinaram Rudolf Hess? Mas uma máquina para viajar no tempo é um pouco demais para mim.

– Espere, *Herr* Williams, tenho algo mais para lhe mostrar – o professor revira seus papéis e me entrega um desenho de mais dois "sinos".

– Veja, este sino aqui foi avistado em 1970 na Austrália e este outro na Virgínia, Estados Unidos, em 1976. Você conseguiu comprovar que eles conseguiram mandar alguém para o passado, correto?

– Acho que sim – respondo, ainda com algumas dúvidas.

– Pois bem, acho que eles estavam experimentando. Para o passado conseguiram, com certeza, mandar um soldado. Para o futuro enviaram pelo menos estes três sinos, aparentemente não tripulados, para 1965, 1970 e 1976. Por que mandaram em intervalos aproximados de cinco em cinco anos, eu não sei, mas deve haver um motivo. Talvez não tivessem controle preciso da data ou do destino. E por que eles têm o formato ligeiramente diferente também me escapa. Talvez fossem evoluções. Talvez estivessem tentando achar o modelo mais funcional.

– Professor, tudo é muito fantasioso e difícil de acreditar. Estou tentando juntar os pedaços disso tudo. Tentando entender.

– Teimosia, *Herr* Williams, teimosia. Um traço do povo norte-americano. O que você acha, minha jovem? Está satisfeita com as provas de que os nazistas conseguiram domar o tempo?

– Também não sei o que pensar, professor, mas confesso que isso tudo é ficção científica demais para uma jornalista do Brooklyn.

– Professor, deixe-me mostrar os outros documentos que achamos na caixa.

Puxo as cartas em papel timbrado. As cartas com timbre *4. RIHHI – uuerde uuillo dî'n* agitam o professor.

– Esperem, esperem. Isto é alto-alemão. Uma língua morta há dez séculos.

O professor revira suas prateleiras até encontrar um livro sobre a evolução da língua alemã.

– Aqui. Vejamos... *4. RIHHI* quer dizer "Quarto Reich" ou "Quarto Reino" e *uuerde uuillo dî'n* significa "*seja feita a vossa vontade*".

– O que você acha que isso quer dizer, professor? – indaga Linda.

– Deve ser uma referência ao Terceiro Reich. Os nazistas tentaram legitimar o seu poder alegando que ele seria uma continuação do Sacro Império Romano (este seria o Primeiro Reich) e do período chamado de Segundo Reich, entre 1871 e 1918. Para isso cunharam o termo *Das Dritte Reich* (O Terceiro Império). Hitler dizia que esse regime duraria mil anos. Quarto Reich me parece uma clara analogia, mas, além disso, não sei o que concluir – o professor Waldmann continua lendo os documentos. – Estes são documentos empresariais. Pedidos de contratação de mão de obra, de transferências de recursos. Tudo muito rotineiro.

– Então essa *4. RIHHI* é uma empresa constituída? – pergunto.

– Parece que sim. Mocinha, pegue aquele catálogo grosso na estante, *bitte* (por favor). É um catálogo de endereços e telefones. Veja se acha essa empresa. Tem algo mais aqui que é surpreendente – o professor separa uma das cartas com papel timbrado. – Esta aqui fala da Câmara Âmbar. Vocês sabem em que consistia a Câmara Âmbar? – diante de nossa negativa, o professor explica. – Foi uma sala revestida de ouro e encrustada com pedras preciosas, construída a quatro mãos por alemães e russos em 1701. Permaneceu no Palácio de Charlottenburg até 1716, quando foi presenteado por Frederico Guilherme I da Prússia a seu aliado, o czar Pedro I da Rússia. O projeto foi expandido tendo o tamanho final de 55 metros quadrados e o equivalente a seis toneladas de âmbar. Em 22 dejunho de 1941, Adolf Hitler deu início à Operação Barbarossa[12] despachando quase 4 milhões de soldados para a frente russa. Os russos tentaram esconder a Câmara Âmbar recobrindo-a com papel de parede, mas a tática não funcionou. Conta-se que em 36 horas os alemães a desmontaram completamente e a despacharam em 27 engradados para a cidade então chamada de Königsberg, hoje Kaliningrado. Ela foi remontada no Castelo de Königsberg, mas, com o fim da guerra e a derrota de Hitler, foi desmontada e desapareceu. Seu paradeiro permanece desconhecido até hoje e acredita-se que em valores atuais ela valha algo em torno de 1 bilhão de dólares.

– Linda, você achou a empresa no catálogo de endereços? – pergunto a ela.

– Sim, chefe, a Rihhi fica no Centro de Berlim Ocidental.

CAPÍTULO 9

BARNARD KAMPMANN

Luto contra meus demônios para sair da cama. É como se minhas pálpebras pesassem dez quilos, e meu corpo, mil. Mal consigo abrir os olhos, mal consigo me virar na cama. A memória do acidente e da morte de minha esposa me vem com um turbilhão de emoções negativas: tristeza, raiva, frustração. Choro como se não houvesse fim, como se eu pudesse chorar por toda a eternidade.

Quero ficar. Quero morrer. Quero qualquer coisa e tudo, menos continuar com minha vida miserável. Se eu tivesse visto o caminhão, se eu tivesse acelerado, se eu tivesse parado antes de ele nos atingir. Se eu não ativesse convidado para vir. Se eu não tivesse vindo a Berlim. Se eu não tivesse me casado com ela. Ela não estaria morta agora. Dessa forma tão selvagem e sem sentido.

Luto para retirar essas imagens da minha mente. Luto para espantar os demônios que teimam em me acorrentar nesse mar de tristeza sem fim. Penso: "vingança". Tenho que substituir os pensamentos negativos e me levantar. "Vou vingar a morte dela." Sei que também é um pensamento negativo, mas preciso encontrar a motivação para continuar. "Vou descobrir, vou expor, vou vingar, vou prender. Vou até o fim do mundo. Vou me vingar."

Então, eu me levanto.

....

Um homem de meia-idade passa pela recepção da empresa Rihhi, sem tirar os olhos de mim. Algo nele me parece familiar, como se eu já o conhecesse. Digo à recepcionista do imponente prédio de vidro do Centro Financeiro de Berlim Ocidental que gostaria de conversar com o CEO, o senhor Barnard Kampmann. Ela me pergunta se tenho hora marcada. Diante da minha negativa, ela me informa que será muito difícil ele me receber.

– Informe a ele que é senhor Williams, da revista *Time*, Emmeline – digo o nome escrito no crachá da recepcionista, que recebe um ok de alguém ao telefone. Provavelmente a secretária do CEO. Ela então prepara um crachá para mim e, ao me entregar, pergunta com um sorriso no rosto:

– O senhor está fazendo uma reportagem sobre a Rihhi?

Respondo que não. Que, em princípio, não. Que estou fazendo uma reportagem sobre o nazismo. O olhar da recepcionista congela. Ela não diz mais nada e olha fixamente na minha direção.

A sede da empresa Rihhi é daqueles prédios impressionantes. Gigante e com vidro fumê. Acima do saguão da recepção encontra-se a águia com asas retas, muito parecida com o símbolo do Partido Nazista. O chão e as paredes são do mais brilhante granito bege-claro. Dirijo-me para os elevadores, quatro ao todo, e meus olhos cruzam com o homem que me viu chegando momentos antes. Dessa vez, instantaneamente, o nome dele me vem à mente. Eu sei quem ele é. É Jörg Bardic.

....

Barnard Kampmann me atende em seu escritório particular. Uma sala acarpetada, decorada com obras de artes em todas as paredes. Atrás de sua mesa há uma parede inteira de vidro com uma vista portentosa da cidade. Estamos no 27º andar, o último deste prédio envidraçado e moderno. Estimo que ele tenha seus cinquenta e poucos anos e, ao vê-lo, penso e me lembro da fixação de Hitler pelos arianos: ele é alto, loiro, rosto anguloso, olhos azuis. Se tal absurdo existisse, ele seria sem dúvida um espécime da raça. Ele me recebe com um aperto de mão firme e me mostra uma cadeira de couro à frente de sua mesa. Uma mesa enorme de mogno. Entre objetos sem valor para mim, um salta aos olhos. Uma suástica com as pontas curvas.

– A que devo o prazer de sua visita, *Herr* Williams? – pergunta Barnard interrompendo meus pensamentos.

Não pretendo entregar a ele nada do que descobri, ou que penso ter descoberto, até aquele momento. Estou numa expedição, numa caçada para tentar descobrir algo mais. Vou jogar a isca e ver o que consigo puxar.

– Estou fazendo um perfil dos oficiais nazistas que sobreviveram à Segunda Guerra Mundial e vim a Berlim entrevistar o último sobrevivente: Rudolf Hess.

– Ah, sim. Um pobre coitado que perdeu a sanidade há muitas décadas.

– Pode ser. Ainda estou elaborando o perfil dele. Mas não sei se o senhor sabe, ele foi assassinado há poucos dias...

– Assassinado? Ouvi dizer que ele se matou, enforcado...

– Sim, *Herr* Barnard, essa é a versão oficial. Mas tenho razões para crer que ele foi assassinado. De qualquer forma, o motivo da minha vinda aqui é outro. Nos documentos que me foram entregues, que eram da propriedade de *Herr* Hess, encontrei muitas cartas, memorandos em geral, com o logotipo da sua empresa. Gostaria de saber, em primeiro lugar, qual é a relação da Rihhi com Rudolf Hess?

– Ah, nada de mais, *Herr* Williams. Nós achamos por bem ajudar o pobre coitado e anos atrás decidimos enviar uma pequena pensão, uma ajuda de custo, digamos assim, para que ele pudesse ter um pouco mais de conforto na prisão.

– Entendo. Mas por que isso? Qual a relação da sua empresa com ele?

– Nenhuma. Absolutamente nenhuma. É que alguns funcionários da empresa são descendentes de soldados que lutaram bravamente na Segunda Guerra e, por fim, achamos por bem ajudar aqueles que sofreram em decorrência dela.

– Sua empresa também colabora com doações para fundos de reparação de judeus, então?

– *Nein!* (Não!) Já existe muito disso. Nós ajudamos soldados alemães e seus descendentes. Bravos homens que lutaram pela causa na qual acreditavam. É só isso, *Herr* Williams? Temo que eu seja um homem aprisionado nos meus afazeres de executivo e não poderei me alongar.

– Tenho só mais uma pergunta: você tem um funcionário, Jörg Bardic. Quem é ele?

– *Herr* Williams, acho que eu não posso mais conversar com o senhor. Como disse: sou um homem muito ocupado. Faça o seguinte: direcione por carta qualquer outra dúvida que tenha para a minha secretária.

E, do mesmo modo que me recebeu, Barnard Kampmann me conduziu para a porta de seu escritório. Passo diretamente pela secretária. Sei que seria inútil enviar qualquer carta para ela. No trajeto todo até a saída do prédio busco Jörg Bardic, sem sucesso. Minha paranoia já se encontra em tamanho grau que não tenho mais dúvidas de que, por mais improvável que pareça, aquele homem é o mesmo das fotos de décadas atrás. Sem nenhuma mudança aparente. Talvez uns dez, 15 anos mais velho.

Na recepção entrego meu crachá para a recepcionista, Emmeline. Sem tirar os olhos dos meus, ela pega o crachá de minha mão e passa um papel dobrado. Tenho a reação correta de fechar a mão sem olhar para ele, mas, numa rápida olhada ao redor, vejo pelo menos dois seguranças me fitando. Levo a mão para o lado do corpo, sem abri-la, agradeço a Emmeline e dirijo-me à saída do prédio.

....

Alexanderplatz, 23:00 horas em ponto. Sento-me num banco sob um poste de iluminação pública. Olho de novo o bilhete que Emmeline me entregou: "Importante. Encontre-me às 23:00 horas na Alexanderplatz". Esta jornada, que era apenas para ser uma simples entrevista com um homem, se tornou algo mais complexo que a vida. Perdi minha mulher, e toda vez que me lembro disso, ou seja, sempre, choro por dentro e por fora, quero ir embora e me esconder da vida, penso em morrer também, mas algo me empurra para não desistir. É um misto da receita que me fez jornalista e me imbuiu da missão de procurar a notícia verdadeira, nua e crua e levá-la para os leitores com um desejo de vingança. Na verdade não é bem uma vingança. Vingança parece coisa de justiceiros armados. Não sou assim. Acho até que gostaria de ser, para que, ao encontrar os algozes de minha esposa, desferisse inúmeros tiros de metralhadora enquanto grito seu nome. Mas não é minha natureza. O que me move é mais uma mágoa enorme. Mágoa de a ter trazido para essa nojeira toda, e a ter levado a perder a vida. Mágoa das pessoas que fizeram mal a Carla quando ela nada mais era que uma pessoa inocente e doce. Mas seja pela notícia, seja pela reparação à minha Carla, já internalizei que irei ao fundo disso tudo. Levarei a história completa e correta para o mundo. E quem tiver que pagar, pagará.

Emmeline chega 15 minutos atrasada. Vinha em passos acelerados. Vestia um sobretudo preto, os cabelos longos negros caindo sobre os ombros faziam-na parecer muito bonita. Uma beleza germânica: pele muito branca, olhos escuros e rosto fino. Diria que ela não devia ter muito mais que trinta anos, talvez 35.

– Senhor Williams, alguém o seguiu? – pergunta Emmeline olhando à sua volta.

– Não, tenho quase certeza que não – aproveito para também olhar à nossa volta.

Emmeline se senta a meu lado.

– Seu bilhete me deixou muito curioso, *Fräulein* (senhorita) Emmeline. Do que se trata?

– Estou trabalhando na Rihhi há pouco mais de um ano e meio. No início estava muito impressionada com a empresa. Era visível o nacionalismo, o amor à Alemanha e aos alemães. A empresa, por exemplo, não contrata estrangeiros. Então, um amigo do Partido Comunista me disse que a empresa era comandada por nazistas, e passei a observar melhor. Depois de alguns meses, percebi algumas coisas estranhas. No início era apenas uma coisa aqui, outra ali, mas tudo começou a se encaixar.

– Como o que, por exemplo?

– Por exemplo, símbolos nazistas. O senhor pode ver que em todo o prédio encontramos a águia nazista sem, obviamente, a suástica. A empresa não contrata descendentes de estrangeiros nem pessoas casadas com estrangeiros. Também fiquei sabendo que eles financiam o Partido Nazista NPD[13]. E, na empresa, aprendemos rapidamente que qualquer pessoa que critique o NPD abertamente, critique o nazismo, ou até mesmo Hitler, é sumariamente demitida. Sabe quando você começa a achar que tem algo de podre no ar? É assim que me sinto lá.

– Entendo, senhorita. Realmente tudo indica que estamos tratando de uma empresa mantida por nazistas.

Da mesma forma que falo isso para ela, penso em Jörg Bardic, no assassinato de Hess, no sino nazista, no significado do nome da empresa na qual ela trabalha e em muitas outras dúvidas que tenho, mas decido que não seria seguro compartilhar essas informações com ela. Emmeline pode ser uma espiã de Barnard para descobrir o que eu sei, ou, ainda, eu poderia colocá-la em risco se dissesse algo.

– Quando vi que era da *Time*, pensei em lhe dizer essas coisas porque o senhor deve ter os meios para investigar, descobrir a verdade e a expor – continua Emmeline. – Tenho um amigo que trabalhou na empresa, *Herr* Kittel, que o senhor precisa conhecer. Sempre tomávamos café juntos no nosso intervalo. Ele era contador da empresa e me dizia que algo estava errado na Rihhi. Que a empresa não tinha recursos para ser tão rica, não tinha receitas. Aliás, ele dizia que nem sabia de que a empresa vivia. Acho que ele ficou paranoico demais e perceberam, pois o demitiram há cerca de uma semana. Acho que o senhor deveria tentar falar com ele. Aqui está o endereço.

Emmeline me entrega um papel com o nome Englerbert Kittel e um endereço em Berlim Oriental. E, da mesma forma rápida que chegou, levanta-se e vai embora, sem se despedir.

....

Estou na cama de um hotel de beira de estrada, me preparando para dormir. Já é alta madrugada. Gostaria de me deitar e chorar um pouco por Carla, mas minha cabeça não para de rodar, pensamentos enchem minha mente. Na verdade, são mais perguntas que respostas, mais dúvidas que certezas. Esbarrei numa empresa que financia o nazismo. Isso por si só já seria terrível, mas e as viagens no tempo? Por mais estranhas que pareçam não posso me furtar aos fatos: Jörg Bardic está vivo e é uma dessas peças. E os "avistamentos" dos sinos nazistas pelo mundo, em épocas diferentes? Tudo é tão estranho. Mais entranho que a fantasia. Agora, Emmeline me deixa pensando que esse contador, Englerbert, provavelmente descobriu algo importante e, por esse motivo, foi demitido.

Olho para a noite negra de Berlim através da grande janela do meu pequeno quarto. Percebo o vento aumentando, as árvores cedendo, as nuvens começando a cobrir a lua. O tempo está mudando e, como o arauto de um mau presságio, o vento uiva ao passar por meu pequeno hotel.

Faço a ligação que não quero fazer: ligar para Ray Cave para saber como foram o velório e o enterro de Carla. Pego Ray ainda na cama e recebo as explicações esperadas.

– Tudo correu bem, na medida do possível. Uma amiga dela fez um lindo discurso. A igreja estava linda e florida, pode ter certeza que ela descansará em paz.

– Como está minha sogra?

– Está sendo difícil para ela, Williams. Ela não se sentiu bem no velório e teve que ser amparada. Isso já era esperado e agora, o marido, seus parentes e o tempo irão reconfortá-la – o que Ray não me conta é que ela me culpa. Em alto e bom som, para todos. Ela me culpa por tudo: pela vida infeliz da filha, por sua estúpida morte.

– Ray, coloquei a Linda no avião ontem para Nova York. Aqui não é lugar para ela. Tenho certeza de que corro risco de morte e também de que ainda há muito a ser descoberto.

– Fez bem, Williams, obrigado. Quer me contar alguma novidade?

– Sim. É importante você saber de tudo à medida que vou descobrindo; caso algo aconteça comigo, você poderá dar continuidade.

Passo a meia hora seguinte falando da conversa que tive com o professor amigo dele, Waldmann. Falo da minha ida a Rihhi, do que *4. RIHHI* significa e, sem me aventurar muito em teorias conspiratórias, deixo transparecer que estamos atrás de algo muito maior do que imaginávamos.

– Cuidado, Williams. Muito cuidado. Não estou gostando de você ficar "caçando fantasmas". Já disse que quero você de volta a Nova York.

– Eu sei, Ray. Voltarei o quanto antes.

– Estou falando sério, Williams. Volte já, volte amanhã, antes que algo de ruim lhe aconteça.

– Estou tomando cuidado, fique tranquilo. Boa noite.

....

Kittel abre a porta apenas até a pequena corrente de segurança se esticar totalmente. Explico a ele que sou repórter da revista *Time* e que vim falar da Rihhi. Ele bate a porta na minha cara e me manda embora.

Somente quando falo que Emmeline me mandou, que ela se preocupa com ele, é que Kittel decide abrir a porta.

– Como é seu nome, meu jovem?

– James Williams, da revista *Time*.

– Vamos conversar rapidamente, pois as paredes têm ouvidos. O que o senhor deseja?

Conto a ele da minha intenção original, da reportagem sobre o perfil dos nazistas. Conto sobre Rudolf Hess e nossa suspeita de que ele fora assassinado. Conto da morte de minha esposa. Só não conto do *Die Glöcke*, o sino nazista, e sobre Jörg Bardic.

– *Mein Gott, Herr* Williams. Que preço o senhor está pagando. Que preço!

– Alto demais, senhor Englerbert, infelizmente, sem volta agora. Vou até o final para saber o que está por trás desta empresa. O senhor sabe que o nome dela, *4. RIHHI,* quer dizer Quarto Reich em alto--alemão? Como ela parece apoiar o nazismo, esse nome nem deveria nos surpreender.

– *Mein Gott, mein Gott*, não, eu não sabia. Sim, sim, faz todo o sentido. Quando comecei a questionar meus chefes, porque havia tantas transferências financeiras para o NPD, comecei a receber represálias deles. Por fim me transferiram para o velho arquivo da contabilidade que fica no subsolo da empresa, mas depois acabaram me demitindo.

– E o senhor descobriu algo?

– *Ja, ja*. Algo estranho. Apesar de a empresa afirmar que é uma "consultoria empresarial", ela não tem clientes e não tem receitas. Todo o seu dinheiro é proveniente de aplicações financeiras. Eu já estranhava esse fato e quando me mandaram para os arquivos de contabilidade pude investigar esse assunto. Descobri enormes transferências de contas de aplicação em nome de outras empresas para as contas da Rihhi, e da Rihhi para outras empresas. Descobri também muitos valores entrando de diversas casas de leilões, especialistas em artes e joias, espalhadas pela Europa. Outro fluxo grande de valores vem do mercado internacional de ouro, mas não vi nenhuma receita proveniente de vendas de serviços de consultoria. Deixe-me mostrar algo.

Kittel caminha para dentro do apartamento e faz sinal para que eu o siga. Entramos num pequeno quarto bagunçado que parece ser um escritório. Na parede oposta a uma grande estante cheia de livros e desarrumada encontra-se uma escrivaninha. Ele abre gavetas, revira papéis e começa a colocá-los em cima da mesa. Vejo que são documentos que têm o logotipo da Rihhi. Provavelmente, ele os furtou da empresa antes de sair de lá.

– Veja, são extratos referentes às vendas de ações, ouro e prata. Estes são extratos de transferências bancárias de casas de leilões.

– Muito estranho. O senhor diria que encontrou muitas provas de vendas de ouro e joias? – algo que o professor Waldmann havia me dito volta à minha mente.

– *Ja, ja*, exatamente. Praticamente só existem receitas de vendas de arte, ouro, prata, joias e ações do mercado financeiro. Que empresa é essa que não tem clientes nem receitas? E de onde vêm todos esses recursos?

Englerbert Kittel me parece uma pessoa sensata. Equilibrada. Apenas um contador que talvez tenha esbarrado em algo que nunca poderá compreender completamente, mas que a estranheza não passou despercebida.

– *Herr* Kittel, o senhor já ouviu falar da Câmara Âmbar?

– *Herr* Williams, todos nós, alemães, crescemos ouvindo histórias nazistas. Cada uma mais surreal que a outra. A Câmara Âmbar era apenas uma dessas histórias malucas que ouvimos na adolescência: uma sala com tanto ouro e pedras preciosas que valeria mais que o Produto Interno Bruto de pequenos países. Ouvimos que os nazistas a esconderam tão bem que ninguém jamais a encontraria. E de vez em quando uma expedição de caçadores de tesouros diz ter encontrado algo, ou parte dela. Mas a verdade é que crescemos sem saber em que acreditar. Porém, encontrei uma carta, um memorando interno, com a seguinte frase: "*bewegen Ressourcen Ambar Kamera 48.149820, 8.247280 -83,3m*" (movimentar recursos da Câmara Âmbar).

Foi a única vez que vi esta referência, mas me fez pensar, juntar os pedaços. Temos receitas da venda de arte em leilões. Receitas da venda de ouro e prata no mercado internacional. Receitas do mercado acionário e nenhuma receita proveniente de serviços ou produtos da empresa. Sou apenas um contador, *Herr* Williams. Não sou um jornalista investigador como o senhor, mas não sou tolo. Fico me indagando se toda essa riqueza, a riqueza da Rihhi, não tem origem na Câmara Âmbar.

– O senhor pode me entregar esse papel? Ninguém saberá onde o consegui – peço a ele o memorando que menciona a Câmara Âmbar.

– Pode levar, *Herr* Williams. Mas prometa que não irá mais me procurar, nem a Emmeline. Não quero problemas para nós. Essa organização é nazista e temo pelas nossas vidas.

....

Não vejo Emmeline na recepção da empresa. Tenciono confrontar Barnard com o memorando da Câmara Âmbar. Algo que o faça falar ou fazer um movimento em falso. Mas a ausência de Emmeline me incomoda. Pergunto às outras recepcionistas se sabem dela, mas só me dizem que ela não apareceu para trabalhar.

A recepcionista que liga para a secretária do CEO me informa que ele não me receberá. Eu já esperava, mas tinha esperanças de pegá-lo no contrapé. Peço a essa moça o endereço de Emmeline e também peço a ela para anotar um recado para o CEO: quero uma entrevista com ele sobre a Câmara Âmbar. *Alea jacta est* (A sorte está lançada). Vamos ver seu próximo movimento.

....

A casa de Emmeline não é longe e em menos de 15 minutos meu táxi se aproxima do prédio onde ela vive. Estranho a presença de dois carros da polícia e uma ambulância na porta do prédio. Salto do táxi e vejo um plástico preto cobrindo um corpo na calçada fria. Um filete grosso de sangue escorre até o meio-fio, e uma mão delicada escapa do plástico preto. Pergunto o que aconteceu a um transeunte curioso – a morte sempre atrai muitos curiosos – e ele apenas me diz que uma mulher havia se suicidado.

Subo pelas escadas do pequeno prédio, lance após lance, ofegante, tenso, preocupado. Torcendo e rezando para não ser a jovem e bonita moça que eu conhecera havia dois dias, estendida naquele cimento frio.

O apartamento dela, o 12C, está aberto. Ouço murmúrios, adentro com o coração palpitando, como se fosse sair pela boca. Vejo quatro ou cinco homens. Alguns policiais fardados e pelo menos um que parece um paramédico. O apartamento parece intacto. A janela está aberta. Um dos policiais – polícia técnica com certeza – ensaca uma carta manuscrita. "O que seria aquele documento?"

Vejo um crachá na mesa de canto, na entrada do pequeno apartamento. É o seu crachá da empresa. Sem deixar que ninguém veja, eu o pego e coloco no bolso. No tempo exato de um dos policiais se virar e perguntar quem eu sou e o que faço ali.

Apresento meu crachá da *Time* e digo que estou cobrindo o fato. Começo a ser empurrado para fora do apartamento, enquanto me avisam que repórteres não podem permanecer na cena do crime. Tenho apenas a chance de perguntar o que ocorreu. O policial mal-humorado me responde:

– Suicídio. Agora, saia!

CAPÍTULO 10

AS COORDENADAS

O telefone toca insistentemente enquanto entro no meu quarto de hotel. Apenas Ray Cave e Linda sabem que estou ali.

– Alô.

– Williams?

– Sim, chefe?

– Quero que você encerre essa investigação. Já lhe disse isso. A revista já gastou demais com essa sua busca fantasiosa e sua esposa já pagou o preço da sua teimosia. Preciso que você entregue o perfil de Rudolf Hess para incluirmos na próxima edição da revista.

– Chefe, acabo de vir da casa da Emmeline, a recepcionista da empresa Rihhi. Ela está morta. A polícia diz que foi suicídio, mas diante de tudo que está acontecendo acho muito estranho.

– Meu Deus, Williams. Mais essa? Isso só reforça o que eu disse: quero você de volta a Nova York ainda hoje, amanhã no máximo. Chega dessa loucura.

– Não vou, Ray. Depois de tudo que passei e de tudo que estou descobrindo só irei quando chegar ao fundo disso.

– Serei então obrigado a cortar seus recursos de viagem. Isso é uma insanidade, Williams. Você corre risco de morte.

– Chefe, tenho que verificar algo amanhã. Depois dou um retorno. Segure as pontas aí. Passe a ligação para Linda, por favor.

– Williams...

– Chefe, não tenho muito tempo. Passe agora. Por favor.

Sem me responder mais, Ray transfere a ligação para minha assistente.

– Alô, chefe?

– Linda, não vou me demorar. Pegue um papel e caneta.

– Sim, chefe. Na mão. Pode falar.

– Anote: 48.149820, 8.247280 -83,3m.

– Do que se trata? – Linda me pergunta.

– São coordenadas. Quero que você descubra onde fica e compre passagens aéreas para mim. Assim que fizer isso deixe um recado aqui no hotel. É urgente. Não fale nada para ninguém. Nem para Ray.

– Sim, senhor.

Deitei-me na cama por um instante. Respirei fundo. Mais uma morte. Emmeline era linda e jovem. Acho impossível que ela tenha se matado, ainda mais sabendo que minha investigação tem sido uma sequência de mortes. É coincidência demais. Não é coincidência.

Preciso de alguns minutos para respirar com calma, tentar entender um pouco do que estou enfrentando e me preparar para continuar. Porque, como disse a Ray Cave: vou até o fundo disso. Carla não terá morrido em vão.

Tenho agora coordenadas. E é óbvio que existe uma relação direta entre essas coordenadas e a Câmara Âmbar. Vou desvendar esse segredo, mas depois, agora preciso apenas dormir um pouco.

O telefone toca estridentemente me acordando. O sol se foi, olho o radiorrelógio e são 20:40 horas em Berlim Ocidental. Atendo.

– Williams, chefe?

– Sim, Linda. Acho que dormi desde que nos falamos...

– As coordenadas são na Alemanha mesmo, sul de você, Floresta Negra, perto de Schonach. O aeroporto mais próximo é o de Estrasburgo, na França. Você terá que voar até lá e alugar um carro. Já comprei passagem para você saindo amanhã cedo, 8:15 horas da manhã.

– Ótimo, Linda. Obrigado.

– O que há nessas coordenadas, chefe?

– Não tenho certeza. Conto quando descobrir.

– Ok, chefe. Tenha cuidado.

– Obrigado, Linda, boa noite.

....

Desço no aeroporto de Estrasburgo, alugo um carro para percorrer os oitenta e poucos quilômetros até Schonach, na Floresta Negra. Também precisarei de algum equipamento de montanhismo, pois Linda disse que as coordenadas indicavam uma região de mata fechada, montanha e, aparentemente, uma gruta. O numeral -83,3m significa que terei que descer mais de oitenta metros. Não sei do que estamos tratando, mas acho melhor que eu tenha ao menos uma lanterna.

Após alugar o automóvel no aeroporto, pego indicações para uma loja de material de acampamento. Adquiro uma boa lanterna, altímetro, botas com travas e luvas e sigo com minha câmera Hasselblad.

Atravesso a densa Floresta Negra por pouco mais de uma hora. São paisagens saídas de livros de fábulas. Árvores enormes, floresta fechada. Por vezes, o céu se tornava escuro por conta da quantidade de árvores. A Floresta Negra é tenebrosa e reflete bem o clima, o momento em que me encontro. À medida que me aproximo do meu destino – marcado num mapa recebido na loja de aluguéis de automóveis –, meu coração aperta. A adrenalina aumenta e me sinto angustiado. Se, de certa forma, acredito que vá descobrir respostas para algumas perguntas, a verdade é que tudo que estou enfrentando é muito maior do que eu esperava. Muito além do que eu imaginava. Comecei esta jornada apenas querendo escrever um perfil de oficiais nazistas, e agora me encontro só no mundo novamente. Só. Sem a minha Carla.

• • • •

Saio da estrada asfaltada e percorro uma sinuosa via de terra, larga o suficiente apenas para passar um veículo. Percorro esse caminho por vinte minutos, sempre sentindo que estou cada vez mais embrenhado no mato e cada vez mais fundo no vale. Chego a uma clareira. Vazia. Não vejo outros automóveis, mas observo marcas na terra. Marcas de pneus grossos, de veículos de eixos duplos. Com certeza, caminhões. As marcas não parecem antigas e penso que, se alguém esteve aqui há pouco tempo, poderá retornar.

Preciso esconder meu automóvel. Consigo um lugar no meio da mata. Cubro-o com folhas da maneira que posso. Calço minhas botas de montanhismo, minhas luvas e pego minha lanterna. Só vejo uma pequena trilha para passagem de humanos. É por ali que seguirei.

Mais vinte, trinta minutos caminhando. Agora o sol já está quase sobre mim. O dia está começando a virar. Nuvens correm para cobrir o céu e, acredito, teremos chuva em breve. Aperto o passo.

Chego à entrada de uma gruta. É aqui que minha descida começará, imagino. Eu me esgueiro pela entrada com cuidado. Não sei se encontrarei alguém. A entrada da gruta não é diferente de outras: apenas um rasgo de uns 15 metros de comprimento e largura variando de três a uns dez metros, eu calculo. A descida é feita pé ante pé, tateando a rocha. Não existem escadas, degraus, passarelas ou cordas.

À medida que desço olho para trás e vejo a entrada da gruta diminuindo na mesma proporção em que a luz do dia vai sumindo. Em minutos, ela se torna apenas um rasgo longe do alcance. Olho para meu altímetro e ele indica que já desci trinta metros. É muita coisa, mas ainda faltam cinquenta, de acordo com as coordenadas de Englerbert.

O ar fresco e úmido da gruta é, de certa forma, reconfortante. Sempre gostei do cheiro do mato, da natureza. Eu me lembro por uns instantes de momentos mais inocentes. De quando muito jovem era escoteiro mirim e participava de acampamentos com o grupo. Aquele cheiro remeteu minha memória à infância.

Sigo o único caminho aparente nesta gruta. Tomo o cuidado de iluminar poucos metros à frente com minha lanterna, pois, se houver alguém mais no fundo, não quero que me veja. A caminhada tem suas dificuldades, mas nada excepcional. Preciso me apoiar em um ou outro momento, mas consigo não cair durante o trajeto.

De repente, vejo uma claridade ao longe, no fim de um corredor de pedras. Paro, apago minha lanterna para confirmar. A escuridão é total, excetuando algumas luzes adiante. Acendo a lanterna novamente, mas aponto a luz apenas para meus pés e continuo lentamente minha descida. Rezo silenciosamente para ninguém subir ou descer nesse trajeto, pois não vejo onde eu poderia me esconder. Olho mais uma vez para o altímetro e vejo que estou a setenta metros de profundidade agora. Estou chegando.

As luzes se intensificam a ponto de eu poder apagar a minha lanterna. Abaixo, deito-me no leito de pedras e arrasto-me em direção à grande abertura no solo, de onde vejo as luzes amareladas.

Vejo um enorme salão natural. Enorme mesmo. Se eu tivesse que estimar seu tamanho diria que é largo como um pequeno prédio de quatro andares. Agora existe um trajeto, degraus, feitos para descer até o salão. No meio dele uma estrutura aparentemente de aço. Como contêineres colocados lado a lado... "Não são exatamente contêineres, pois eles não entrariam nesta gruta", penso. A estrutura deve ter sido toda montada aqui, está centralizada no salão e ocupa, mais ou menos, metade dele.

Observo que há soldados que andam de um lado para o outro. Estão uniformizados e armados. Algum uniforme militar antigo, algo parecido com o uniforme da SS. Ouço um gerador que faz um barulho terrível. Uma chaminé de alumínio sai de trás da estrutura e some num buraco no teto do salão. Consigo também perceber inúmeros canos saindo dele. Todos serpenteiam pelas paredes da gruta e entram na estrutura. Luzes de cor amarelada iluminam o grande salão. Na estrutura percebo algumas janelas, uma porta embaixo e uma escada externa que leva a uma porta no segundo andar. As janelas da estrutura deixam transparecer iluminação. Ouço vozes vindas da estrutura. Olho meu relógio: ainda são 12:42 horas. Procuro me esconder numa reentrância à esquerda da entrada para o salão principal. Consigo me espremer e me deitar. Com minha lanterna apagada, pretendo permanecer até o melhor momento para descer.

....

Ray Cave embarca em Nova York rumo a Berlim. Deixa ordens expressas à Linda para quando James Williams ligar avisá-lo de que a pesquisa dele está cancelada e que ele precisa do artigo finalizado. Oito horas depois, ele desembarca em Berlim Ocidental, decidido a convencer James a pôr fim nessa loucura. Ray achava que após a morte de Carla James desistiria dessa investigação e voltaria com ele. Essa loucura já tinha causado mortes demais – se é que elas estavam de fato interligadas – e levantado questões que pareciam apenas teorias da conspiração elaboradas por malucos solitários. Na sua posição de editor-chefe de uma das mais prestigiosas revistas jornalísticas, Ray tinha que terminar com aquilo, fazer seu funcionário entregar o projeto, caso contrário ele, Ray, também correria risco quanto a seu cargo na revista.

De certo modo, ele não se espantou ao não encontrar James no hotel. Hospedou-se no quarto ao lado e decidiu esperar. Ou, pelo menos, assim pareceu fazer.

....

São 20:52 horas. Acordo no meu refúgio de pedra. Adormeci com facilidade, apesar da adrenalina da situação. Acho que o sono acaba sendo uma fuga, transportando-me para um lugar seguro, onde não existem mortes ou riscos. Mas sei que o sono – e o sonho – são apenas fuga. E a realidade, a minha atual realidade, é mais surreal que a ficção.

Eu me esgueiro, deixo meu esconderijo e observo a estrutura. O barulho do gerador continua, mas as vozes vindas de dentro do objeto cessaram por completo. Os soldados, que eram dois, e marchavam de um lado para o outro, agora se resumem a um. A hora é agora. Quando o soldado contorna a estrutura, desço pelos degraus de pedra. Alcanço uma janela no térreo e olho por ela. Não vejo nada de mais. Parece apenas um escritório: mesas, cadeiras, arquivos, papéis.

Subo a escada externa para olhar pela janela de cima. O que observo me faz prender a respiração. Sinto minha pulsação acelerar e a adrenalina voltar a correr. Vejo a mais enorme e impressionante coleção de ouro e joias. São baús que transbordam barras de ouro. Outros transbordam joias: colares e pulseiras de ouro cobertos de ametistas, esmeraldas e diamantes. Do outro lado da sala, armários sem porta, apenas com hastes projetadas para fora, uma acima da outra, colunas e colunas de hastes, todas carregadas de joias, incrustadas de pedras. Na parede ao fundo, painéis de ouro e âmbar. Como se fossem as paredes que revestem a Câmara Âmbar. Todos apoiados uns nos outros, recostados na parede. É deslumbrante e assustador tudo isso.

Desço pelo mesmo caminho por onde subi e vou para a próxima janela, na sala adjacente. A visão da opulência não é muito diferente: muitas obras sacras. Taças, crucifixos e santos. Todos de ouro. Quadros de Monet, Rembrandt, Da Vinci, e muitos outros fixados nas paredes. Novamente painéis de ouro e âmbar recostados nas paredes. Fotografo tudo que posso pelas janelas. Estou diante do maior tesouro de que já ouvi falar. O sumiço da Câmara Âmbar não era uma lenda, e estou convencido de que aqui se encontra o conteúdo desse antigo e famoso salão. Recuo por onde vim até os degraus para subir e me retirar o quanto antes desse lugar. Mas, na subida, deixo rolar algum cascalho. Temo que ouçam algo, apresso--me sem olhar para trás.

– *Halt!* – grita o soldado no pé dos degraus. Olho para trás só para vê-lo empunhando seu rifle em minha direção. Piso no último degrau e mergulho no trajeto para sair dessa armadilha.

Um tiro é disparado. Acendo minha lanterna e começo a correr o mais rápido possível. Poucos instantes depois, ouço vozes no meu encalço. Não olho para trás – não é necessário –, apenas corro nesse terreno irregular e escuro. Alcanço a garganta da gruta, a entrada principal. Agora a subida é mais íngreme e me desacelera. Ouço mais um, dois tiros em minha direção. À minha frente, a escuridão da floresta. Atrás, homens armados, soldados nazistas, me querem morto.

Ganho a trilha e aprendo que correr no escuro, na terra irregular, é um desafio maior do que parece. Tropeço, caio para a esquerda num tipo de ribanceira, rolo descontrolado e só penso em evitar gritar. Finalmente, paro de rolar e cair.

Aproveito esse local no qual vim parar e me pressiono contra a pequena encosta. Ouço meus algozes correndo acima, gritando e me procurando. Vejo as luzes de suas lanternas. Eu me cubro com folhagens e permaneço ali, silenciosamente. Rezando. Parece-me que na hora do medo e do desespero sempre recorremos a Deus.

O som das vozes diminui. As luzes das lanternas entregam que estão relativamente longe de mim. Corro para o carro, que está escondido entre as folhagens. Ligo o motor, pego a trilha por onde vim, a única que existe, e acelero.

Encontro com dois homens armados. Soldados com seus rifles. Um se vira a tempo e aponta a arma em minha direção. Dispara. Eu me abaixo no banco e acelero. Ouço o tiro atingir o para-brisa e descansar no meu banco. Bato com o carro no outro soldado e acelero até o final, o carro trepida, os pneus cantam, sobe em cima do homem, atropela-o e o transpõe. O outro atira no vidro traseiro, mas agora é tarde para eles, eu escapei.

CAPÍTULO 11

O SONHO, OS DOCUMENTOS

O sonho me persegue. Mas, dessa vez, o céu azul da Sardenha é tomado por nuvens cinza cabalísticas. Parecendo anunciar o fim do mundo, elas se avolumam, ficam negras, relampejam. Cai uma chuva torrencial. Estou no conversível com Carla e não existe capota. Tento frear, parar, mas os freios não reagem. Olho para Carla e sua maquiagem começa a escorrer. Os relâmpagos provocam, dançando à frente do nosso carro, cada vez mais próximos. Ela grita.

Olho de novo para minha amada e agora seu rosto começa a escorrer com a chuva se desfazendo. Ela grita. Um grito único, constante, monótono, ininterrupto. Não existe abrigo.

A chuva transforma-se em granizo e as pedras de gelo estalam ao bater na lataria do automóvel. Elas não me machucam, mas atingem Carla em cheio. Não temos escapatória. Não há nada a fazer. Carla é massacrada por essas pedras sólidas de gelo e, entre um grito e outro, vai sumindo aos poucos até desaparecer por completo. O horror, o horror sem fim. Olho para o banco do passageiro e ela não está mais lá. Ela já não existe mais.

....

Acordo com umas batidas no vidro do carro. Adormeci num posto de estrada depois da minha fuga alucinada. Perdi a noção da hora, estava cansado, machucado, sujo e assustado. O carro estava amassado e com marcas de tiros e de lama. Uma visão, no mínimo, assustadora para esse frentista.

Ele me acorda e pergunta o que houve, se preciso de ajuda. Respondo que não e, antes que ele chame a polícia, ligo o valente Lada e saio em disparada. Procuro um motel de beira de estrada para poder me recompor, tomar um banho e ligar para Linda. Estaciono o carro longe dos olhares da recepção do hotel, pago por uma diária – embora só vá tomar um banho – e me instalo no quarto. Peço minha ligação para Nova York.

– Linda? Compre uma passagem de volta para Berlim Ocidental no próximo voo, por favor.

– Certo, chefe. Sabe que o Ray foi para Berlim?

– Como assim? Ray veio para Berlim?

– Sim, ele deve ter chegado ontem. Deve ter ido procurar você no seu hotel. Não falei nada. Não falei que você havia viajado para Schonach.

– Ótimo. Obrigado. Vou tentar evitá-lo quando eu chegar ao hotel. Imagino que ele veio para me demover da ideia de continuar minha investigação.

– Exatamente, Williams. Ele está bem puto. Disse que vai cortar sua verba para despesas e vai obrigá-lo a encerrar essa loucura. Palavras dele.

– Ok, ok, Linda. Compre a passagem para daqui a duas ou três horas, para dar tempo de eu tomar um banho e chegar ao aeroporto. Deixe Ray comigo.

– Combinado, chefe.

Penso que fiz muito bem em mandar Linda de volta. Aqui ela seria mais uma preocupação e eu não conseguiria viver se ela sofresse algum atentado. Além do mais, em Nova York, ela estava sendo bem mais útil para mim.

....

Chego no final da tarde a Berlim Ocidental e entro pela lateral do hotel, com cuidado, observando se vejo Ray Cave em algum lugar. Ele não está no saguão, pergunto na recepção qual é o quarto em que ele se hospedou e descubro que Ray está no quarto ao lado do meu. "Desgraçado!", penso. Também me informam que ele não está no hotel.

Subo, aliviado, e ao abrir a porta de meu quarto vejo um bilhete no chão. É de Ray: "Williams, essa sua loucura já foi longe demais. Sua esposa morreu num trágico acidente e você começou a imaginar perseguições e planos secretos. Estou aqui para encerrar a sua missão na Alemanha e levá-lo de volta comigo. Estou preocupado. Temo pela sua sanidade. Ray".

Lixo. Rasgo. Mais do que nunca tenho que agir com rapidez e discrição. Antes que Ray corte minha verba por completo ou que, pior, me impeça de continuar de alguma forma. Pego o crachá de Emmeline e sumo do hotel. Agora é esperar para entrar na empresa durante a madrugada e tentar descobrir algo mais.

....

No centro da cidade, passo numa pequena loja que revela fotografias, deixo o rolo de negativos da Câmara Âmbar e compro mais um. Rumo então para a universidade.

O professor Waldmann não acredita quando digo a ele o que descobri.

– Incrível, *Herr* Williams, incrível. Sua história é digna de um livro policial.

– Há muitas peças ainda incompletas desse quebra-cabeça, professor, mas uma coisa é certa: essa empresa Rihhi guarda muitos segredos e, como dizem, onde há fumaça, há fogo. Agora acredito no que o contador, senhor Englerbert, me disse: que essa empresa não tem uma fonte normal de receitas. Talvez ela sobreviva com os espólios da Segunda Grande Guerra.

– Isto é realmente inacreditável, *Herr* Williams. Mas, se é verdade, qual é a finalidade dessa empresa? Para que ela existe?

– Não sei, professor, e temo o pior. Precisava que o senhor soubesse da minha descoberta. Na verdade, precisava que alguém soubesse, caso algo aconteça comigo. Deixei o meu rolo de negativos para revelar neste endereço – entrego ao professor o recibo da loja. – Se eu não voltar aqui em dois dias, busque as fotos e envie para a imprensa.

– *Ja, ja*, ok. Mas nada de ruim vai lhe acontecer. Tenho fé, *Herr* Williams. Separei alguns documentos durante a sua ausência. É tudo que tenho sobre o projeto *Die Glöcke* e Hans Kammler: muitos historiadores atribuem a base do sino a uma instalação militar na cidade polonesa de Ludwikowice Kłodzkie. Nos arredores dessa cidade, e ao lado da mina desativada de Wenceslaus, foi encontrada uma estrutura octogonal que poderia abrigar no seu interior um objeto no formato e tamanho do sino. O sino seria posicionado no interior dessa estrutura e acelerado até o vórtex ser criado e transportado para outra época. Pelo menos essa é a teoria.

"Incrível, incrível", eu penso.

– Professor, preciso me esconder até a madrugada. Meu editor-chefe está na cidade e quer encerrar minhas investigações. Está me achando paranoico e diz que teme pela minha sanidade.

– Entendo. É difícil as pessoas compreenderem planos tão complexos e sofisticados. Mesmo com todas as provas, elas têm dificuldade em acreditar. Imagino que ele, apenas sabendo de algumas informações que o senhor tem lhe dito, esteja muito cético, mas quando o senhor conseguir descobrir tudo que está por trás dessa empresa, ele terá que aceitar. Conheço bem Ray, e ele é um homem sensato. Faça o seguinte: esconda-se no meu dormitório aqui da universidade; tranque-se lá, descanse, veja TV, leia. Eu raramente o utilizo, e ninguém vai procurá-lo lá.

....

O prédio envidraçado mantém-se imponente, mesmo na madrugada. São 3:30 horas da manhã, e muitas salas ainda estão com a luz acesa. Parece que estão vazias – pelo menos, não vejo pessoas aparentes –, o que me preocupou um pouco. Torço para que o crachá de Emmeline ainda esteja válido, senão, tudo terá sido em vão.

A porta principal da recepção abre sem problemas quando passo o crachá. Dois guardas sonolentos estão sentados no lugar em que durante o dia ficam as recepcionistas. Olhando alguns monitores que mostram apenas andares vazios, eles parecem querer que as horas passem rapidamente.

No silêncio absoluto da noite, o barulho da porta se abrindo e dos meus passos na sequência fazem ambos levantarem o olhar em minha direção.

– Boa noite. Podem ficar onde estão, senhores. Vim apenas buscar um documento de que precisarei pela manhã. Sairei em dois minutos – falo para eles balançando meu crachá de longe, torcendo para que não peçam para verificá-lo e não perguntem o que vim fazer. Funciona.

– Boa noite – responde de modo desconfiado o guarda. Ele se levanta e acompanha meus passos com os olhos. Provavelmente esperando ver se meu crachá daria acesso aos elevadores. Não sei se o crachá de Emmeline abrirá todas as portas, em todos os andares, mas não há outra maneira de descobrir. Passo o crachá no leitor dos elevadores. O primeiro, mais à esquerda, abre. Entro sem olhar novamente para o segurança, tentando transmitir naturalidade. Achei que os seguranças poderiam desconfiar se eu pegasse o elevador diretamente para o último andar, para o andar de Barnard Kampmann, e, por isso, desço dois andares antes.

O crachá dá acesso sem problemas à porta que divide o saguão do elevador e os escritórios. Busco as escadas – que estão fechadas apenas por portas corta-fogo – e subo os andares. No andar da presidência também entro sem problemas com o crachá que tenho em mãos. Uma preocupação passa por minha mente, apesar de não haver nada que eu possa fazer: e se cada vez que eu passar o crachá acender algum tipo de luz na mesa dos seguranças, indicando a sala na qual estou? Bem, não tenho como saber, portanto afasto esse pensamento concentrando-me em fazer minhas buscas o mais rápido possível.

O maior problema é que não sei o que estou procurando. Assim, tudo fica mais difícil. Abro cada porta que encontro nesse andar. Nas duas primeiras, nada me chama a atenção. São apenas salas de executivos. A cereja do bolo com certeza é a última sala do corredor, a sala que eu conheço: a do CEO.

Antes da sala de Barnard, abro uma porta dupla que me revela uma grande sala de reuniões. As luzes estão apagadas, mas vejo uma mesa enorme que parece de granito preto e inúmeras cadeiras de couro quea circundam. Nas paredes, muitas fotos, retratos ininteligíveis na escuridão. Aciono os interruptores.

....

Ray Cave tentou refazer meus passos. Por sorte, ele desconhecia tudo que eu havia feito. Visitou a sucursal da revista em Berlim somente para saber que eu não havia passado lá. Passou no hospital para se informar se eu havia retornado por algum motivo. Depois ligou para Spandau, soube que eu não havia voltado lá. Tentou contatar o senhor Melaouhi, mas como ele havia voltado à Tunísia, também não obteve êxito. E terminou com o professor Waldmann. Seu velho contato de outras reportagens.

Soube depois que o professor Waldmann não é muito bom de guardar segredos. Pelo menos, sabendo que eu corria risco de morte, o professor conseguiu não avisar meu editor que eu invadiria uma empresa nazista durante a madrugada. Mas, fora isso, contou quase tudo a Ray: falou sobre as naves com formato de discos voadores, falou dos supersoldados nazistas, falou da suposta máquina do tempo e que eu descobrira a Câmara Âmbar.

Ray deve ter achado que, além de paranoico, também acredito em teorias da conspiração. Conheço meu editor, toda a minha credibilidade deve ter ido por água abaixo. Como jornalista de uma revista séria, que vendia fatos, aprendi desde os primeiros anos a revelar todas as informações das minhas investigações somente quando eu tivesse a história completa. Com peças faltando, muitas histórias acabam parecendo apenas fantasia.

....

A luz amarelada das lâmpadas incandescentes banha as fotos na parede. Elas não eram simples fotos de ex-presidentes da Rihhi – como há em muitas empresas. Na verdade, é um enorme organograma com a figura do presidente da corporação no topo, o CEO logo abaixo, e uma longa linha com cerca de 15 fotos dispostas lado a lado. Seriam os vice-presidentes.

Acima do CEO, o senhor Barnard Kampmann, que eu conhecia pessoalmente, está uma foto de um homem também conhecido. Abaixo de seu nome consta o seguinte: Presidente. Chama a minha atenção que os dizeres não sejam *Presidente emérito*, e sim apenas *Presidente*. O nome dele é Adolf Hitler.

....

Demoro um minuto para recobrar o fôlego. Se eu ainda tinha alguma dúvida de que essa empresa era nazista, essa dúvida acabara de se dissipar. Com minha inseparável Hasselblad em mãos, trato de fazer algumas fotos. Preciso de três fotos para conseguir enquadrar toda a extensão de quadros – que mais tarde eu investigarei. Apago as luzes, fecho as portas duplas e sigo pelo corredor até a sala do CEO.

Sento-me na cadeira dele, atrás da enorme mesa de mogno. Acendo uma luminária na mesa e percebo que a gaveta superior está fechada à chave. Abro primeiro todas as outras gavetas e começo a folhear pastas e documentos. Alguns memorandos internos, algumas planilhas financeiras. Documentos que, certamente, apresentam algo de excepcional e merecem ser estudados, mas não tenho tempo. Não posso me esquecer de que estou invadindo uma empresa e que, quanto mais tempo permanecer aqui, maior o risco de ser pego. Deixo-os de lado. Busco algo mais contundente. Não sei o que é, mas reconhecerei quando encontrar.

Sobre a mesa, pego uma adaga fina com a suástica na base. "Uma relíquia da guerra... que provavelmente perfurou os intestinos de alguns inimigos antes de descansar pacificamente nesta mesa", penso. Hoje, provavelmente, é usada apenas para abrir cartas. Forço a gaveta superior e consigo abri-la com facilidade.

Encontro uma Luger, pistola adotada pelo Exército alemão em 1908. Embaixo dela, mais documentos. São pastas finas, de poucas folhas. Abro a primeira: é um tipo de manifesto. Como um manifesto de voo e de navio. Consta a data de saída e a tripulação. Consta também o destino. É um dos documentos mais intrigantes que já vi. Abro as outras pastas para ver se são similares e todas têm o mesmo formato: data de saída, tripulação de três pessoas, destino.

Uma das pastas traz um nome já familiar para mim: Jörg Bardic. Data de saída: 11/10/1944. Com ele, no campo dos tripulantes, mais dois nomes: Albert Mann e Oliver Weiss. Destino: 1970. Assim mesmo. O campo destino não tem o nome de um local, mas sim um ano. Nessa pasta: 1970. Revejo as outras. Em algumas delas o destino é 1970. Em outras, é 1980, em outras ainda, 1990. Isso mesmo: 1990!

Com a adrenalina correndo por minhas veias, continuo abrindo as pastas, lendo os nomes, procurando algo, algo mais. E encontro mais um nome conhecido. Gelo. Não sei bem o que pensar disso tudo, apesar dos fatos estarem na minha frente. Lembro-me de um dizer: "A verdade por mais incrível que possa parecer é sempre a mais óbvia". Não sei se é verdade, mas só posso pensar nisso. Dobro os manifestos ao meio e guardo dentro do meu casaco, e ponho as pastas vazias na gaveta. Posiciono a pistola em cima das pastas e fecho a gaveta. Respiro fundo e levanto-me para sair. Minha missão ali havia se completado, e eu tenho tudo de que preciso – na verdade, tenho mais do que preciso. Vou agora digerir tudo isso. Então a porta se abre.

Dois homens estão em pé na soleira do imponente escritório. A luz vinda do corredor passa por eles e joga uma longa sombra, quase me alcançando. Eu vejo os contornos dos rostos, porém mal enxergo as feições. Mas percebo imediatamente que um deles é Jörg Bardic.

CAPÍTULO 12

RAY CAVE

Sinto os solavancos do veículo passando por algo irregular. Identifico duas vozes de homens junto comigo. Falam pouco, praticamente monossílabas. Não sei por quanto tempo rodamos. Fico pensando naquelas histórias que lemos, ou em filmes que assistimos, onde alguém é conduzido encapuzado e depois fala para a polícia: *rodamos 45 minutos*. Como pode saber? Eu não tenho a menor ideia se estamos rodando há dez ou trinta minutos.

O veículo para. Ouço as portas se abrindo. Um deles me pega pelo braço e manda que eu saia. Pressiona minha cabeça para não bater na porta do carro. Sinto um ar frio, talvez algum cheiro de mato também. Ouço, agora, outras vozes, talvez sejam três ou quatro.

"Se quisessem me matar já teriam feito", penso, para tentar me tranquilizar.

Uma porta se abre. Sim, definitivamente uma porta. Ouço vozes.

– Coloquem-no ali.

A porta se fecha. Aqui dentro está quente. Eles me empurram para me sentar. Minha respiração está ofegante. Sinto o suor encher minha blusa. Amarram minhas mãos atrás da cadeira na qual me sentaram. Amarram meus pés.

"Querem saber o que eu sei. Depois me matarão. Não posso deixar que saibam." Eles tiram o capuz. Uma luz forte ofusca minha vista. Vejo dois homens. Aos poucos meus olhos se acostumam ao brilho intenso dessa luz. Começo por discernir primeiro seus coturnos. Pretos e longos. Meus olhos sobem acompanhando suas pernas. Estão uniformizados. Definitivamente.

Percebo um cinto grosso e preto de couro com um coldre e arma. Uma camisa escura militar, algumas insígnias. Mal vejo os rostos com a luz brilhante vindo por detrás deles, mas são soldados. Agora tenho certeza: soldados uniformizados. Uniformes nazistas da SS.

....

Eles me desamarraram. Quando me levantei da cadeira, como por instinto, os dois homens simplesmente sacaram as armas e mandaram que eu ficasse parado. Não havia nada que eu pudesse fazer. Jörg Bardic pegou-me pelo braço direito e mandou que o acompanhasse. Atravessamos o corredor do andar até os elevadores, então ele me levou, silenciosamente, até o subsolo do prédio. Perguntei se ele era Jörg Bardic, mas ele não me respondeu. Por mais surreal que tudo isso parecesse, meus instintos me diziam que este homem havia nascido no início do século XX, passara pela Segunda Guerra Mundial e depois pela Primeira Guerra. E, de alguma forma, encontrava-se aqui e agora me prendendo.

Na garagem, levaram-me pelo braço até um canto escuro ao fundo. Achei que iam me matar, mas levei um soco, um direto no estômago. Urrei de dor e me curvei. Recebi uma rasteira e caí de lado no chão, ainda enrolado, apertando minha barriga. Chutaram-me nas pernas e na barriga algumas vezes. Notei que não chutaram meu rosto. Gritei que parassem, só que não surtiu efeito.

– *Halt!* – grita alguém que não consegui ver e nem tentei, pois estava agonizando da surra que havia levado.

Levantaram-me pelos braços, colocando-me de pé. Cobriram meu rosto com um capuz. Achei que iam me matar e que o capuz seria apenas para que eu não soubesse o momento exato e não reagisse causando dificuldades. Mas logo percebi, pela conversa desse terceiro homem, que me levariam para algum lugar.

....

Em Nova York, Linda estava cada dia mais e mais apreensiva. Não conseguia falar comigo, pois nunca sabia em que hotel eu estaria, e, por isso, precisava esperar que eu entrasse em contato. Estava preocupada e perdida pelo fato de eu falar a ela que precisava evitar Ray Cave e, além de tudo, Norma, a secretária dele, perguntava insistentemente a ela se tinha notícias nossas. Sempre que Ray viajava fazia contato com Norma pelo menos duas vezes – para acompanhar a equipe e mandar instruções –, mas, agora, já estava havia dois dias sem contato algum.

As duas trocavam preocupações na copa, enquanto tomavam café, e o burburinho na redação aumentava dia após dia. "Williams está atrás de uma grande notícia", diziam alguns. "Ray teve que ir à Alemanha pajear Williams, porque ele não sabe o que faz", diziam os invejosos. Mas a verdade é que uma tensão pairava no ambiente. Algo como uma nuvem negra sobre um piquenique, pronta para terminar com a paz instalada e bagunçar a vida de todos. E essa sensação estava mais perto da realidade que qualquer conjectura: o futuro e a realidade das coisas estavam galopando ao encontro dessa redação e das pessoas em geral.

....

Jogam um balde de água gelada em mim. Quase engasgo com o susto, pois não estava esperando. Levo um soco no rosto pela esquerda. Um soco na barriga. Urro de dor, eu me contraio. Grito para pararem.

– Conte o que sabe – exige um deles.

– Não sei de nada. Estava apenas fazendo uma reportagem com Rudolf Hess – respondo.

Soco na barriga.

– Podemos ficar aqui a noite toda batendo em você. Ou podemos encerrar isto rapidamente se você nos contar o que estava investigando e o que já sabe. O senhor nos conta e nós o soltamos. Em meia hora o senhor poderá dormir tranquilamente em seu hotel – fala um dos soldados.

"Balela. Mentira. Se eu contar o que descobri, me matam", penso comigo.

– É isto o que sei: vim a Berlim escrever uma reportagem sobre Rudolf Hess. Eu o entrevistei, e depois ele morreu. Não sei mais nada – insisto.

Soco na cara.

– O que o senhor procurava na sala de Barnard Kampmann?

Sempre estranhei a dicotomia da educação alemã: mesmo me enchendo de porradas, o soldado era capaz de ser educado e me tratar por senhor.

– Procurava algo que me ajudasse a entender se Rudolf Hess fora assassinado ou se realmente cometera suicídio – achei melhor fornecer este pedaço de informação para ver se a surra parava.

– Ótimo. Agora o senhor começou a desembuchar. E o que descobriu?

– Nada. Acredito que ele se suicidou mesmo.

– Mentira. Sabemos que o senhor esteve na mina. O que fazia lá e quem lhe deu o endereço?

– Fui parar lá por acaso. Gosto de caminhar pelas florestas.

Soco na cara. Soco na barriga. Aparentemente, meus interrogadores não têm senso de humor.

Alguém entra na sala. Ouço a porta se abrir e uma brisa gelada tomar conta do ambiente. Conversam de forma desconexa para mim. A dor e o momento não permitem que eu entenda o que falam. Os três saem.

O tempo passa. Estou amarrado pelas mãos e pelos pés nesta cadeira novamente. Molhado pela água gelada que jogaram em mim, sangrando pela boca e pelo nariz por causa das agressões. Com muita dor na barriga, acho que posso ter fraturado alguma costela. Com muita dor no rosto. Estou cansado e com sono. O tempo passa, e eles não voltam. Não sei quanto tempo, mas sei que ele passa. Adormeço.

Acordo na mesma posição, na mesma cadeira, com um pequeno filete de luz solar entrando por uma janela. Olho em volta e percebo que estou numa cabana de madeira, como uma casa de campo. Existem poucos móveis, mas não há uma decoração em especial. As janelas recobertas por um grosso tecido escuro não deixam a luz passar, a não ser por este pequeno filete que teima em iluminar uma faixa do assoalho. Estou com fome. Continuo molhado e com dor.

Um dos soldados entra. Acho que é um dos soldados da noite anterior, mas não tenho certeza. Só sei que é um homem fardado da SS. Confesso que minha mente se perde: parece que viajei no tempo. É como ver algo que não existe ou que está fora do lugar.

Ouço barulho de água e estremeço em pensar o que virá agora, mas ele apenas pega um copo de água, levanta minha cabeça puxando meus cabelos e vira o copo na minha boca. Bebo com sofreguidão.

– Preciso ir ao banheiro. Preciso comer – digo a ele.

– Você só sairá daqui e só comerá quando disser o que queremos saber. Se quiser pode mijar nas calças – responde o nazista.

O outro homem uniformizado entra.

– *Guten Tag* (Bom dia), *Herr* Williams. Precisamos que conte tudo que sabe. O que estava fazendo na mina e o que procurava no escritório do nosso CEO?

"Nosso CEO...", ele diz. "Nosso. Eles trabalham para Barnard Kampmann."

– Já disse: estava excursionando na floresta. Sempre faço isso na América. E quanto ao escritório do seu CEO, eu também já expliquei. Vim a Berlim fazer uma reportagem com Rudolf Hess. Ele morreu em situação suspeita. Estava tentando descobrir alguma coisa que pudesse jogar uma luz sobre a morte dele, mas já me convenci de que foi apenas um suicídio mesmo – minto, na esperança de que acreditem em mim.

Socos. Dois na barriga, um no rosto.

– *Halt!* Não sei o que vocês querem. Sou apenas um repórter de revista – grito para eles. Mas sei o que eles querem. Sei que fui longe demais.

– Não vamos mais bater no senhor, *Herr* Williams – o nazista se senta a meu lado. Dá dois tapinhas na minha coxa direita, como se me confortasse. Faz um sinal para o seu companheiro, que lhe entrega dois fios cumpridos.

– O senhor sabe que a eletricidade é uma das maravilhas do mundo, não sabe? – ele pergunta ironicamente tocando as duas pontas descascadas. Enquanto elas soltam faíscas, ele ri olhando-me nos olhos.

– O senhor tem algo para me falar? – insiste.

– Não. Pelo amor de Deus, deixe-me ir. Eu já disse: não sei de nada. Só estava fazendo uma simples reportagem. Me deixe ir e prometo que hoje mesmo embarco para Nova Yor... – antes de completar a frase, recebo o primeiro choque.

Quando ele retira os fios do contato com minha pele, estou ofegante. Tenho certeza de que estou com o olhar assustado encarando meu algoz.

– Tem algo mais para me dizer, *Herr* Williams?

Respiro, ofegante. Olho, assustado. Não, balanço a cabeça.

Não. Pare. Não aguento mais. Ele dirige os fios para um contato com minha pele novamente.

....

Acordo com um balde de água jogado no meu rosto. Acho que desmaiei no terceiro ou no quarto choque.

– *Herr* Williams, posso fazer isto o dia inteiro – o mesmo soldado nazista com um olhar psicopata sorri para mim. – Sabe quantas vezes já arranquei a verdade de um homem? Homens bem mais durões que o senhor. Soldados, *Herr* Williams. Soldados. Na Segunda Grande Guerra. Fiz homens se borrarem antes de me entregarem tudo que o *Reich* precisava saber. O senhor vai nos dizer o que precisamos saber, *Herr* Williams, tenha certeza.

"Na Segunda Grande Guerra... soldados... Este homem também é um viajante no tempo. Não posso dizer nada. Se disser, me matarão com certeza."

– Não tenho mais o que dizer. Não sei o que vocês querem de mim. Sou apenas um jornalista insignificante que estava no lugar errado, na hora errada. Me deixem ir que nunca mais ouvirão falar de mim.

– Infelizmente, isso não será possível, *Herr* Williams – ele pega uma faca pequena com uma ponta bem fina. Pede ao outro soldado para segurar minha mão esquerda.

– Temo que isto doa um pouco no senhor, mas é necessário. É para o senhor compreender que realmente precisamos saber o que o senhor sabe sobre nossa organização – e num só gesto ele enfia a ponta da faca por baixo da unha do meu indicador direito, vira e inclina numa alavanca e arranca-a de uma só vez.

A dor. Vejo sangue escorrer da ponta do meu dedo com uma dor que nunca imaginei existir.

– Pare... eu imploro...

Ele enfia a ponta da faca debaixo da unha do dedo médio. A inserção da ponta da faca até a base da unha é acompanhada de uma dor indescritível. Viro o rosto e fecho os olhos para não ver. Sinto o girar da lâmina, e a dor se intensifica. Contraio meu corpo todo. Cerro os dentes. Prendo a respiração e, finalmente, solto um grito.

Olho para minha mão, mais um dedo sangrando sem parar. O soldado nem olha mais para mim e se prepara para enfiar a ponta da faca no dedo anular. Eu me contraio todo novamente...

– *Halt!* – ouço um homem mandar os soldados pararem. Respiro, aliviado. Ofegante, chorando de dor.

Um terceiro homem adentra o casebre. Tenho a nítida impressão de que esse homem espera que eu me recomponha minimamente antes de falar algo mais. Percebo que ele gesticula para o nazista que me torturava, que se levanta e se afasta. Pede para o outro me dar um copo de água.

O ritual se repete: ele enche o copo com água, caminha até mim e levanta minha cabeça puxando meus cabelos; coloca o copo na minha boca quase me fazendo engasgar.

Respiro um pouco menos ofegante agora. A dor não se foi, mas consigo suportar. Não tenho opção. Então, levanto o rosto e olho o homem que interrompeu meu torturador. Vejo um homem num terno, e não num uniforme nazista. Os dois soldados dão um passo atrás e o homem de terno se abaixa, fica de cócoras para me olhar nos olhos.

– Você tinha que insistir em investigar, não é? Não podia simplesmente escrever a sua reportagenzinha de merda? – ele questiona num inglês perfeito. Uma voz que eu conheço.

Levanto novamente o rosto para o dono dessa voz que me é familiar. Contraio os olhos e quase me acostumo com a luz forte que vem de trás dele. O rosto começa a se delinear na minha frente. As curvas do queixo, o volume e a cor dos cabelos... Por fim, meus olhos encontram os dele: é Ray Cave. É meu chefe, Ray Cave.

CAPÍTULO 13

ROLF CULLMANN, A HISTÓRIA POR TRÁS DA HISTÓRIA

– Rolf Cullmann, pode me chamar de Rolf Cullmann. Este é meu nome verdadeiro – diz Ray Cave.

– Como assim, Ray? Que maluquice é essa?

– Faremos um pequeno trato: você me conta o que descobriu e eu mando este troglodita parar com a tortura. Também lhe conto o que eu sei. E tenho certeza de que é muito mais do que você sabe ou imagina saber.

– É tentador. Não aguento mais ser torturado. Mas por que me contaria algo? Vi tantas pessoas morrerem nos últimos dias que só posso acreditar que me matarão mais cedo ou mais tarde.

– Não preciso matar você, Williams, mas preciso saber o que você sabe. A oferta só é válida por mais alguns minutos.

– Eu aceito – tudo para parar com a tortura. Vou ganhar tempo, não vou falar tudo que sei e vou tentar descobrir algo de novo.

– Ótimo, ótimo. Soldado, desamarre-o, deixe-o usar o banheiro, tomar um banho. Depois, dê uma camisa e calças limpas para ele, e então me chame. Ele fede. Não quero ficar ao lado dele neste estado. Dê também uma sopa quente.

E assim foi feito: tomo um banho quente, rápido, sob olhares constantes deste soldado. Meu corpo todo dói. Onde toco, dói. Fico curvado embaixo do chuveiro. O sangue escorre das pontas dos dedos... Se não quebraram algumas costelas, com certeza chegaram bem perto disso.

Depois recebo esparadrapos, roupas e um prato de sopa. Legumes, eu acho. Nem sinto ao certo o sabor. E, finalmente, Ray Cave, ou Rolf Cullmann, seja lá quem for, adentra o quarto novamente.

– Ahhh, está bem melhor, não é? Nada como um banho quente, roupas limpinhas e uma sopa saborosa. Agora podemos nos entender. Williams, nunca quis que isto acontecesse com você. Temos sido amigos há muitos anos. Quando você decidiu escrever a série de reportagens sobre os oficiais nazistas, não imaginei que acabasse envolvido nesta trama toda. Você tinha apenas que fazer a reportagem, superficial como sempre. Mas você tinha que mexer demais na lama, não é? Agora estamos, você e eu, com este problema enorme.

– Não busquei nada, Ray... Rolf. Você sabe que vim a Berlim apenas para entrevistar Rudolf Hess. Seria algo bem rotineiro, mas ele decidiu, não sei por que, se abrir comigo e começou a plantar dicas sobre uma história secreta, complexa e tentadora. O segredo é sempre uma tentação para um repórter investigativo, Ray, é como um doce para um diabético, praticamente irresistível.

– Sim, Williams. E aí chegamos onde chegamos. Você deveria ter voltado aos Estados Unidos, com o corpo de sua linda esposa Carla, conforme eu insisti. Mas não, você quis prosseguir. Eu cortei sua verba para forçá-lo a voltar, e novamente você insistiu em ficar aqui e continuar suas investigações. Eu insisti que sua matéria já estava completa, que você deveria colocar no papel e finalizar. Mas não, o teimoso tinha que continuar, mais e mais. Agora, infelizmente, chegamos a este ponto.

– Ray... Rolf, conte-me o que você ia contar. O que está por trás desta história mirabolante? – pergunto na esperança de que ele comece a cumprir sua parte de nosso acordo.

– Ah, sim. Contarei, contarei. Mas primeiro quero saber. Não, preciso saber o que você descobriu até agora.

– Pedaços de informação, Rolf, pedaços. Sei que existe um homem, Jörg Bardic, que, por mais estranho que pareça, veio do passado. É algum tipo de viajante no tempo. Por que ele está aqui eu não sei, mas já o vi em mais de uma situação. Sei, também, que a empresa Rihhi é mantida, pelo menos em parte, por um grande tesouro guardado numa caverna na região de Schonach. Esse tesouro, tudo indica, faz parte da Câmara Âmbar. Acho que Hess foi morto porque decidiu abrir o bico. Outras pessoas também. Mas foi só isso que descobri até agora. Não sei como todas essas peças se encaixam. Me conte agora o porquê disso tudo.

– *Sehr gut* (Muito bem), Williams. Vou contar tudo que sei. Desde o início da Segunda Grande Guerra, nós, alemães, estávamos trabalhando pelo desenvolvimento de grandes armas de guerra. Precisávamos estar à frente das outras nações para conseguir nosso objetivo de expansão territorial na Europa e a imposição do nosso modo de vida. Foi assim que criamos tantas armas incríveis, como os submarinos de casco duplo, o avião a jato e os mísseis V-2. Mas – continua Rolf Cullmann – essas armas todas eram convencionais. Mais poderosas que as dos nossos inimigos, mas apenas armas convencionais. Assim, foi criada uma divisão especial liderada por *Herr* Hans Kammler com o objetivo de desenvolver a derradeira *Wunderwaffe*, as superarmas. Eu trabalhava com *Herr* Kammler. Esta divisão criou armas incríveis, como mísseis teleguiados, as *foo fighters*, os discos voadores Hanebu. Em meados de 1941, soubemos que iríamos criar uma máquina que nos permitiria voltar no tempo. Sei que isso vai soar estranho, mas deixe-me contar como aconteceu. Jörg Bardic simplesmente apareceu certo dia diante de Hans Kammler e disse que havia viajado no tempo, de um futuro próximo até 1914 e que, por isso, sabia que viagem no tempo era possível. É claro que *Herr* Kammler, em princípio, não acreditou, mas tratou de manter Jörg Bardic por perto. Uma vez que estávamos convencidos de que Jörg Bardic era realmente um viajante no tempo – prossegue Rolf –, começamos a trabalhar com ele para realizar a exata viagem que ele fez. Afinal, se ele estava ali, precisava voltar no tempo e repetir esta rotina. Muitas outras experiências de enviar soldados ao passado foram realizadas, inclusive objetivando mudar alguns resultados de encontros e confrontos. Hitler quis, por exemplo, tentar impedir a sua prisão em 1923. Mas nossos físicos, as mentes mais brilhantes do mundo, logo descobriram que o passado é imutável. Se ele já aconteceu, como alterá-lo? Sempre que tentávamos algo, outra coisa acontecia e recorrigia a história para o seu correto rumo.

– Isso é incrível, acho que até hoje os cientistas acreditam que se um dia for possível enviar alguém para o passado, essa pessoa terá que tomar muito cuidado para não mudar o fluxo de tempo e causar alguma catástrofe no futuro. Então isso não é possível? – pergunto.

– Simplesmente não. Acho muito engraçado quando leio algum artigo sobre viagens no tempo. O mundo todo ainda engatinha neste assunto, enquanto nós, o *Reich*, descobrimos seu funcionamento há muitas décadas. Depois que concluímos que não seria possível mudar o passado, nós nos preparamos para moldar o futuro, se precisássemos. E, infelizmente, precisamos. Desde cedo, sabíamos que não conseguiríamos sustentar duas frentes de guerra: uma a oeste contra a Grã-Bretanha e outra a leste contra a Rússia. Então, entre os anos de 1939 e 1941, o *Reich* tentou acordos de paz pelo menos seis vezes com Churchill. Interessava consolidar nossa posição já conquistada, poderíamos até devolver alguns territórios em troca da paz com a Grã-Bretanha, para podermos focar todos os nossos esforços e recursos na Frente Russa. Foram essas ações que culminaram com a viagem de Rudolf Hess à Escócia, em 10 de maio de 1941, para se encontrar com lorde Hamilton e tentar dar início às conversações de paz. Porém, com Hess capturado, Churchill se recusou a reconhecer a oferta e, por estratégia, tivemos que abandonar Hess à própria sorte alegando que ele havia agido de forma individual, sem autorização do *Führer*. Isso, claro, era mentira, mas era a contingência para o caso de Hess ser malsucedido. No final, você pode agradecer a Churchill por uma longa e sangrenta guerra onde morreram muitos milhões, mais do que precisavam morrer. Nós acabamos dizimados pelo inverno russo e, por fim, capitularíamos como todos já sabem. Mas o sonho do *Reich* de mil anos não poderia morrer assim e, por isso, lançamos mão da nossa mais importante peça de tecnologia: *Die Glöcke*. *Herr* Hans Kammler foi o responsável pela preparação do sino, e começamos metodicamente a enviar homens, soldados, para o futuro.

– Para o futuro? Por que viajar para o futuro? – pergunto totalmente assombrado.

– *Ja, ja*. Se a guerra estaria perdida em 1945, por que não retomá-la em alguns anos? E assim começou a operação *Zukunft* (Futuro). Começamos a mandar soldados e recursos para o futuro, mas não sabíamos, ainda, como calibrar a data de destino do sino corretamente e, assim, nós os enviávamos para uma década, uma data aproximada. Mandamos soldados para as décadas de 1960, 1970 e 1980, só que logo percebemos que essa técnica traria um problema: como juntar os soldados em torno de uma organização e propósito se eles estavam dispersos ao longo de décadas?

– Sim, esse plano me parece um tanto furado. Poderia servir apenas como uma rota de fuga, mas nunca da forma que vocês imaginaram: para reorganizar um exército capaz de se impor sobre as nações novamente – respondo.

– Pois é, Williams. Mas você se esquece de que estamos falando dos homens mais inteligentes do mundo. Bolamos um plano:

iríamos construir uma base, uma organização, que sobrevivesse e floresscesse financeiramente durante décadas para apoiar os esforços militares quando a hora chegasse. E, assim, criamos a empresa Rihhi. A Rihhi foi dotada de recursos muito além do que precisaria, já que sua missão seria apenas receber os soldados e desenvolver a nova geração de seguidores do novo *Reich* que ressurgiria no futuro.

– Mas como ela subsistiria ou existiria por décadas? – pergunto.

– Com recursos que havíamos colhido nas nossas conquistas, o maior deles sendo a Câmara Âmbar, à qual, acredito, você já foi apresentado.

– Sim, tive o prazer...

– Então, esses recursos eram aplicados no mercado financeiro. A missão da Rihhi era somente dar guarida aos soldados e formar novas forças militares para usarmos no momento certo.

– E quantos desses soldados vocês conseguiram mandar para o futuro, Rolf? E quando vocês estão planejando atacar novamente?

– Ah, *Herr* Williams, aí receio que você já queira saber demais. Só lhe digo que saberemos a hora de agir. Estamos, no momento, expandindo. A Rihhi está em muitos países: você vê os novos movimentos nazistas nos Estados Unidos, na Grã-Bretanha, na França, na Noruega e até mesmo na Alemanha? Em todos eles existe um dedo da Rihhi.

Rolf Cullmann, ex-Ray Cave, parece ter assumido na totalidade sua identidade germânica e nazista. Ele fala e se porta de modo totalmente diferente do homem que conheci em Nova York e que, achava, conhecia tão bem havia tantos anos. Sinto-me conversando com um soldado nazista da SS. Estou impressionado com isso tudo. Impressionado não, estupefato. Se tudo isso for verdade, o problema é muito maior do que aparenta e, também, não vejo motivo para Rolf poupar minha vida depois de ter me contado essas coisas todas.

– Rolf, por que está me contando tudo isso? Só posso crer que pretende me matar.

– Williams, seria a decisão mais simples e lógica, mas tem algo que você poderá fazer para se salvar: precisamos comunicar aos irmãos do mundo que eles não estão sós e temos que criar um canal de contato eficiente. Talvez você possa escrever uma série de artigos positivos sobre o ressurgimento do nazismo e mapeá-los pelo mundo. Temos uma dificuldade natural em contatar todos os grupos e avisar, a cada um deles, que não estão sozinhos.

– Esse parece um uso muito pequeno dos meus talentos, Rolf. Você pode mandar qualquer repórter da redação escrever essa reportagem.

– É verdade. Mas você é um jornalista sério, reconhecido. Se começar a escrever sobre isso, tenho certeza de que outros veículos de comunicação o acompanharão. Em breve teremos dezenas de reportagens dizendo que o nazismo está vivo e em todos os cantos. Isso dará força e ânimo aos irmãos para continuarem empunhando a bandeira da luta até que a data derradeira chegue e todos sejam engajados na construção do Quarto Reich. Williams, a civilização é um fino verniz e, se o arranharmos, a besta aprisionada escapará com facilidade. E essa besta somos nós e nós dominaremos o mundo!

É isso. Chegamos ao ponto. Ele, eles todos são loucos. Tenho até dúvida dessa maluquice de viagem no tempo. Sei, sei que vi provas. Sei que Jörg Bardic foi ao passado e está agora no presente, mas mesmo assim... Preciso pensar em fugir. Descobrir como me manter vivo e escapar.

– Preciso pensar em tudo isso que você me disse, Rolf. Lógico que não quero morrer e, em princípio, não vejo por que não escrever esses artigos.

Claro que não vou louvar os nazistas, mas esses artigos servirão, de alguma forma, como uma maneira de expor esses grupos radicais.

– *Sehr gut*. Naturalmente você não poderá voltar a Nova York. Terá que ficar aqui mesmo, como um hóspede, bem tratado. Nada de torturas ou algemas. Mas, entenda, até que eu possa novamente confiar em você, será vigiado 24 horas por dia.

– Entendi.

Rolf Cullmann, o homem que começo a conhecer agora, ordena que o soldado me amarre à cama, para que eu possa dormir, então ele se despede. Diz que tenho muito a pensar e promete voltar no dia seguinte para saber da minha decisão.

Tenho que fugir durante esta madrugada.

CAPÍTULO 14

KECKSBURG

Em Nova York, na sede da *Time*, o clima está cada vez mais confuso com a falta de informações de Ray Cave e James Williams. Numa reunião tensa com toda a equipe, Montgomery, o editor adjunto, aceita a pressão de Linda – de que não é mais possível negar que algo de errado esteja acontecendo – e aceita informar ao FBI o sumiço deles, além de pedir ao escritório da Alemanha que faça o mesmo com a polícia local.

Linda é uma das mais apavoradas.

– Williams estava atrás de algo grande, Montgomery. A mulher dele morreu. Agora perdemos contato com Ray. Precisamos avisar à polícia.

– Ok, ok. Vamos avisar. O problema, vocês sabem, é que depois que falarmos com o FBI o assunto irá vazar e a *Time* passará a ser "a notícia" para os outros jornalistas. Já vejo as manchetes: "Equipe atrapalhada da *Time* se perde fazendo reportagem", ou algo pior.

– Concordo com você, chefe – complementa Moretti –, mas também concordo com a Linda. Há algo de muito sério acontecendo, caso contrário, não ficaríamos sem notícia deles.

– Ok. Jackson, ponha Ruther, nosso amigo no Bureau, na linha que eu falo com ele. E vocês todos vão para a rua. Quero a máquina rodando. Não podemos parar. Todos têm suas pautas e seus cronogramas. Vamos, vamos, vamos!

Linda já estava com tudo pronto para ir a Kecksburg, Pensilvânia, investigar o incidente do "sino" avistado por moradores em dezembro de 1965. Pegou sua mochila, câmera e cadernos e rumou para o subsolo do prédio para sair com o carro da empresa, já reservado em seu nome. Seriam quase seis horas de viagem até o local, mas sua cabeça estaria em Berlim o tempo todo.

....

Ruther chegou à sede da *Time* na mesma tarde. Ele é parceiro de longa data da revista. Um contato pessoal de Ray Cave. A primeira vez que atuaram juntos foi no verão de 1975 no desaparecimento de uma criança. A *Time* fez ampla cobertura e, durante três edições (as buscas demoraram quase três semanas para serem concluídas), publicou reportagens especiais. Ray e Ruther ficaram próximos à medida que o FBI se aproximava da solução do caso.

Aliás, foi um caso atípico. Uma babá, Sonora Gomes, natural de Santo Domingo, havia se apaixonado pelo patrão, um banqueiro de nome Scott Frisck. Ele havia tido algumas relações sexuais com a babá, mas nunca deixaria a esposa, a ex-miss Kentucky, uma negra absolutamente linda. Quando Sonora não aguentava mais a possibilidade de não ficar com Frisck e foi ameaçada de demissão pela mulher dele, ela resolveu se vingar. Sonora buscou na escola o pequeno Bob, o filho do casal Frisck, de apenas sete anos, e saiu da cidade. As investigações levaram a polícia à Pensilvânia e, durante as três semanas, uma equipe da *Time* esteve sempre lado a lado com eles. Gentileza permitida exatamente por Ruther, que acabara de assumir a filial de Nova York e queria mostrar o trabalho do Bureau à população.

O fim da história foi dramático: cercada numa cabana em Betherl Park, nos arredores de Pittsburgh, a babá se suicidou após matar o menino. Houve tristeza e comoção e, enquanto outros jornais se anteciparam em culpar o FBI pela tragédia, a *Time* defendeu o trabalho deles, alegando que nem sempre é possível evitar essas tragédias e que grandes homens, como Ruther, não poderiam ser culpados por atos de psicopatas. Ruther salvou sua gestão na filial do Bureau e tornou-se agradecido a Ray Cave, que, aliás, nunca aceitou esses agradecimentos, pois sempre considerou que apenas fizera seu trabalho com isenção.

Ruther chega à *Time* com uma pequena equipe e todos começam a entrevistar os jornalistas para entender os fatos e juntar pistas. Mas quem mais sabe dos fatos é Linda, que está longe já – a meio caminho entre Nova York e Keckburg a essa altura.

....

Em 9 de dezembro de 1965, uma brilhante bola de fogo foi vista por milhares de norte-americanos a rasgar o céu de seis estados. Finalmente, o objeto não identificado atingiu o solo em Kecksburg, uma pequena vila no estado da Pensilvânia, perto de Pittsburgh, tornando-se conhecido como o Incidente Kecksburg.

Rapidamente os militares norte-americanos fecharam o local para impedir o acesso de civis e recolheram o objeto, em formato de sino. Vários depoimentos podem ser facilmente encontrados nos quais cidadãos americanos relatam ter visto uma "bola de fogo". Alguns conseguiram, inclusive, ver o sino já em terra e pelo menos uma foto do objeto, já carregado num caminhão militar, fugiu à censura deles.

Logo, suposições e histórias conspiratórias começaram a surgir. A primeira informação oficial é de que seria apenas um meteoro, mas foi logo substituída por alegações de que seriam detritos de algum satélite russo. Porém, nenhum satélite russo da época tinha o formato de sino, e as autoridades norte-americanas nunca mais reproduziram a peça para a imprensa e a comunidade verem e examinarem, direcionando o imaginário público a todo tipo de teoria.

Desde que o professor Waldmann me falou do sino e eu pedi a Linda que voltasse à cidade de Kecksburg para investigar, ela havia se preparado. A maioria dos jornais da época seguiu a reportagem do *The Spokesman-Review*, interpretando o objeto como um OVNI. Mas especulações de que seria uma nave russa também surgiram, além da obviedade de pensar que fosse um meteoro. Porém, a verdade é que a NASA trancou os arquivos da investigação do incidente. Os militares também não falavam nada sobre isso, o que só ajudou a aumentar a paranoia conspiratória. Linda planejava entrevistar algumas pessoas que avistaram o objeto na época para tentar entender em primeira mão os fatos ocorridos. Ela havia conseguido falar com um dos moradores, o senhor Eichler, e marcou uma conversa com ele. Kecksburg é uma área rural de Mount Pleasant, então não haveria muitas outras opções de local para se reunirem além da casa de Eichler.

O senhor Eichler e a esposa a receberam com muito entusiasmo. Ele tinha apenas 13 anos quando viu uma "bola de fogo esverdeada" atravessar o céu e diz que, desde então, sua vida mudou. Típicos moradores de cidade pequena norte-americana, receberam Linda com refrescos e *cookies* feitos na hora pela senhora Eichler. Ela não vivia na região e não viu nada no dia, embora alegue ter acompanhado de perto as notícias por todas as semanas seguintes. Sim, o fato foi tão raro que alimentou o noticiário local por muitas semanas.

O senhor Eichler disse que a movimentação de militares, com caminhões, polícia, bombeiros e repórteres foi sem precedentes.

– Eu estava jogando beisebol com meus amigos, como sempre fazia naquela época, quando vimos o objeto no céu. Tanto o objeto quanto o rastro tinham uma cor predominantemente verde, mas também havia tons de amarelo, laranja e até roxo.

– Mais alguém que estava com o senhor viu o objeto, senhor Eichler? – Linda perguntou.

– Sim, sem dúvida. Muitas pessoas viram. Inclusive chamei algumas à nossa casa para conversar com você. Elas devem estar chegando.

Menos de meia hora de conversa depois, a campainha toca, e a senhora Eichler traz duas pessoas consigo.

– Prazer, sou Jerry Betters – apresenta-se um dos homens.

– E eu, James Romansky. Eu era bombeiro voluntário na época e dei uma boa olhada no objeto – ele estende a mão para um aperto.

– Sentem-se, rapazes – diz a senhora Eichler –, comam *cookies* e sirvam-se à vontade do refresco de laranja fresquinho.

Mal começam a conversar e a campainha toca novamente. Dessa vez adentrou Jim Mayes acompanhado de um homem bem idoso, o senhor Ernie Hoffmann. Depois de acomodar o senhor Hoffmann, Mayes se apresenta.

– Tive que trazer o senhor Hoffmann. Quando falei que a *Time* estaria aqui, ele exigiu. Apesar dos seus 97 anos ele é bem esperto. Sua mente está superaguçada ainda. Não é, senhor Hoffmann? – Mayes termina a frase gritando para que o nonagenário ouça.

– Não grite comigo, seu mal-educado! Ouço muito bem e me lembro de tudo o que aconteceu naquele dezembro de 1965.

Estavam sentados em volta de uma mesa com refrescos e biscoitos, numa sala típica de cidade pequena: sofá xadrez, mobiliário com pés palito, carpete surrado recobrindo todo o piso de madeira e muito colorido. Paredes verde-claras, bufê amarelo. Uma grande televisão com estrutura de madeira repousada no chão. O calor anfitrião de pessoas simples do interior prontas para contar a história de suas vidas. E, assim, Linda ouviu atentamente um dos relatos mais enigmáticos de sua curta vida jornalística.

– Eu começo – disse o senhor Hoffmann quase gritando –, não quero saber de *cookies*.

– Pois bem, senhor Hoffmann. Conte o que viu na noite de 9 de dezembro de 1965 – pede Linda.

– Eu era repórter do *Post-Gazette* na época. Na verdade, estava para me aposentar, mas meus chefes insistiram para que continuasse trabalhando, pois não tinham mais ninguém na cidade para fazer meu trabalho. Eu já estava com 76 anos e tudo que eu queria era ir para casa e cuidar da minha horta. Você sabe, senhorita... senhorita?

– Linda, senhor Hoffmann.

– Eu sempre tive uma horta caseira e naquela época já era a maior e melhor horta caseira da cidade. Eu plantava batatas, tomates, muitos temperos e fazia meus próprios condimentos...

– Senhor Hoffmann, por favor. A senhorita Linda não dirigiu seis horas para ouvir o senhor falar da sua plantação de batatas – interrompe Mayes.

Os outros presentes soltam um riso involuntário. O senhor Hoffmann era famoso por ser prolixo e seu assunto preferido era sua horta caseira. Seria um desafio essa entrevista.

– Está tudo bem, rapazes. Não me importo de ouvir o senhor Hoffmann falar de sua horta. Mas, senhor Hoffmann, eu realmente vim saber mais do objeto que aterrissou naquela noite em sua cidade. O que pode me contar sobre isso? – com habilidade e jeito, Linda volta a colocar a conversa no rumo correto.

– Pois bem. Está certo. A senhorita está aqui para isso. Eu estava trabalhando no turno da noite na *Gazette* quando recebemos uma ligação sobre uma "bola de fogo" no céu de Kecksburg. Peguei o fotógrafo de plantão e saímos de Greensburg, onde ficava a *Gazette*, e rumamos feito uma bala para o local. Infelizmente, quando chegamos, os militares já haviam cercado tudo. Discutimos com um soldado, mas ele não deixou que entrássemos no perímetro estabelecido. Notamos algumas árvores queimadas no topo e muitos caminhões militares se encaminhando para o que deveria ser o epicentro, ou o ponto de contato do objeto. Conseguimos vê-los carregarem um objeto no formato de um sino. Mas, para mim, era um pequeno objeto. As pessoas falam que tinha entre três e quatro metros de altura, mas eu acho que era bem menor. Algo como uma maleta de mão.

Jerry Betters ri.

– Ele sempre diz isso, e eu sempre digo que ele já era gagá naquela época. O objeto era grande. Eu também estava lá e vi – diz Betters.

– Conte a sua versão, por favor, senhor Betters – pede Linda.

– Eu e Eichler estávamos jogando beisebol no campinho do bairro. Vimos a bola de fogo passar sobre nossas cabeças. Ela era amarelada e deixava um rastro também amarelo.

– Tinha tons de amarelo, laranja e até roxo – interrompe Eichler.

– Enfim, amigo, deixe-me prosseguir – continua Betters. – Corremos, eu e o meu amigo aqui, para o local do impacto. Foi uma corrida longa. Lembro que chegamos esbaforidos e suados. Ao chegar lá, o local já estava totalmente cercado. Os militares deviam estar monitorando o objeto, porque chegaram muito rápido. Bom, o objeto era grande, do tamanho de uma pequena nave: uns quatro metros de altura por quatro de diâmetro. Eu acho que deveriam caber no mínimo uns seis soldados ali dentro.

– Expressão interessante, senhor Betters. Por que o senhor acha que o objeto poderia estar transportando soldados e não extraterrestres, por exemplo? – indaga Linda.

– Eram soldados. Eu sei disso. Meu sexto sentido não falha. Acho que era algum protótipo militar norte-americano. Ele era amarelo--esverdeado e foi içado para a caçamba de um caminhão do Exército. Sei que era um caminhão do Exército, porque era verde-oliva e tinha uma estrela branca na porta. E se o objeto não era de um projeto secreto do Exército, como eles conseguiram chegar tão rápido ali?

– Não era coisa de extraterrestres, senhorita Linda. Disso, todos nós temos certeza – acrescenta Eichler.

– Na época se especulou muito que poderia ser um OVNI. Aliás, os jornais correram para afirmar que era, e os militares esconderam tudo de maneira muito suspeita, mas não houve rastros de materiais de outros planetas, resíduos de metais, combustíveis estranhos, radioatividade. É verdade que surgiram depois alguns depoimentos de que o sino tinha inscrições estranhas no seu entorno, e por isso poderia ser de origem extraterrestre, mas a verdade é que nenhuma das pessoas que viu o objeto, inclusive estas que estão aqui, viu essas inscrições de outro planeta. Eu acho que os militares plantaram essa informação mais tarde para enganar todo mundo – contou Jim Mayes.

– Não era um OVNI. Com certeza – interrompe James Romansky.

James Romansky não só era uma testemunha ocular do fato como era do corpo de bombeiros e foi um dos primeiros a chegar ao local. O seu relato encerra de forma contundente a pesquisa que Linda foi fazer.

– Os relatórios dos militares e do governo são um monte de baboseira para nos enganar. Se o objeto era mesmo um meteorito, por que nunca o apresentaram à população? Como não deixou nenhum resíduo mineral, de minérios inexistentes na Terra? Se fosse mesmo um meteorito, eles poderiam simplesmente chamar a imprensa, os bombeiros, a população e dizer: "Olha, esta é a pedra que caiu do céu. Podem tirar fotos à vontade". Mas a verdade é que depois que o Exército colocou aquele objeto no caminhão, nunca mais alguém o viu. Eu não tenho dúvidas de que o que pousou em Kecksburg naquela noite era uma cápsula, uma nave de algum tipo. Se era nossa ou dos russos, eu não sei, mas que era uma nave, disso eu tenho convicção.

– Eu descobri para onde o objeto foi levado, senhorita Linda – acrescenta Hoffmann. – Para o hangar da base aérea de Wright-Patterson, em Dayton, Ohio. E um repórter, contato meu em Dayton, tentou descobrir algo mais no local. O máximo que ele conseguiu foi levar uma surra e ser ameaçado pelos militares de apodrecer numa cadeia pelo resto da vida após ter invadido a base e dado uma olhada no hangar. Ele, Pitt Moore, afirmou ver um corpo sendo examinado. Um corpo humano, uniformizado. Ele usava um uniforme preto com uma marca na gola: SS. Como na época dos nazistas. Mas isso eu não posso garantir, senhorita, pois não vi pessoalmente.

....

Linda não sabia aonde essa investigação a levaria. Sabia agora que um estranho objeto havia aparecido no céu dos Estados Unidos, quase vinte anos antes, e que ele poderia ser algum tipo de nave, carregando pelo menos um oficial nazista. Ela tinha mais perguntas agora do que quando se dirigira a essa estranha reunião com homens que ainda vivem com a cabeça no passado. Num passado estranho que eles não sabem explicar.

E, para aumentar o mistério, pelos menos outros dois objetos do mesmo formato – sinos – foram avistados: em Mildura, Austrália, em 1970, e em Virginia Beach, no estado da Virgínia, em 1976. Quase sempre em intervalos de cinco anos. O que isso significaria?

Juntando todo o caldeirão de dúvidas estava o desaparecimento de James Williams e Ray Cave. Ela foi a Kecksburg em busca de respostas, mas voltou carregada de perguntas e de medo.

....

Na sede da *Time*, Linda encontrou uma dúzia de agentes do FBI revirando arquivos e fazendo perguntas. Ruther era o responsável agora e estava determinado a encontrar James Williams e Ray Cave. A Interpol já havia sido avisada, bem como a filial da *Time* em Berlim. O editor local iria pessoalmente à polícia e ao hotel em que Ray e James haviam se hospedado e sido vistos pela última vez. Mas tudo seria em vão. Nem Ray Cave, ou Rolf Cullmann, nem James Williams seriam encontrados.

CAPÍTULO 15

ANTÁRTIDA

– Vista-se! – grita o soldado. – Vamos voar.

"Eram 4:00 horas da manhã. Voar para onde? O que está acontecendo agora?" Ele me solta das amarras e permite que eu use o banheiro. Depois, seguimos na escuridão rumo às luzes do que parece ser uma pista de pouso e de decolagem. Reconheço facilmente o mamute de metal, é um trijato da McDonnell Douglas, um DC-10 adaptado para carga.

Dentro dele, encontro uma movimentação, um frenesi em preparação para a decolagem. O guarda me orienta a sentar-me numa das poltronas laterais. Existem duas fileiras de poltronas encostadas na fuselagem, frente a frente. Uma formação típica de um avião militar. Conto rapidamente uns trinta homens se afivelando ou andando entre a cabine de comando e a entrada. Rolf Cullmann adentra.

– Bom dia, Williams. Vejo que está bem-disposto. Pronto para a aventura de sua vida?

– Existe outra opção, Ray... Rolf? Prefiro não ir para onde quer que vocês pretendam me levar.

– Ah, mas e seu espírito investigativo, Williams? Eu duvido que você continue pensando assim quando chegarmos lá – vaticina meu ex-chefe.

As três turbinas que estavam em giro lento, quase sem fazer barulho, agora aceleram. As portas se fecham, as luzes internas se apagam e pelos alto-falantes ouvimos o comandante dizer para nos prepararmos para a decolagem.

– Para onde vamos, Rolf? – insisto.

– Assim que estivermos fora do espaço aéreo europeu eu lhe conto, Williams. Agora, relaxe um pouco. Daqui a duas horas tomaremos nosso café da manhã.

O pesado DC-10 taxia com facilidade na pista improvisada. Uma breve parada na cabeceira da pista nos prepara para a decolagem. As turbinas alcançam seu volume máximo e um som ensurdecedor invade.

A decolagem parece quase vertical. A nave acelera e ascende numa velocidade que me parece exagerada, mas, poucos instantes depois, ela nivela e começa seu voo de cruzeiro. Estamos a caminho. Para onde, não sei.

....

Linda está de volta à sede da *Time*, em Nova York. O frenesi mantém-se no mesmo patamar desde que o FBI foi envolvido. Montgomery está revoltado, pois a notícia do desaparecimento do editor-chefe da revista, e de um jornalista, já ganhou as ruas e o maior concorrente da *Time*, a revista *Life*, fez uma reportagem repleta de sarcasmo: "Editor e repórter desaparecem sem deixar rastros" é o título. O texto ironiza o fato de que eles estavam "caçando bruxas" e fantasmas do passado. E que provavelmente tiraram umas férias e foram para as Bahamas, sem avisar à revista. E que o episódio todo só demonstrava a inépcia da concorrente.

– Quem deixou essa informação vazar? – grita Montgomery na redação. Ninguém se mexe. Ninguém respira. – Se eu descobrir quem foi, demito sumariamente!

Agora é que ninguém assumirá mesmo o vazamento, mas, na verdade, é provável que tenha sido o próprio Bureau.

O FBI continuou revirando e interrogando todos na empresa, atrás das mínimas pistas que possam indicar o destino dos dois. Tudo que eles descobrem é que James Williams foi entrevistar Rudolf Hess, que esteve com Melaohui e o professor Waldmann, e os hotéis em que ficaram. Tudo é repassado à Interpol, que estaria trabalhando a quatro mãos com a polícia local. O desaparecimento dos dois já era tido como "suspeita de ato criminoso", e, agora, só restava torcer para que os policiais fizessem seu trabalho com diligência.

....

Duas horas depois da decolagem, Rolf Cullmann me acorda. Ganho o direito de andar livremente no avião. Vamos para a parte posterior da aeronave, onde há uma pequena sala com mesa e cadeiras.

– Sente-se, Williams. Vamos tomar nosso café e conversar – ordena Cullmann.

– Para onde vamos? – pergunto.

– Isso não posso lhe dizer ainda, mas posso adiantar que será a mais incrível descoberta da sua carreira jornalística.

– Então me conte, ao menos, por que está me levando.

– Sim, isso eu posso contar. Tive que insistir para que eles deixassem você vivo e para que viesse conosco. Eles o queriam fora da equação lá mesmo, no barracão.

– E por que você me poupou?

– Eu os convenci de que podemos mostrar a você nossos planos, pelo menos em parte, e que, acredito, você entenderá a nobreza por trás de nossos atos e cerrará fileiras conosco. Assim, quando voltarmos a Nova York e à revista, poderá elaborar matérias favoráveis a nós. Para que nossos planos deem certo, precisaremos da população do nosso lado e você poderá ser uma das peças cruciais para nossa propaganda.

– Acho pouco provável que eu me junte a vocês, Rolf. Lembre-se de que minha esposa foi assassinada.

– Eu sei. Como me esqueceria disso? Foi lamentável, uma tristeza, com certeza. Mas, uma vez que conheça nosso projeto, acredito na sua inteligência para entender que fatalidades podem acontecer quando se busca um objetivo maior e mais importante.

– O que mais você tem para me contar então, Rolf?

– Por enquanto não muito. Só que temos um plano grandioso para construir a maior e mais poderosa nação do mundo. E o mundo conhecerá uma era de paz, sob um regime democrático e moderno.

– Democrático? Esse seu discurso não parece democrático.

– Hahaha. Sim, Williams, sim. Democrático. Não essa democracia falida dos Estados Unidos. Mas uma nova ordem, em que as pessoas tenham liberdade de escolha, mas o Estado seja forte. E através dessa força teremos uma economia forte, criminalidade mínima, educação e saúde para todos.

– Por acaso esse seu "novo mundo" excluirá judeus, deficientes, homossexuais e ciganos?

– Hahaha. Você está com má impressão nossa, Williams. Não vivemos na década de 1940. Soubemos nos adaptar e evoluir. Você está pensando no nazismo do início do século. Nada mais ultrapassado.

A voz do piloto crepita pelos alto-falantes espalhados pela nave.

– Senhores, voltem aos seus lugares. Iniciaremos o procedimento de pouso.

"Já?", penso.

– Chegamos, Rolf?

– Não, Williams, vamos pousar para abastecer em Rabat, no Marrocos. Mas seguimos imediatamente para nosso destino final.

....

– Abdallah Melaouhi sumiu – diz Ruther.

Linda está numa reunião com Montgomery, explicando suas descobertas em Kecksburg, quando Ruther interrompe, informando que o enfermeiro de Rudolf Hess também estava desaparecido.

– A Interpol foi aos possíveis lugares onde ele estaria, mas não o encontrou – continua Ruther.

– Vocês acham que ele foi assassinado, como Hess? – pergunta Montgomery.

– É cedo para concluir isso – responde Ruther.

– E o professor Waldmann? Alguém conseguiu falar com ele? – pergunta Linda.

– Sim, a polícia local de Berlim conseguiu falar com ele – explica Ruther. – Mas a conversa foi estranha. O professor Waldmann pareceu confuso e falou em Câmara Âmbar, em conspiração. Mas numa coisa ele ajudou: disse que Williams investigaria uma empresa chamada Rihhi. Uma equipe de policiais está se dirigindo para essa empresa neste exato momento.

....

As poderosas turbinas JT9D da Pratt Whitney começam a acelerar. Ficamos em solo uma hora, tempo suficiente para abastecer a aeronave de combustível, água e alimentos. Pela demora, acredito que iremos para algum lugar bem distante.

A fuselagem do DC-10 vibra mais que o normal durante a segunda decolagem. Subimos num grau de inclinação menor e parece uma eternidade até alcançarmos velocidade de cruzeiro. Assim que estabilizamos, o piloto avisa que podemos soltar os cintos e relaxar durante as 14 horas seguintes de voo.

Minha mente viaja. Penso em todos os lugares que podemos alcançar partindo de Marrocos: o norte ou o oeste europeu não é nosso destino final, caso contrário não teríamos rumado para o sul. O leste europeu pode ser uma opção, mas não voaríamos por 14 horas para chegar lá. Só nos resta o sul do continente africano ou algum lugar da Ásia. Aposto mais nessa segunda opção, até porque 14 horas é mais do que o necessário para alcançarmos o sul da África.

Rolf Culmann encontra-se ocupado a maior parte do tempo. Há mais quatro compartimentos neste DC-10 adaptado. Além da cabine de voo, da cabine para passageiros na qual estamos e da sala para refeições, existe um grande espaço de armazenagem e, pelo que observo, estamos levando engradados de alimentos. Há, ainda, um último compartimento que parece um paiol de armas. Não tive acesso a esse espaço.

Assim que pousamos em Rabat houve um vaivém de soldados, que entravam e saíam do avião. Pude ver os caminhões-tanque abastecendo, mas apenas isso me foi permitido. Fiquei sob escolta o tempo todo. Fomos avisados de que decolaríamos, e Rabat rapidamente ficou para trás, junto com qualquer desejo que tive, mesmo que por um breve instante, de fugir daquele mamute de metal.

– Agora coma e descanse, Williams – Rolf me diz. – Este trecho será um pouco mais longo.

– Qual é nosso destino, Rolf?

– Walfischbucht, Namíbia. Serão cerca de oito horas de voo. Mas não será nosso último pouso. Lá vamos abastecer para prosseguir viagem.

Walfischbucht (Walvis Bay) é uma pequena cidade espremida entre o deserto da Namíbia e o oceano Atlântico. A escolha de reabastecermos na Namíbia certamente tem a ver com as ligações antigas que esse país tem com a Alemanha. Até o fim da Primeira Guerra Mundial, a Namíbia era colônia alemã e até hoje mantém boas relações diplomáticas com o país. Muitas de suas localidades têm nomes germânicos e em vários dos locais se fala alemão.

....

Oito horas depois, pousamos numa faixa de asfalto em meio ao deserto da Namíbia, um dos mais inclementes da África. Rolf permite que eu estique as pernas.

– Deixe-o andar pela pista do aeroporto se quiser, mas não tire os olhos dele nem um minuto! – Rolf gritou para um dos soldados.

Ele sabe que não há para onde fugir aqui. E, para falar a verdade, minha curiosidade jornalística está tão impregnada agora que prefiro prosseguir para entender o que existe no final dessa jornada. Eu caí na "toca do coelho" e quero sair do outro lado, no País das Maravilhas.

– Todos a bordo! – grita o comandante.

A temperatura na pista de pouso deve ser de cerca de 50 °C ao sol. Esticar as pernas foi útil, mas prefiro mesmo voltar ao conforto do DC-10. As turbinas já foram ligadas e giram lentamente, o caminhão de combustível já se desconectou. Não vejo Rolf em lugar nenhum, mas vejo alguns soldados aprumando o passo para dentro do avião.

O barulho ensurdecedor das três turbinas preenche o interior da aeronave. Ela foi extirpada de seu revestimento acústico, acredito que objetivando ficar mais leve, e, assim, absorvemos todo o volume da queima de combustível. O avião começa a se movimentar pela pista, a fuselagem vibra e o piloto acelera.

Chega o ponto sem retorno em que a aeronave só pode decolar, sob o risco de se espatifar no final da pista. O piloto habilmente empina o nariz do avião para cima e, à medida que sobe suavemente, ele curva a nave para a esquerda. Consigo ver pela janela o mar e o deserto até o momento em que o avião endireita e aponta para o sul. Continuamos subindo e deixando a Namíbia para trás. Adormeço.

....

Acordo sem muita noção da hora e com o cheiro de comida.

– Venha jantar – chama Rolf.

Solto o cinto de segurança e caminho para a parte posterior da aeronave, onde estão as mesas e os sofás. Praticamente uma área para confraternizações dentro do DC-10.

– Agora já posso saber para onde vamos? – pergunto a Rolf, que já está sentado à mesa, comendo.

– Pode. Não há mais nada que você possa fazer.

Antes que ele fale algo mais, noto um oficial olhando feio para ele, como se desaprovasse sua atitude.

– Friedrich, não vejo por que ele não possa saber agora. Em mais cinco, seis horas, ele saberá para onde estamos indo, pois já teremos chegado. Qual é a diferença? – fala Cullmann para o alemão, que revira os olhos, como se não se importasse, e então se afasta de nós.

– Então, Williams. Tenho planos para você. Eu o trouxe conosco por conta de nossa amizade de muitos anos. Podia tê-lo matado lá atrás, mas decidi trazê-lo para mostrar nosso projeto, nosso sonho, e, acredito, você vai gostar e se juntar a nós. Assim, não vou precisar matá-lo.

– Entendo. Mas preciso saber para onde estão me levando. E que projeto é esse.

– Claro, claro. Tudo a seu tempo. Primeiro, deixe-me contar o nosso destino. Estamos rumando a Neumayer, Antártida. Você, com certeza, já ouviu falar da mítica Neuschwabenland[14].

– Neuschwabenland? Isso não é um mito? Um local onde, após a Segunda Guerra Mundial, centenas de soldados nazistas, centenas de navios e submarinos se refugiaram?

Eu jamais acreditara nessa história: uma base secreta nazista num local que fica 16 mil quilômetros distante da Europa, onde as temperaturas estão abaixo de quarenta graus negativos, seria uma impossibilidade. Após a Segunda Guerra, muitas histórias malucas como essa surgiam frequentemente e tínhamos um trabalho enorme filtrando a verdade da mentira.

– Não, Neuschwabenland não é um mito – continua Rolf. – Quisemos que o mundo pensasse assim, caso contrário expedições seriam enviadas para nos localizar. Após a capitulação do Exército alemão, tentamos salvar o máximo de equipamento militar, como navios e submarinos, além de muitos oficiais de quem nunca mais se ouviu falar. Neuschwabenland existe, fica próxima da base científica de Neumayer. Você não deve esquecer que o vasto império alemão consistia não somente daquele pedaço de terra da Europa Central, mas também possuía 600 mil quilômetros quadrados, os quais muitos, se não a maioria, não foram ocupados pelos Aliados. Portanto, prepare-se para conhecer uma *impossibilidade*, Williams.

CAPÍTULO 16

UM LUGAR QUE NÃO DEVERIA EXISTIR

Cerca de seis horas após sairmos de Walvis Bay, na Namíbia, acordo quase instintivamente. O *timing* foi perfeito.

O enorme DC-10 fazia uma curva acentuada à esquerda, à medida que ia perdendo altitude; olho pelas janelas e vejo a fuselagem atravessar as espessas nuvens, lembrando-me da minha infância, quando voei pela primeira vez com meu pai e achei que as nuvens fossem feitas de algodão.

O sol brilha timidamente acima delas num céu cinza-azulado. Logo, elas ficam para trás e começo a enxergar a massa enorme e branca da Antártida. Penso agora em todas as expedições realizadas na conquista de um território tão hostil, como a de Roald Amundsen[15], e para que isso nos serviu como civilização. Uma enorme área, 14 milhões de quilômetros quadrados, imprópria para a vida humana. Ou pelo menos, assim eu acreditava.

Na segunda volta que o DC-10 faz, percebo que estamos circulando o cume de uma cadeia de montanhas. O piloto avisa pelos alto-falantes que vamos pousar e que devemos todos voltar a nossos lugares e afivelar os cintos. Ainda não percebo uma pista de pouso, mas noto a terceira volta da espiral descendente do mamute de aço.

De repente, noto um buraco numa das montanhas. Uma enorme abertura que, se eu tivesse que arriscar, diria ter uns cem metros de largura. Observando bem, vejo luzes em seu interior. Mais especificamente: luzes de pista, de taxiamento. Duas fileiras de luzes paralelas separadas por alguns metros. Estou vendo nossa pista de pouso.

– Vamos pousar dentro dessa caverna? – questiono.

– Sim. Não é fantástico? – Cullmann me devolve um sorriso.

Não senti medo. Não senti mesmo. Os homens que estavam comigo já devem ter feito essa operação inúmeras vezes. Todos seguiram naturalmente com seus afazeres e conversas, como se estivéssemos num passeio de barco pelo rio Reno.

Quando o avião se posiciona de frente para a entrada da caverna, eu, obviamente, perco a visão dela. Mas, à medida que atravessamos a sua "boca", consigo ver as paredes subindo nas duas laterais. A boca da caverna é absolutamente enorme e, como se estivéssemos adentrando um mítico monstro engolidor de aviões, em segundos o céu desaparece e ficamos na quase escuridão.

As rodas tocam o solo fazendo seu barulho típico. Sentimos os reversores das três turbinas do DC-10 serem acionadas enquanto somos lançados em direção à parte frontal da aeronave. O metal range, a borracha reclama. Em segundos estamos parados novamente.

....

Depois do fim da Segunda Guerra Mundial, por inúmeros e distintos motivos, dezenas de teorias conspiratórias surgiram. O corpo de Adolf Hitler, por exemplo, nunca fora corretamente identificado. Confusão atribuída aos soviéticos, que fizeram seu trabalho apressadamente durante a conquista do *Führerbunker*, o abrigo do líder em alemão. As suas gafes suscitaram a possibilidade de ele ter escapado para a Argentina e ainda estar vivo em algum lugar. Mas eu agora tenho quase absoluta certeza de que não foi isso que aconteceu.

Teorias sobre tesouros secretos dos nazistas pipocaram aqui e ali gerando verdadeiras corridas ao ouro. Nada jamais foi provado, em especial a famosa e lotada de preciosidades Câmara Âmbar, que teria caído em mãos alemãs e ocultada por eles. A história, o mito, pouco a pouco se desvaneceu no tempo. Agora, sei o que aconteceu com a Câmara Âmbar.

Dezenas, se não centenas, de navios e submarinos nazistas nunca foram encontrados. Novamente teorias conspiratórias diziam que esses equipamentos militares estavam bem guardados em algum lugar. Provavelmente na Base 211, a suposta base militar nazista localizada na Antártida, região reclamada pelo *Reich* e chamada de Neuschwabenland. Uma fortaleza nazista no gelo polar. Agora, na mesma medida em que eu estava eufórico por ter descoberto algo novo, algo que ninguém documentara antes, também era tomado por um medo incontrolável. O que Cullmann queria de mim ao me trazer a esse lugar e expor tanto de sua organização? E pior: o que eles, eles todos, queriam?

....

Desci a escada do DC-10 acompanhado de Cullmann. Ele na minha frente. Eu, passo a passo, lentamente, atrás dele. A visão do interior da caverna era totalmente inesperada. Era enorme, gigantesca. À minha frente via três faixas enormes desenroladas do teto até quase o chão. As três eram vermelhas e tinham a suástica preta no centro. Como se estivéssemos num comício nazista de 1932.

Nas laterais da pista de pouso vi algumas aeronaves pequenas e tratores de neve. Tratores fechados, com cabine de acrílico e rodas especiais para percorrer a neve. Homens se agitavam em todas as direções. Muitos. Todos uniformizados. O uniforme cinza nazista.

Eu me senti num estranho filme de ficção. Como se tivesse voltado no tempo para estar novamente em plena Segunda Guerra. E que essa seria uma base militar de onde sairia o próximo ataque.

– Venha. Siga-me – diz Cullmann.

À medida que o seguia, entrando mais e mais para dentro da barriga do monstro, percebia que o frenesi não tinha fim. Homens já estavam revisando e reabastecendo o DC-10. Outros retiravam a carga. Outros ainda manobravam os veículos, tratores comuns e tratores de neve.

Olhando para as paredes da caverna, notei fileiras de salas, diversas entradas, portas e muitas escadas. Com certeza muita gente habitava esse estranho local. E sem dúvida ele guardava muitos mistérios.

Subimos dois lances de escadas e chegamos a um corredor com muitas portas. Abrindo uma delas, Cullmann me diz:

– Este será seu alojamento durante sua estada conosco. – Ele faz parecer que estou aqui por livre e espontânea vontade. – Tome um banho, troque de roupa, descanse para o jantar. Temos muito ainda para conversar.

Ele indica que devo entrar no quarto, que é trancado por fora, e, suspeito, um guarda deverá ficar a postos. O ambiente é pequeno, mas confortável. Apesar de ser todo de metal, com certeza um contêiner, há calefação entrando pelas ranhuras no teto. Há uma cama, um armário, uma mesa e um banheiro completo. Não é uma cela de prisão. É um quarto como todos os soldados daqui devem ter.

....

Algum tempo depois, Cullmann bate e abre a porta na sequência.

– Está se sentindo descansado? Tenho certeza que você tem muitas perguntas e estou pronto a dar as respostas.

– Estou ótimo – respondo. – Sim, tenho muitas perguntas.

– Vamos jantar e conversamos mais.

Seguimos pelo corredor dos alojamentos até o final, passamos por uma porta com o nome de Cullmann nela – deve ser sua sala, deduzo –, atravessamos uma porta que se abre num salão. É o refeitório e devia ter, fiz uma estimativa rápida, uns cem homens jantando e conversando. Entramos numa fila para pegar a comida. Pegamos bandejas e fomos servidos do que tinha disponível. Comida quente. "Nada mau", eu penso.

Sigo os passos de Cullmann e nos sentamos à mesa com dois outros homens, alemães, oficiais nazistas a caráter. Eles estavam de costas para a parede do refeitório, de onde algumas janelas me permitiam ver a garganta da caverna. Nela também podia observar a cauda do DC-10 iluminada e janelas com luzes acesas do outro lado, ao longo da parede. Tudo parecia surreal.

– Williams, deixe-me lhe apresentar o comandante da Base 211: *Herr* Richard Glücks[16] é um oficial experiente e de muita confiança. O nosso outro colega aqui, *Herr* Hermann Michel[17], é seu braço direito. Se precisar de algo é só pedir a ele.

Se eu pudesse pedir algo, pediria simplesmente para sair dali.

– *Guten Tag* – diz um deles.

– *Guten Tag* – o outro cumprimenta.

Eles não demonstram ser muito amistosos.

– Williams, eles ainda não entenderam por que eu o trouxe para cá e não acreditam que você possa se aliar a nós. Já expliquei a eles como você será útil e agora vou explicar a você – diz Cullmann. – Senhores, Williams é um dos repórteres mais prestigiados dos Estados Unidos. Acredito que, com o apoio dele, poderemos influenciar nossos apoiadores a se unirem e começarem a mobilização enquanto tiramos o foco de qualquer investigação sobre nossa organização – as palavras dele começavam a construir uma imagem coerente. Eu começava a entender minha presença naquele lugar. – Primeiro, Williams – continua Cullmann –, preciso que você comunique à matriz da *Time* que está tudo bem com você e comigo. Faremos isso juntos. Já estou sabendo que nossos apavorados colegas envolveram o FBI e a Interpol na nossa procura. Quero que eles desistam de nos procurar. Isso é crucial. Depois – ele prossegue –, quero que você conclua a reportagem sobre o perfil dos nazistas que havia começado. Termine a reportagem com simplicidade, sem levantar suspeitas. *Herr* Hess estava cansado da vida e simplesmente se matou. Só isso. Depois, finalmente, você começará uma série de reportagens sobre o nazismo, de como estamos presentes em todo o mundo. Você fará reportagens com um viés positivo sobre nossa luta. Nosso sentido de organização e irmandade, a defesa dos valores familiares, a defesa da democracia e da economia. Suas reportagens passarão longe das denúncias de racismo ou de temas delicados como eugenia. Não se preocupe que iremos municiá-lo de informações para todas essas reportagens.

– Não estou preocupado com isso – respondo laconicamente.

– O objetivo dessa série de reportagens, Williams, será mostrar a todos os simpatizantes, que estão espalhados pelo mundo, que eles não estão sozinhos e ensinar-lhes uma maneira de comunicação conosco. Queremos unir o nosso grupo novamente. Afinal, esta luta não é só nossa.

– Que luta, posso perguntar?

– A luta pela democracia e pela liberdade. A luta pelo fim do comunismo. Pelos ideais do nacional-socialismo.

– Nunca soube que o nazismo era uma "luta pela democracia e pela liberdade"...

– O que você conhece do nazismo, você conheceu através da propaganda judaica de Hollywood. Por isso, você será útil para nós: vai ajudar a desfazer essa imagem. Você é um jornalista de renome que trabalha numa revista de respeito. Será um pilar importante para nossa causa.

– E quem são vocês, Cullmann? Sei que vocês têm recursos, conheci a empresa, a Rihhi, descobri seus tesouros e estou vendo esta base. É impressionante, mas eu diria que isto é muito pouco para conquistar o mundo, você não acha?

– Hahaha. Williams, James. Você não viu nada. A Rihhi é uma empresa global e, em cada país e cidade onde ela se encontra é, na verdade, uma célula adormecida. Nossos recursos financeiros vão muito além do que você imagina que descobriu. Basta dizer que estamos preparando a volta do *Reich* há mais de 15 anos e ainda teremos mais duas décadas de preparação para isso acontecer. Não se iluda e não tenha dúvidas: quando o movimento se iniciar, ele varrerá o mundo como nenhum outro jamais conseguiu.

– E se eu me negar a colaborar com vocês?

– Você não nos servirá de nada. E ninguém jamais o encontrará nos confins do mundo que é a Base 211.

Os dois alemães à nossa mesa só acompanham a conversa e, de cara fechada, falam em alemão entre si que "duvidam que eu me junte a eles". Eles têm razão, mas preciso que Cullmann acredite nessa possibilidade.

– Preciso de tempo. Preciso pensar. É muita informação... Lembre-se de que perdi minha esposa por causa de vocês.

– Uma lamentável fatalidade. Eu sinto muito e se ainda não lhe pedi desculpas por isso, peço agora. Entendo que você precise pensar, mas não quero perder muito mais tempo. Precisamos avisar à matriz que estamos bem e que eles devem suspender as buscas do FBI. Volte para seus aposentos. Pense bem e amanhã no café da manhã quero ouvir de você sua decisão final.

....

Sou acordado às 7:00 horas da manhã por um soldado, velho conhecido meu: Jörg Bardic. Ele abre a porta e me avisa que sou esperado no restaurante. Apronto-me rapidamente e sou guiado por ele até o local. Em momento nenhum me deixam sozinho. À noite, a porta do meu quarto fica trancada.

Sirvo-me de comida e café sem dar muita atenção ao que pego. Estou mais preocupado em conseguir convencer Cullmann e a dupla do dia anterior de que estou do lado deles. Pelo menos como jornalista.

– O que está achando de nossa pequena base militar, Williams? – pergunta Cullmann.

– Não tenho muito que falar ainda, vi muito pouco da sua base, mas essa história toda é fascinante.

– Continuo em dúvida sobre se devíamos tê-lo trazido até aqui – fala Bardic para Cullmann. – Mas já que você está aqui – dirigindo-se a mim –, espero que você saiba retratar corretamente o nosso movimento.

– Ele é um velho e querido amigo, não é, Williams? – fala Cullmann olhando em meus olhos.

– Sem dúvida, nossa história é antiga. Jörg, deixe-me explicar algo: a melhor coisa para um jornalista é "viver a notícia". Isso é muito melhor do que apenas pesquisar e relatar. Posso lhe garantir que, se me permitirem terminar minha reportagem, esta será a mais impactante dos últimos anos. E digo mais, no fundo eu entendo as motivações de vocês. Também acredito que a política mundial está doente: cheia de corrupção e leniência. Acho que uma renovação, um movimento genuinamente forte e nacionalista se faz necessário – minto para eles. Não acredito em uma vírgula do que eu disse, mas espero, assim, conquistar um pouco de confiança.

– Maravilha – diz Cullmann. – Assim que terminarmos nosso café da manhã vamos para a sala de comunicação falar com Montgomery e Linda, avisar que estamos bem e que estamos juntos numa investigação.

Era isso que eu queria. Uma forma de me comunicar com Linda.

....

Quando adentramos a sala de comunicação na Antártida já eram 9:00 horas em Nova York. É uma saleta com porta blindada, senha numérica e digital e um guarda de sentinela. Não terei outra chance para entrar aqui. Pelo menos, não terei chance de entrar sozinho nesta sala.

Existe um operador sentado junto a vários rádios. As paredes são revestidas com algo parecido com um carpete grosso. Pergunto se eles têm sistema telefônico e ele me explica que não, mas que têm algo melhor.

– O sistema de rádio nos conecta com a linha telefônica que quisermos, mas ele faz isso através de nossa base em Berlim. Da Antártida até Berlim nossa mensagem de voz segue criptografada, e não pode, portanto, ser capturada no ar e decifrada. Em Berlim ela é decodificada e reconectada a uma linha telefônica normal com um número de origem aleatório. Se alguém estiver monitorando as ligações da revista *Time* achará que estamos ligando de Berlim – explica o operador.

– Conecte-nos com este número – pede Cullmann, entregando para o operador o número do nosso escritório em Nova York.

O nervosismo toma conta de mim. Um frio percorre minha espinha. Sei que terei apenas uma chance, esta chance, para alertar Linda.

– Alô, revista *Time*, Linda falando.

Ouvimos claramente a voz de Linda com apenas um leve eco distante.

– Alô, Linda, aqui é Ray Cave, coloque o Montgomery na linha com você.

– Ray? Você está bem? Sabe do Williams? Estou enlouquecendo aqui com o sumiço de vocês...

– Espere, Linda. Está tudo bem. Ele está aqui comigo. Chame o Montgomery e explicaremos o que está acontecendo.

Rolf desliga o microfone.

– Deixe que eu fale, ok, Williams? Seu papel é só dizer que você está bem – ordena Cullmann e, a seguir, liga novamente o microfone.

– Ray? Onde você está, chefe? Estamos desesperados aqui sem notícias suas. Chamei até o FBI – atende, eufórico, Montgomery.

– Eu sei, Monty, mas não precisava disso tudo. Estamos bem, estamos ótimos. Williams e eu. Estamos numa investigação, numa grande reportagem, é só isso.

– Cadê o Williams, chefe? – pergunta Montgomery.

Cullmann acena para que eu fale.

– Estou aqui, Montgomery. Está tudo bem conosco. Como o Ray disse.

– Vocês nos deixaram na mão. Por que não deram notícias? Inclusive a imprensa toda está alardeando o sumiço de vocês – diz Montgomery.

– Você está bem, Williams? – era possível notar a preocupação na voz da Linda.

Cullmann me olha sério. Como se estivesse com medo do que eu pudesse dizer. E ele está certo.

– Sim, Linda, estou bem.

– Onde vocês estão? – ela insiste.

– Não podemos dizer, Linda – interrompe Cullmann –, sob risco de entregar nosso disfarce. Estamos numa investigação. Prestem atenção no que eu vou dizer: preciso que vocês cancelem as buscas do FBI e da Interpol, ok? Está tudo bem conosco, e eles poderão acabar entregando nossos disfarces.

Eu havia combinado com Linda que, o que quer que acontecesse, a cada dois dias, pelo menos, eu entraria em contato com ela. E como isso não aconteceu ela continua preocupada.

– Williams – chama Linda –, eu comprei aquela passagem que você me pediu para Berlim Oriental.

Ela quer me testar. Saber se já estou em Berlim Oriental. Cruzo os olhos com Cullmann e ele está monitorando milimetricamente o que digo.

– "As pessoas sempre aplaudem as coisas erradas." Procure o professor Waldmann!

Desconfiando da armadilha em que caiu, Cullmann desliga o microfone, levanta-se e enche a mão ao me dar um tapa na cara.

– Bardic! Leve este homem. Tranque-o no seu quarto até eu decidir o que farei com ele.

O recado estava dado. A mensagem que transmiti a Linda fazia referência ao livro de J. D. Salinger, *O apanhador no campo de centeio*, que nós dois lêramos e do qual havíamos gostado. E sempre que víamos as pessoas aplaudirem algo que não deveria ser aplaudido, como as reportagens do Moretti, nós nos olhávamos e falávamos: "As pessoas sempre aplaudem as coisas erradas". Ela sabia agora, aliás, tinha certeza, de que algo estava errado.

Não posso esperar Linda vir em meu socorro, mas, pelo menos, ela saberá que não está tudo bem e avisará ao FBI. Eu mesmo tenho que me socorrer. Preciso sair daqui.

CAPÍTULO 17

BELKIN RUTHER

Linda ficou olhando fixamente para o viva-voz desligado. Montgomery olha atônito para ela.

– O que aconteceu, Linda?

– Eu e Williams sempre usamos a frase "As pessoas sempre aplaudem as coisas erradas" quando percebemos as pessoas comemorando algo que não deveriam ou ao vermos algo simplesmente errado. Isso quer dizer que Williams está com problemas.

– E o que ele quis dizer com isso então? – questiona Montgomery.

– Não sei ao certo, mas há algo errado. Nos últimos contatos, ele já havia me pedido para não informar todos os meus passos ao Ray. E Ray vinha forçando Williams a concluir a investigação e voltar para Nova York. Nunca pensei que houvesse algo a mais, além de um editor querendo simplesmente que seu jornalista terminasse uma matéria, mas agora, Montgomery, já não sei mais. Acho que tem algo sério por trás disso. Eles nos ligaram, e o Ray disse que estava tudo bem, aí o Williams vem com esta frase...

– E alguém corta a ligação – complementa Montgomery.

– Exatamente. Está muito estranho isso tudo.

– Vou chamar Ruther de volta.

....

Belkin Ruther era a terceira geração de austríacos emigrantes. Ele era enorme, com os seus 1,98 metro e 150 quilos. Branco e loiro, rosto quadrado e traços fortes. Era ex-fuzileiro da força de elite da Marinha norte-americana Forecon (Force Reconnaissance) e agente especial de carreira do FBI.

– Esta ligação, cortada, tem todo o jeito de ter sido feita sob coação. E nossos sistemas de rastreamento de ligações, que instalamos aqui anteontem, apenas registraram que ela se originou do subúrbio de Berlim. Ainda estamos tentando descobrir o endereço exato, mas aposto como deve ser um beco sem saída. Muito provavelmente a ligação deve ter sido roteada antes de chegar aqui.

Pela natureza do seu trabalho, Ruther tinha como cacoete desconfiar de tudo e de todos. Agora já estava convencido de algum ato criminoso por trás do sumiço dos dois.

– Parece um sequestro com finalidade desconhecida ainda – ele diz. – Precisamos refazer os passos deles. Já pedi um jato para me levar hoje mesmo a Berlim. Montgomery, preciso que Linda vá comigo, está bem?

– Claro. Você pode, Linda?

Linda tinha que investigar a aparição de um objeto não identificado em Virginia Beach. Fazia parte do dossiê Kecksburg que ela estava montando, mas achou que isso podia esperar.

– Sim, Monty, posso.

– Ótimo. Então, Linda irá com você, Ruther.

– Linda, separe todo o trajeto que Williams fez em Berlim: quem ele visitou, onde se hospedou, essas coisas. Vamos refazer todos os passos dele – pede Ruther.

– Me dê meia hora então.

....

O ambiente da revista *Time* era de apreensão. O editor-chefe desaparecido com um dos jornalistas mais proeminentes da revista. O FBI alojado nas instalações, grampos nos telefones, entrevistas com todos os funcionários. Um ritmo letárgico atingiu a redação. Os profissionais não conseguiam se concentrar para terminar seus trabalhos. Outros tinham simplesmente medo de expor suas fontes conversando em telefones grampeados. O ambiente, que era sempre frenético e muito alegre, agora era de um silêncio quase absoluto.

Um dos poucos que ainda conseguia se concentrar nas suas pautas era o Moretti. Ele estava terminando uma nova reportagem sobre política, mais especificamente sobre novos nomes dos partidos Republicano e Democrata.

A edição da semana estava praticamente fechada e iria sair com uma das reportagens prévias de Williams sobre os oficiais nazistas condenados em Nuremberg, excetuando, logicamente, a reportagem principal sobre Rudolf Hess. Essa ainda nem existia. Montgomery e toda a redação tinham dúvidas se iriam conseguir cumprir os cronogramas, já que o jornalista responsável havia desaparecido. Mas essa seria uma tragédia menor, caso o editor-chefe da revista e esse jornalista não fossem encontrados.

Na redação, Montgomery tentava impor um ritmo normal dizendo para seus subordinados que continuassem com seus afazeres e cumprissem os prazos. Mas não estava fácil para ninguém se concentrar.

....

O pequeno jato de 12 lugares de propriedade do FBI, prefixo N172A, começou a taxiar no aeroporto JFK às 15:30 horas. Ele voaria direto, *non-stop*, para Berlim. A bordo, o agente especial Ruther e a repórter da *Time*, Linda.

O céu estava azul e a viagem seria sem turbulência. O tempo a bordo serviu para os profissionais fazerem o itinerário que iriam percorrer em Berlim: começando pelo hotel onde Williams se hospedara quando chegou à capital alemã, depois visitar Spandau, o hospital onde ficou internado, tentar conversar com Melaouhi, visitar o professor Waldmann, ir a Schonach tentar descobrir algo. E continuar a busca a partir do que fossem descobrindo.

....

Os novos parceiros são recebidos pelo agente de campo do FBI em Berlim, Joshua Trout. A caminho do hotel, o mesmo hotel onde Williams havia ficado na sua chegada a Berlim, Trout os atualiza.

– Não temos rastro de nenhum dos dois, Ruther. E o tal de Abdallah Melaouhi, que você pediu para contatarmos, deixou o país, aparentemente de forma inesperada. Foi para a Tunísia, onde tem família.

– E o tiroteio no hospital? O que a polícia descobriu? – pergunta Ruther.

– Nada, para falar a verdade. Esses policiais alemães estão mais preocupados em passar o tempo que em resolver casos. A única coisa que eles acham, mas deixem-me frisar, "acham", é que existe algum grupo nazista por trás do ataque a Williams no hospital. Conectaram o ataque ao atropelamento de Williams. Quem dirigia o caminhão era um nazista.

– Entendo.

– Além disso, tem o estranho suicídio da senhorita... deixe ver – pegando suas anotações, Trout verifica o nome. – Emmeline. A senhorita Emmeline aparentemente se suicidou, mas a conexão parece ser a seguinte: ela trabalhava na mesma empresa que o motorista do caminhão que atropelou Williams e matou sua esposa. A empresa se chama Rihhi.

– Entendo. Então vamos fazer o seguinte itinerário – diz Ruther para Linda –: amanhã saímos cedo para conversar com o professor Waldmann e, depois, visitamos essa empresa Rihhi.

....

– Professor Waldmann, como vai o senhor? – cumprimenta Linda ao chegar à universidade acompanhada de Ruther e Trout.

– Estou ótimo, senhorita. É um prazer vê-la novamente. Por que esta visita tão inesperada?

– Este é Ruther, agente especial do FBI, e este é o agente de campo Trout, também do FBI e lotado em Berlim. Estamos aqui porque tanto Williams quanto Ray desapareceram, e talvez o senhor possa nos ajudar com alguma informação.

– *Mein Gott*. Como isso é possível? Williams realmente estava apreensivo. A última vez que o vi ele me pediu para se esconder aqui e eu o deixei dormir no meu quarto na universidade.

– Tínhamos esperança de que o senhor pudesse nos fornecer alguma informação que nos ajude a encontrá-los. Sobre o que vocês conversaram? – quer saber Ruther.

O professor Waldmann percorre todos os assuntos que conversou com Williams, inclusive os supostos segredos nazistas. Fala de Kecksburg, momento em que Linda complementa a informação com suas descobertas locais. Fala da empresa Rihhi e da interpretação da frase misteriosa. E, finalmente, mostra para os três as coordenadas de onde, agora sabem, fica a Câmara Âmbar.

– Sem dúvida nossa próxima parada será esta empresa, a Rihhi – diz Ruther.

CAPÍTULO 18

UM QUARTO COMUM, A PLACA

Eu estava num quarto comum, num alojamento para soldados. Tratei de bater na porta, chamar Jörg Bardic ou qualquer soldado que estivesse montando guarda. Eu disse que estava passando mal e ele abriu a porta.

Era madrugada, então desconfio que Bardic tenha aberto menos preocupado comigo e mais preocupado em me calar. Mas eu não estava numa cela onde todos os objetos são aparafusados firmemente no chão ou na parede. Eu estava num quarto como qualquer outro. Havia cama, mesa, cadeira...

Assim que entrou, eu o atingi com a cadeira de metal que adornava a mesa do meu quarto. Ele caiu, mas reagiu querendo se levantar. Bati novamente. E de novo. Quis ter certeza de que ele não se levantaria mais. Tirei o uniforme dele e rasguei sua camisa em duas tiras: com uma delas amarrei as mãos do soldado para trás e, com a outra, eu o amordacei. Vesti o uniforme: casaco, calças, botinas, luvas, o crachá. Eu pareceria um deles agora.

Olhei cuidadosamente para ambos os lados do corredor dos quartos. Ninguém à vista. Mesmo aqui, numa base militar, as madrugadas são mais silenciosas. Saí do quarto e tranquei-o à chave. Eu ganharia algum tempo até Bardic se soltar ou notarem a minha ausência.

No trajeto para encontrar uma saída do complexo, passo pela sala de Cullmann. Entro e fecho a porta atrás de mim. Acendo uma luminária em sua mesa e começo a procurar o documento que consegui na sede da Rihhi e que é tão importante. Eu o encontro com relativa facilidade, logo na primeira gaveta. Também acho uma lanterna, que pego imediatamente. Antes de sair da sala, vejo um mapa da Antártida na parede oposta à porta. Dirijo-me a ele para tentar imaginar uma possível rota de fuga. Localizo Sanae, uma base na África do Sul, a uns trezentos quilômetros dali. É muito chão para percorrer debaixo de quarenta graus Celsius negativos, mas é a base mais próxima. Agora, preciso de um veículo. Antes de sair, olho o relógio de parede da sala de Cullmann: são 3:00 horas. Preciso me apressar.

No final do corredor, encontro mais uma escada subindo e, depois dela, mais um corredor com várias portas. "Mais alojamentos", imagino. Numa placa na entrada desse andar, vejo uma expressão perturbadora: *Jungen Fabrik*, Fábrica de Jovens. A curiosidade é maior que a cautela e abro a porta.

É um enorme salão com inúmeras camas. Em cada cama há alguém. Eu me aproximo da primeira cama, a mais próxima da porta. É um garoto com cabelo cortado ao estilo militar que aparenta ter uns dez anos, no máximo. Contra o bom senso acendo a lanterna. Ilumino as paredes e vejo muitas fotos com garotos perfilados como soldados. Observo palavras de ordem e cartazes de Hitler com os dizeres *Hitlerjugend*.

Há também um painel com fotos de rostos dos garotos. O título diz algo como: "Os jovens de hoje, o futuro de nosso país". A cada rosto, eu vejo que são apenas meninos. Dez, 11 anos. Abaixo de cada foto está o nome deles. Noto logo dois Kampmann e três Bardic. Também há um Cullmann. Concluo que devem ser filhos ou parentes dos homens deste complexo militar. E deve haver pelo menos umas cinquenta fotos ali.

Então, um deles acorda e me pergunta:

– *Wie sind Sie?* (Quem é o senhor?)

Nitidamente sonolento, para minha sorte, me aproximo cuidadosamente e respondo que não sou ninguém. Que ele pode voltar a dormir.

– *Ja* – ele responde.

Mas, antes que ele feche os olhos, me ocorre perguntar:

– E quem é você?

– *Ich bin der Hitlerjugend*. (Eu sou da Juventude Hitlerista.)

....

A última escada que subo dá numa porta que só abre com uma identificação. Passo o crachá roubado de Jörg Bardic. Ao abri-la, o vento forte do polo Sul me atinge em cheio. Fecho o grosso casaco, mas desconfio que não seja páreo para as temperaturas antárticas. Os maiores ventos da Terra ocorrem neste local inóspito e podem chegar facilmente a cem quilômetros por hora. Caminho cerca de cinco metros na direção de uns sinalizadores verdes piscantes e logo consigo discernir uma fileira de tratores de gelo. Entro no primeiro deles, fecho a porta na esperança de deixar o frio do lado de fora. Sua cobertura é toda de acrílico e está recoberta por gelo. Ligo o trator e aciono os limpadores. Acendo os faróis e localizo o freio de mão e o acelerador. Começo a avançar.

Sigo a indicação da bússola. Preciso ir para o oeste, costeando o mar para chegar à base Sanae. Acelero o pequeno veículo até sessenta quilômetros por hora. Nesse ritmo, caso não pare ou não me perca, em cinco horas estarei na base sul-africana. É muito tempo para algo dar errado, mas só me resta rezar.

....

Um pequeno avião circula acima de mim. Devo estar rodando há pouco mais de uma hora. O vento forte não cessou e sinto meu trator balançar ao sabor dele, mas, afora isso, o tempo está bom. A

Antártida é considerada um deserto onde neva pouco ao longo do ano. Acho que se nevasse poderia ajudar na minha fuga escondendo minha trilha, mas, infelizmente, estou extremamente visível. Desconfio que o avião sejam eles, os nazistas, me procurando. Ele me acompanha de longe, como se me seguisse.

Ouço um estampido e levo um susto com uma perfuração de bala no acrílico atrás de mim. Alguém está atirando. Eu me contorço todo para olhar para trás e vejo duas motos de neve em perseguição. Com certeza, não serei páreo para eles neste veículo pesado e lento. Olho em volta na minha cabine e não localizo nenhuma arma. Só uma pá e mais algumas ferramentas.

Ouço mais estampidos e pelo menos duas balas chocam-se com meu veículo. Agora, à minha esquerda, vejo uma moto de neve emparelhando com o trator. Tento jogá-lo contra ele, mas a moto desvia. A manobrabilidade e a velocidade do veículo dele são incomparáveis. Ele atira. Sinto uma dor aguda no meu ombro esquerdo. Instintivamente, levo minha mão direita para onde fui atingido e, nesse ato, viro meu trator abruptamente para a esquerda. Colido com a moto e a faço tombar. Continuo acelerando, e o trator empurra a moto e seu tripulante para a frente. Arrasto-o por algumas dezenas de metros até que vejo a beirada do despenhadeiro que eu vinha ladeando. Sinto o sangue quente escorrendo do meu ombro, que eu aperto com força enquanto controlo o volante de meu veículo com apenas uma das mãos. Trinco os dentes com raiva e afundo o pé no pedal. Chegamos à borda do precipício. Freio e viro o volante para a direita. O trator para. A moto de neve e seu tripulante caem.

A região da Antártida em que estou é composta de muitas montanhas irregulares. Quando meu algoz atinge um primeiro platô, ele sofre o impacto da moto de neve sobre seu corpo. Ele sente o estalar de sua coluna, que se quebra quando os quinhentos quilos do maquinário são amortecidos por seu corpo antes de continuar seu caminho rumo ao mar.

A moto de neve roda e rola montanha abaixo e, agora, é seguida pelo homem, ainda vivo, e com a coluna quebrada. A dor do estalo percorre sua medula num milissegundo. Ele soube instantaneamente que estava com graves problemas, mas, à medida que seu corpo rola e bate nas pedras e na neve, ele chega a agradecer por não estar mais sentindo dor nas suas pernas. Ele se resume a encolher os braços em volta do rosto num esforço instintivo e inútil de se preservar de alguma forma.

Depois de rolar duas ou três vezes, o piloto cai com o rosto para baixo num banco de neve eterno, enterrado. Ele não consegue mexer as pernas, mas sacode e empurra os braços como pode tentando tirar o rosto de dentro da neve congelante. Mas não consegue. Seu corpo luta para manter seus 37 °C e começa a tremer. Ele abre a boca num espasmo descontrolado para tentar golfar ar para dentro, mas está enterrado na neve e no gelo, e apenas aspira esse material branco para dentro da boca e da garganta. O frio é tão intenso que a neve entra queimando o céu da boca, a língua e a garganta. Ele tosse instintivamente e, entre uma tossida e outra, o corpo dá outra golfada por ar. Um segundo após o outro, seu corpo está, descontroladamente, levando-o para mais perto da morte.

Seu corpo não consegue manter a temperatura ideal e ela começa a cair. O hipotálamo perde a capacidade de ajustar a sua temperatura. Todas as funções vitais vão perdendo o ritmo. O coração desacelera para menos de quarenta batimentos por minuto, o pulmão limita-se a tentar golfadas rasas em busca do oxigênio, que não chega. Uma pessoa poderia sobreviver horas no frio antártico se estivesse bem agasalhada, o que poderia dar a ele uma chance de ser encontrado e salvo. Mas com a espinha quebrada, enterrado pela cabeça, inalando gelo, ele tem morte rápida e dolorosa. Seu pulmão dá uma pontada aguda quando se contrai ao máximo reagindo com o gelo que inalara. Seu coração dá as últimas batidas. Rolf Cullmann está morto.

....

O trator morreu e não liga mais. Saio de dentro dele com a pá que encontrei na cabine. Sei que existe pelo menos mais um homem atrás de mim e me pergunto onde ele estaria. Eu me posiciono do lado do trator, semiabaixado, esperando que ele se aproxime. O barulho do motor da sua moto cessou quando já estava perto, então eu deduzo que ele deva estar se aproximando a pé.

No momento em que vejo um vulto contornando o trator em minha direção, bato com a pá no abdômen dele. É apenas um gesto, rápido e forte. A pá o atinge em cheio. Ele se curva, contraído de dor. Levanto a pá e, como num balanço de marreta, desço com toda a minha força sobre a cabeça dele. Ouço um estalar de crânio rachando e um sangue muito vermelho espalhando na neve. Com a pá cravada em sua cabeça, ele cai inerte no chão. Eu me sento. Respiro fundo e começo a chorar.

....

Calculo ter percorrido uma hora e meia até ser abordado por esses dois homens. Agora, pilotando a moto de neve, devo chegar mais rápido à base sul-africana. Acho que mais três horas no máximo e estarei lá. E acada metro que me afasto de Neuschwabenland, mais difícil ficará para eles me alcançarem. O avião poderá me seguir, mas terão que mandar veículos por terra, e esses, espero, não me alcançarão.

....

Chego a Sanae. A base nada mais é do que um conjunto de dois contêineres pousados num platô à borda de um precipício. Mas eles têm um heliporto e um helicóptero que poderá me levar a seu navio. É uma base pequena. Aliás, qualquer base é pequena depois do que eu testemunhei. Devem ser uns dez pesquisadores. Eles me ajudam imediatamente e cuidam do meu ferimento. Por sorte, a bala só raspou o meu ombro. Eu os poupo dos detalhes, pois teria dificuldade em convencê-los. Tratam-me com a maior deferência. Fornecem roupas secas, quentes e me alimentam. Estou me sentindo aquecido e bem. E, o melhor, nenhum sinal dos meus algozes, pelo menos por enquanto.

Descubro que o navio deles parte para a Argentina no dia seguinte para buscar mantimentos e retornar. O problema é que é uma viagem de sete dias. Não posso esperar todo esse tempo e peço um comunicador para entrar em contato com Nova York. Preciso sair daqui agora.

– Montgomery? Preste atenção. Preciso falar rápido.

– Williams? Você está bem? O que está acontecendo? Você nos deixou loucos com sua última ligação. A Linda entendeu que era um código de socorro e foi a Berlim com Ruther. Entrevistaram o professor Waldmann e estão enviando inúmeros documentos por fax. Tudo ainda me parece muito surreal – responde Montgomery.

– Tem muito mais, Monty, muito mais. O nome verdadeiro de Ray Cave é Rolf Cullmann, e ele faz parte de uma organização nazista. Mas conto isso pessoalmente. Consegui fugir da base em que eles me mantinham preso, aqui na Antártida. Agora preciso chegar à Argentina e de lá pegar um voo para Nova York.

– Antártida? Meu Deus. Isso tudo é muito louco.

– É. Estou numa base da África do Sul. Preciso que você contrate um voo particular para vir me buscar aqui. Eles só têm um navio que zarpa amanhã e que levará sete dias para aportar na Argentina. Preciso chegar antes disso. Minha vida corre risco e, acredito, as de outras pessoas também.

– Ok, Williams, me ligue em uma hora.

– Obrigado.

....

Montgomery conseguiu o voo. Ele sairá amanhã de Ushuaia, mas terei que ir para a base argentina de San Martin para ser pego por ele. O voo é rápido, em menos de quatro horas ele chegará lá. Como ele sairá cedo, terei que estar em San Martin antes das 11:00 horas amanhã.

Convenço meus novos amigos, com relativa facilidade, para que cedam o helicóptero para me levar a San Martin com a promessa de que minha empresa ressarcirá os gastos com o combustível.

Antes de embarcar no helicóptero, peço a eles para esconderem minha moto de neve o melhor que puderem. Enterrá-la na neve será a melhor opção. Partimos imediatamente de helicóptero rumo a San Martin, e sinto que, a cada passo, consigo me afastar mais e mais dos meus algozes. Quanto maior e mais complexa a trilha que eu deixar para trás, mais difícil será para eles me seguirem.

Em solo argentino, poupo os cientistas das minhas mirabolantes histórias. Não é o momento de ficar me defendendo e sei o quanto pareço estranho ao contá-las. Resumo em me apresentar como um repórter norte-americano que está esperando um avião buscá-lo no dia seguinte.

Os argentinos oferecem um café quente a mim e ao piloto, e nos sentamos como velhos amigos jogando conversa fora. Meia hora depois o piloto se direciona ao helicóptero, inicia os motores, se comunica com o continente para avisar da iminente decolagem. Mas, em instantes, ele volta ao habitáculo para avisar que dois nazistas estiveram na base me procurando.

Os seus colegas disseram que não tinham me visto e, como eu pedira a eles, enterraram minha moto na neve. O piloto diz que os nazistas foram truculentos, mas não fizeram mal a ninguém e, aparentemente, partiram acreditando que eu não havia passado por lá. Melhor assim. Não acredito que eles vão desistir de me procurar, mas ainda assim torço para que isso aconteça. O piloto segue viagem de volta à sua base após termos trocado desejos mútuos de boa sorte.

Peço então a meus novos anfitriões que me acomodem no fundo do dormitório, o mais oculto possível, e que, se alguém me procurar, digam que não me viram. Não há muito que fazer agora, a não ser torcer.

....

Às 6:00 horas da manhã, Juan, o piloto do avião que virá me buscar, começa o procedimento de verificação do hidroavião. Trata-se de um modelo de porte médio, que pode transportar até 12 passageiros com relativo conforto e segurança. O trajeto Ushuaia-San Martin é velho conhecido de Juan e deverá ocorrer sem incidentes. Se sair às 7:00 horas, como planejado, ele pousará aqui às 10:30 horas.

Na hora marcada, ele pede autorização à torre de comando e parte em direção à base argentina. No entanto, assim que alcança voo de cruzeiro, ele abre o comunicador com San Martin e comete um erro crasso. Ele diz: "Lima-victor-zero-zero-nove a caminho de San Martin". "ETA 10:30 horas", "Preparar senhor Williams para viagem imediata".

CAPÍTULO 19

A PROMESSA

As nuvens cinza-chumbo começam a ceder. O céu se abre lentamente e deixa que raios de sol passem, dourados como ouro. Entre as nuvens, o céu mais azul-claro que já havia visto. Uma tranquilidade começa a me invadir.

O céu da Sardenha é inigualável quando limpo, e agora, em segundos, todas as nuvens se vão. A brisa suave do outono traz o cheiro das flores. Carla sorri ao meu lado, no conversível que alugamos para nossa lua de mel. Serpenteio as colinas rumo à praia, como numa dança de amor. Nada podia ser mais leve e agradável.

Ela está feliz, eu estou feliz. Se houvesse um momento exato para deixarmos de existir, o momento seria este. Assim, como uma bolha de sabão chegando ao limite e deixando de ser. Desapareceríamos na finitude do nada, na mais absoluta alegria.

Carla fala comigo, mas não consigo ouvir. O rádio toca "Love is in the air" na voz de John Paul Young. Só ouço isso, os pássaros, o vento enquanto o carro serpenteia a estrada. Mas Carla continua falando comigo, sem parar. Sorrindo e falando.

Ao final da estrada, vemos o azul-anil do mar Mediterrâneo. Lugar mágico, as pessoas brincando felizes, gaivotas pairando e espreitando os peixes, os homens bronzeados enamorados pelas belas curvas das italianas. A vida perfeita.

E Carla me fala: "Desmascare tudo, meu amor, exponha esse plano maligno, leve todos à prisão, me vingue e salve a humanidade desses monstros, e eu serei eternamente feliz. Eu te amo muito".

Como eu poderia negar um pedido de Carla?

....

Eles são rápidos. Entram na base de San Martin atirando. Perguntam: "Onde está o americano?". Se não obtêm resposta na hora, atiram para matar. San Martin é uma pequena base de pesquisa, com alguns cientistas. Como as outras bases na Antártida, é desprovida de guardas e de armas. Não existe meio de defesa.

Os dois primeiros cientistas são mortos na porta principal. Ao ouvir os tiros e abrir a porta, um terceiro argentino é morto no mesmo instante. Três alemães, com roupas térmicas com insígnias da SS, chegam em suas motos de neve; armados com suas pistolas Luger com silenciadores, abrem caminho à bala. Um quarto e um quinto cientistas estão retornando de alguma excursão. Deparam-se frontalmente com seus futuros algozes.

– Onde está o americano? – pergunta um dos alemães. Atiram para matar.

Acordo com o barulho dos tiros. Ouço também hélices ao fundo. O pequeno hidroavião de Juan deve ter chegado junto com os alemães. "Lógico, descobriram que estou aqui", penso.

Visto-me silenciosamente. Seis cientistas ainda dormem. Sempre tive sono leve e diante das circunstâncias não posso nem dizer que consegui dormir. Nesse momento, a porta do habitáculo se abre, vejo a sombra de um homem armado entrando. Ele levanta os cobertores da primeira cama. Vendo que não sou eu nela, atira sem dizer nada.

Deito no chão e me arrasto para a porta traseira do dormitório. Estico minha mão e abro a porta o mínimo que consigo, o suficiente para eu passar. Apesar disso, a luz do sol penetra o dormitório pela fresta que eu crio e chama a atenção do soldado.

O hidroavião pousa na água e taxia para se aproximar da base de San Martin. Os outros cientistas que estavam dormindo acordam com os sons dos tiros que mataram seu colega. Eles gritam e interpelam o atirador, é o suficiente para eu ganhar tempo na minha corrida pela neve, em direção ao píer.

Os homens varrem todo o complexo científico eliminando quem encontram pela frente. "Como souberam que estou aqui? Será que também mataram os sul-africanos?", penso, me preocupo, corro. Se me alcançarem serei mais um na estatística deles.

O hidroavião ancora no píer, e Juan começa a fixá-lo. Dois homens correm atrás de mim e atiram. As balas passam e marcam o chão nevado à minha frente. Estou a uns duzentos metros de Juan.

– Ligue o motor! Não prenda a aeronave! – grito para ele.

Ele demora a entender o que está acontecendo. Alemães atirando e matando numa base científica pacífica é tão fora de sua realidade que seu cérebro não consegue processar corretamente. Isso me lembra o conto chinês que dizia que, quando um nevoeiro encobriu Pequim, o corvo perdeu sua referência de altitude e, voando à altura do solo, deu de cara certa vez com um homem. Soltou um grito apavorante, pois havia visto a coisa mais surreal que poderia imaginar: um homem voador. Daquele dia em diante, sua vida nunca mais seria a mesma. Haveria de temer os homens como nunca. O mundo de Juan está ruindo e ele está para aprender a temer os homens.

Algumas balas atingem o píer quando estou quase alcançando Juan. Depois, atingem a aeronave.

– Entre! Ligue o avião! – grito para ele.

Ele agora parece compreender a situação: solta a amarra que havia prendido o avião ao píer, adentra a nave e liga o motor. Pulo em cima de um flutuador e, enquanto ele taxia para pegar uma reta e acelerar para decolar, eu consigo entrar no hidroavião.

Mais duas ou três balas atingem a fuselagem e um vidro lateral direito do avião antes que consigamos ganhar velocidade. O avião acelera e decola. Estamos salvos, por enquanto.

....

Ruther não está satisfeito em Berlim. Mas, apesar de não conseguir o que viera buscar – Ray Cave e James Williams –, ele conseguiu provas suficientes de alguma conspiração. No último contato que tivera com Montgomery, soube que Williams rumava para Ushuaia, na Argentina. Então ele contata a Interpol, em Buenos Aires, e pede proteção para Williams chegar de modo seguro ao aeroporto de Ezeiza, na capital argentina, onde ele pessoalmente encontrará o jornalista. Ruther deixa Linda no aeroporto com destino a Nova York, junto com a plenitude dos documentos amealhados com o professor Waldmann.

....

O voo é tenso. Cheios de adrenalina, nem eu nem Juan conseguimos relaxar. O piloto faz perguntas demais, perguntas que eu ainda não poderia responder. Ele também tenta contato insistentemente com a base de San Martin, mas ninguém responde. A conclusão óbvia é que todos estão mortos.

Nazistas na Antártida e viagens no tempo são temas que não tentarei explicar a ele. Limito-me a contar que sou um repórter da revista *Time* e que descobri uma grande quadrilha com base na Antártida. E, por isso, eles estão tentando me capturar. Por umas duas horas, permanecemos tensos, imaginando se algum avião viria atrás de nós. Mas quando passamos da metade do caminho relaxamos, confiantes de que estávamos sozinhos e de que conseguiríamos chegar sãos e salvos a Ushuaia. Pelo rádio, recebemos a mensagem de que dois policiais nos esperavam no desembarque do pequeno aeroporto. Eu me tranquilizo, de certa forma, porque eles se apresentam como "a mando de Ruther, do FBI".

Ouvimos um barulho de impacto na lateral do hidroavião. Depois, mais dois. Olhamos para trás instintivamente e percebemos um pequeno avião que vinha em nossa direção. O pequeno caça a jato faz uma manobra rasante próximo de nós.

– Que raios de avião é esse e por que estão atirando em nós? – pergunta Juan, apavorado.

– Isto irá lhe parecer estranho, Juan, mas este é um Messerschmitt Me 262, um pequeno caça alemão lançado em 1941.

– Que estranho... Isso tudo é uma loucura. Como ele veio parar aqui? E por que querem matar você?

Juan tenta ziguezaguear o hidroavião como pode. Esse tipo de aeronave não permite mudanças bruscas de direção nem alcança altas velocidades.

– Como eu disse, descobri uma quadrilha, um grande grupo organizado de nazistas.

– Nazistas?! *Carajo!* Por que não disse isso antes?

O pequeno jato completa sua volta e mergulha em nossa direção atirando. Sentimos o impacto de inúmeras balas na fuselagem, inclusive explodindo a janela logo atrás de mim.

– *Mayday, mayday*. Aeroporto de Ushuaia, aqui é lima-victor--zero-zero-nove. Estamos sendo atacados por um jato nazista.

– Aqui é a torre de controle de Ushuaia. Repita lima-victor--zero-zero-nove. Você disse "nazistas"?

– Sim! *Mayday!* Mande a Força Aérea argentina nos socorrer.

A incredulidade do operador é total. Ele não acionará a Força Aérea de seu país apenas baseado num chamado de rádio que fala de "nazistas atacando".

– Chefe – o operador chama seu imediato –, ouça isto: o voo lima-victor-zero-zero-nove está dizendo que está sob ataque de um caça nazista.

– Como?! Está na cara que é alguma brincadeira. Me dê o rádio.

O chefe da torre de comando do aeroporto de Ushuaia fala então:

– Esta é uma rede privativa da aviação. Sua brincadeira é passível de prisão. Saia desta faixa agora.

O jato faz o segundo passe e circunda para tentar nos abater novamente. Juan chama a minha atenção para o fato de que estamos entrando em espaço aéreo argentino.

– Atenção, piloto: você está entrando em espaço aéreo argentino. Se atirar novamente, será um ato de guerra – Juan tenta comunicação com nosso inimigo pelo rádio.

O jato para de atirar. Começa a circular acima de nós como se aguardasse instruções.

– Torre de comando de Ushuaia, coloque os policiais no rádio – exige Juan.

O chefe da torre manda chamar os policiais, mas os avisa de que não acredita que quem esteja no rádio seja o passageiro que ele espera, afinal, ele fala em "ataque nazista".

– Aqui é o oficial Carlos Miguel. Estou aqui a pedido do senhor Ruther, do FBI, para acompanhar o senhor James Williams até Buenos Aires. Quem fala?

Pego o microfone do avião.

– Aqui é James Williams, estamos chegando no hidroavião... qual é o número, Juan?

– Lima-victor-zero-zero-nove.

– Lima-victor-zero-zero-nove. Fomos seguidos por um pequeno jato que tentou nos abater. Acho que ele desistiu agora que entramos em espaço aéreo argentino.

– Senhor Williams... – Juan me interrompe.

– O que foi agora, Juan?

– Estamos perdendo combustível. Um dos tiros deve ter atingido o tanque.

– O avião ainda está atrás de vocês? Vamos avisar a Força Aérea – diz o oficial da Interpol Carlos Miguel.

– Veja se ele ainda está nos seguindo – pede Juan.

– Não vejo o jato em local nenhum. Acho que ele retornou à sua base – concluo.

– Carlos, ele sumiu – avisa Juan. – Vou agora tentar economizar combustível para chegarmos a Ushuaia.

....

Avistamos o aeroporto de Ushuaia. O combustível praticamente se foi.

– Vamos planar até pousarmos – Juan me avisa. – Afivele seu cinto. Não vou poder fazer o procedimento de segurança. Vamos pousar direto.

Como se não bastasse tudo que eu havia passado nos últimos dias, agora tinha um pouso de emergência na água.

– Fique tranquilo. O impacto deverá ser mais forte, mas lembre-se de que estamos num hidroavião. Eles são os aviões mais seguros que existem. – Os motores, que vinham rodando em falso, com um barulho intermitente que indicava claramente que o combustível estava acabando, param por completo. – É agora. Estamos planando – fala Juan quase com um sorriso nervoso no rosto. – Torre de Ushuaia, faremos um pouso sem motores. – O aeroporto se prepara para o pior. Um barco salva-vidas e dois barcos dos bombeiros são acionados e colocados de prontidão. – Controle, procedimento final. Trezentos quilômetros por hora – avisa Juan.

Vejo a água se aproximar numa velocidade incrível. Juan olha para mim e faz um sinal com a mão para me tranquilizar, mas é impossível não notar o nervosismo dele. Fecho os olhos e começo a rezar.

....

Ruther desembarca no aeroporto de Ezeiza, diretamente de Berlim. Ele aguarda os policiais federais argentinos me buscarem em Ushuaia. Ele está convencido de que existe uma conspiração, mas nem imagina que quem está por trás de tudo é seu antigo amigo Ray Cave.

Linda chega a Nova York com mais material recolhido com o professor Waldmann. Se tudo correr bem, apesar de exausto, em poucas horas estarei na redação com ela, preparando a edição mais inesperada de minha vida.

O que Barnard Kampmann estará planejando, considerando minha fuga, não consigo sequer imaginar. Mas os seus planos estão na iminência de serem expostos e, por isso, estou numa corrida contra o tempo.

A Força Aérea argentina é avisada do incidente com nosso hidroavião e recepciona Ruther para tentar entender o que está acontecendo. Mas ele não sabe nada sobre a Antártida, sobre a Base 211, sua localização, tamanho e objetivos. Diante de todas essas negativas, os argentinos decidem apenas abrir um processo investigativo, daqueles que correm lentamente até que deságuem em lugar nenhum. Mas eu não os culpo. A possibilidade de uma caçada nazista no céu da Antártida ou da Argentina é demasiado ficcional para parecer verdade.

....

Pousamos. A valente aeronave pilotada pelo experiente Juan aguenta a pancada da aterrissagem sem controle motor. Os barcos salva-vidas e os bombeiros se aproximam. Estamos salvos.

O policial Carlos Miguel e seu companheiro da Interpol nos recebem em terra. O operador do aeroporto de Ushuaia quer me manter no local para fazer um interrogatório e elaborar um detalhado relatório dos fatos, mas Carlos Miguel insiste que preciso partir imediatamente para Buenos Aires.

– Os graves fatos ocorridos aqui hoje comprovam a necessidade de relocarmos o senhor Williams imediatamente para a segurança da capital – avisa o policial Carlos Miguel.

Sou levado ao jato do FBI, já na cabeceira da pista única do aeroporto, pronto para decolagem. Temo que meu amigo Juan terá longas horas para relatar os fatos vividos à administração desse aeroporto.

....

Após quatro horas de voo, no qual consigo dormir tranquilamente pela primeira vez nos últimos dias, sou acordado para o pouso em Ezeiza. Os policiais me encheram de perguntas no início do voo, mas consegui me esquivar da maioria delas alegando que precisava dormir um pouco.

No desembarque, já na pista, encontro Ruther e mais dois agentes federais locais. Eles já sabem de tudo que acontecera no aeroporto anterior.

– Williams, finalmente o encontrei – Ruther me cumprimenta. – Que bom que está vivo. Creio que você tem muito para nos contar.

– Você nem imagina, Ruther, nem imagina...

– Você sabe algo de Ray Cave? Não conseguimos ainda descobrir o paradeiro dele.

– Sei sim, Ruther. Conto durante nosso voo.

– Ok. Nosso voo para Nova York sai em uma hora. O tempo de nossos amigos interrogarem você e seguirmos. Vamos rápido.

– Precisava de um banho. Trocar de roupa...

– Desculpe, amigo. Não vejo como. Aguente mais um pouco. Logo, logo você estará em casa são e salvo.

....

Os federais nos levam para uma sala reservada. Eles me lançam inúmeras perguntas, das quais tento me esquivar. Por alguns motivos, tento não contar muito do que descobri para eles: primeiro porque será difícil alguém acreditar no que eu diria sem que apresentasse provas; e, segundo, eles podem decidir me reter na Argentina por mais tempo.

Desse modo, a "versão oficial" que conto é que fui vítima de sequestro, realizado por uma quadrilha nazista, cujos planos eu desconhecia. Sobre o jato que perseguira nosso hidroavião, sou lacônico. Digo apenas que realmente houve a perseguição, mas que não sei dizer que tipo de avião era aquele. Sobre o motivo pelo qual os cientistas haviam sido mortos na Estação San Martin, repito o mesmo mantra: é uma quadrilha nazista de algum tipo que me sequestrou, cujos planos desconheço. Sobre quais eram os segredos que eu estava guardando para ser considerado tão importante para essa quadrilha, apenas digo que não sei, nem imagino.

Outro fato – o mais importante – para que eu não exponha demais o que já descobrira é que preciso que isso tudo se transforme numa reportagem – ou em várias – com minha assinatura, publicada(s) na revista em que trabalho. Não passei por tudo isso para ver minha história ser contada por outra pessoa.

"Carla, eu vou desmascará-los. Será minha vingança por sua morte. E será o meu triunfo como jornalista."

CAPÍTULO 20

TUDO TEM UM INÍCIO

O céu de Nova York é tomado por imensas nuvens negras. Uma ventania inesperada de oitenta quilômetros por hora sopra sobre o Atlântico, empurrando as pessoas de volta para suas casas e escritórios. A tempestade está chegando.

....

Fiquei dois dias escondido em casa, depois de chegar a Nova York. Somente Ruther, que me trouxera de volta, Linda e Montgomery sabiam do meu paradeiro. Foram dois dias escrevendo a reportagem da minha vida. Ontem à noite, o diagramador da revista recebeu meu texto diretamente das mãos de Montgomery e, em sigilo, começou a montagem da edição especial da revista que hoje mesmo será impressa. Linda, nesses dois dias, organizou fotos e documentos que conseguimos, a maioria com o professor Waldmann, mas o mais importante são os manifestos das viagens no tempo, documentos que lutei para preservar desde os escritórios da *4.RIHHI* até a secreta Base 211, dos quais fiz cópias que entreguei pessoalmente a Montgomery.

Pedimos a Ruther para adiar meu depoimento por três dias, para dar tempo de a revista ir às bancas. Ele topou. Também não fui à redação nesses últimos dias para evitar perguntas e que membros da *4.RIHHI* soubessem que estou de volta. Na esteira de mortes (dezenas, talvez) que presenciei, acho que todo cuidado é pouco, agora que estou na reta final para desmascarar a história mais estranha com a qual já me deparei.

....

O voo de Buenos Aires chegara no início da madrugada. O jato do FBI pousou e taxiou sem chamar a atenção no Aeroporto LaGuardia. Levaram-me para minha casa, e Ruther conseguiu que eu tivesse proteção policial 24 horas na porta do meu prédio. Encontrei minha casa empoeirada e solitária. Reminiscências de Carla em todos os lugares. Tomei um banho quente demorado, bebi uma xícara de leite morno com chocolate, uma técnica antiga para tentar ajudar a dormir, e "falei" com Carla mais uma vez: "Não há nada de que eu me arrependa mais na vida do que a ter convidado para ir a Berlim. Nunca, nunca vou me perdoar por sua perda e nunca a esquecerei. Mas prometo, mais uma vez, que vingarei a sua morte. Ela não terá sido em vão. E esses homens não continuarão a matar pessoas. Não tenho o direito de pedir que me perdoe, e não o farei, mas sei que você está me ouvindo de algum lugar, peço que acredite em mim quando digo que te amo".

Chorei. Chorei porque nunca mais a veria. Chorei porque não podia mudar o passado. Chorei pela impotência, pela saudade, pela culpa. E, assim, adormeci.

....

Terça-feira. Vou à gráfica da revista, sem passar pelo escritório, para manter meu anonimato. É um enorme galpão com máquinas de impressão, encadernação e empacotamento. Nos fundos, há diversas portas que se abrem para uma plataforma onde pequenos caminhões estacionam de ré, carregam pacotes de revista e saem para distribuir.

O galpão está frenético; uma centena de homens trabalha ali. Quem nunca viu ao vivo a produção de uma revista – ou de um jornal – sequer imagina o quanto existe de trabalho manual. Depois de receber os textos dos jornalistas, o diagramador tem que montá-los literalmente à mão com as fotos e propagandas. Ele completa uma matriz para cada página, essa matriz segue para as impressoras. São diversos tipos de impressoras com finalidades diferentes. Para a impressão das páginas coloridas são necessárias várias passadas nas prensas. Cada uma imprime uma cor diferente.

Encontro com Montgomery, Linda e Brayton, o diagramador responsável por esta edição especial.

– Brayton já tem uma montagem prévia, Williams, vamos rever e aprovar.

– Isto é nitroglicerina pura – fala Brayton.

– Alguém já está sabendo do meu retorno? – pergunto a Brayton e a Linda.

– Daqui do chão da gráfica, não, Williams – responde Brayton.

– Na redação também não, chefe – responde Linda.

– Quero tudo perfeito, Brayton. A melhor edição que já fizemos. E precisamos que ela fique pronta hoje até o fim do dia para distribuir – avisa Montgomery.

– Claro, chefe. O que vocês acharam da diagramação? Quis dar destaque especial aos documentos que Williams trouxe, colocando uma chamada na capa para os que vocês indicaram como sendo os mais importantes – explica Brayton.

O título da revista está impressionante. A diagramação destaca, como disse Brayton, o que de mais importante eu descobri. A diagramação está pronta, na minha opinião.

– Corrija isto, isto e mais isto – aponta Montgomery para alguns detalhes na diagramação – e estamos prontos. Vamos fazer história!

Saio com Linda por onde entrei. Pelos fundos da gráfica, sem que ninguém que me conhece me veja.

– Que faço agora, chefe? – pergunta ela.

– Continue "escondida". Vá para casa. Não volte à redação. À noite, quero que você retorne aqui e confirme se as revistas estão sendo embaladas e distribuídas. E me avise.

– Combinado, chefe.

....

Uma lembrança da infância veio à minha memória: eu era um garoto, um pré-adolescente, e um dos meus melhores amigos me contou um segredo. Disse que havia descoberto que o nosso professor de educação física, o senhor Miguel, um homem antipático, estava roubando dinheiro da escola. Funcionava assim: ele fazia um orçamento aproximado da soma que precisaria para comprar material para suas aulas (bolas, redes etc.). Apresentava o orçamento para a diretoria, que aprovava, lhe entregava o valor, ele comprava a mercadoria e devolvia os recibos.

Acontece que o professor havia pedido a Jackson, um amigo meu, que verificasse o valor das bolas de basquete numa loja perto da casa dele. Era a maior loja de produtos esportivos do bairro e certamente tinha o melhor preço. Jackson verificou, a bola de basquete custava 0,99 dólar, e ele informou ao professor. Mais tarde, ao longo da semana, Jackson viu, sem nenhuma premeditação, o relatório que o professor Miguel enviaria para a diretoria, pedindo fundos para adquirir as bolas. No documento, ele dizia que as bolas custariam 1,99 dólar. Era só um dólar de diferença, mas se ele estava fazendo isso agora, as chances eram de que ele estava fazendo isso havia muito tempo.

A minha primeira experiência com jornalismo vem daí. Fruto da emoção dessa descoberta, sempre soube que profissão seguir. Jackson não era só meu amigo e não foi só por esse motivo que ele me contou a descoberta. Ele também me contou porque eu era responsável pelo pequeno jornal amador dos alunos da escola, o *Story Ledger*. E, assim, consegui meu primeiro escândalo. Esperei o professor Miguel comprar as bolas e depois fui à tesouraria da escola pedir para ver o recibo que ele havia entregado. Dizia 1,99 dólar, conforme meu amigo havia previsto. O professor Miguel estava roubando a escola. Fiz a edição do jornalzinho com muita emoção e, quando ficou pronto, eu sabia que tinha uma "bomba" nas mãos. Depois, foi só esperá-la detonar e verificar o estrago.

Fui para casa. Esta tarde, a edição especial da *Time* será carregada nos caminhões para distribuição. Então só terei que esperar detonar e verificar o estrago.

....

Terça-feira, fim de tarde. A publicação está pronta. Pacotes embalados com cem revistas vão sendo empilhados no final da linha de produção. Os primeiros caminhões já encostaram na plataforma e aguardam ser carregados. Linda pega uma exemplar e folheia. Um frio percorre sua espinha, medo pela história que a revista revela. Medo pela descoberta. Ela vê alguns homens pegando pacote por pacote. Eles ajeitam – ou jogam – os pacotes no fundo de cada caminhão. Os primeiros ficam cheios, abaixam as portas corrediças traseiras e partem para seu destino: as bancas de jornal espalhadas pela cidade; os correios da cidade para enviar exemplares para distribuidores em todo o país; o aeroporto para despachar os exemplares que percorrerão o mundo e outros diretamente para as mãos dos assinantes.

....

O interfone do meu prédio toca. São 23:12 horas e penso em não atender. Mas a pessoa é insistente, e a minha curiosidade não tem fim. Aperto o botão e não falo nada. Só aguardo.

– Williams, sou eu, Linda.

– Oi, Linda, está tudo bem? Está sozinha?

– Está tudo bem, sim, e estou sozinha. Vim lhe trazer algo.

Destranco a porta do prédio acionando um botão vermelho no meu interfone. Abro a porta e espero por Linda. Mesmo sem ter lhe pedido, consigo imaginar o que ela tem em mãos. Ouço os motores do elevador começarem a funcionar. Raramente moradores do meu prédio circulam a essa hora. É um pequeno prédio residencial com vários idosos. Dificilmente encontro algum vizinho.

O elevador para no meu andar. Moro num *brownstone* de quase sessenta anos de idade. O elevador ainda é original. Ele dá um tranco cada vez que para. É revestido de madeira e tem uma porta pantográfica de ferro com pintura verde descascada que faz um enorme barulho ao abrir. O barulho se faz. A porta é projetada para fora, e meu coração dispara de ansiedade. Por um momento penso na possibilidade de Linda ter sido rendida por alguém e estar sendo obrigada a subir na mira de uma arma.

Mas apenas Linda sai do elevador. E sai com a revista em mãos, com a capa projetada na minha direção e um sorriso no rosto. O nome dela também está na reportagem. Ela sabe que faremos história.

....

A tempestade chegou. Nova York é açoitada por ventos de até noventa quilômetros por hora. As ruas do sul da ilha são inundadas. A madrugada inteira parece o presságio de algo ruim.

O trabalho dos pequenos caminhões sofre atraso. Novos carregamentos são adiados por algumas horas, enquanto a chuva não cede nem um pouco. Os caminhões que já estão nas ruas aos poucos vão chegando a seus destinos. A madrugada passa lentamente.

....

Acordo às 6:00 horas da manhã. Acordar não é a expressão correta, pois mal dormi durante a noite. Tomo um banho, bebo um café preto e desço. Quero ver a revista nas bancas.

Na banca mais perto de casa ela já chegou. O pequeno negócio já está aberto e me posiciono do outro lado da rua. Quero ver a reação das pessoas.

O vendedor sempre coloca a *Time* em local de destaque, pendurada à frente da banca. Também deixa uma pilha na frente para quem quiser pegar e folhear antes de comprar. Não consigo notar a expressão dele ao pendurar a revista, mas noto que, logo após, ele pega um exemplar para ler.

Compradores, na sua maioria executivos apressados, param para comprar o *New York Times*. Usualmente, aqui em Manhattan, para cada dez compradores do *NYT* um compraria a revista. Dessa vez, noto que enquanto eles aguardam seu jornal ser dobrado e entregue, enquanto aguardam o troco, pegam a *Time*. Com certeza pela curiosidade da capa. E, ao folhear, deixam de ter dúvidas: compram a revista. Para cada pessoa que manuseia a revista, uma é vendida.

....

Ruther sempre levantou cedo. Os anos de serviço militar enraizaram esse hábito. Mas hoje ele tem um motivo maior para isso: correr para a banca mais próxima e comprar a *Time*. Quando ele chega, já existe um pequeno burburinho. Três pessoas se aglomeram com a revista em mãos e debatem com o jornaleiro se aquilo poderá ser verdade. Ruther compra seu exemplar e corre para o Bureau.

....

Moretti monitorava Linda mais do que usualmente. Não digo que não estivesse preocupado comigo e com Ray, mas acredito que havia uma genuína curiosidade pela reportagem que estávamos perseguindo e que produziríamos. Mas ele é surpreendido ao sair de casa e ver um homem lendo a edição especial da revista no metrô. Moretti morava no Queens e precisava pegar a linha R do metrô numa viagem de 35 minutos até o trabalho. Preso no vagão, ele se consumia de curiosidade ao ver o homem com aquela edição, que ele não sabia que existia, e com aquela manchete na capa. Moretti não fazia parte da minha equipe e era meu concorrente direto na revista, mas mesmo assim sentiu-se traído. O problema é dele e ele terá que digerir isso sozinho.

....

A tempestade da madrugada havia cedido, mas a chuva não. Ela parecia insistente e sem previsão para arrefecer. Caminho a passos largos para o escritório. Não tenho mais por que me esconder.

Os últimos dias passam por minha mente mais uma vez: a conversa com Rudolf Hess e a frase até então enigmática dele: "Olhe o passado para entender o futuro". A morte de Carla; tenho que procurar meus sogros. Não estive com eles desde antes da viagem. As revelações do professor Waldmann. A estranha empresa *4.RIHHI*. A caverna repleta de ouro, a gigantesca base da Antártida e as mortes. As muitas mortes.

Minha vida também passou pela minha cabeça e compreendi que tudo que fizera até então fora para chegar a este momento. As horas em que quase desisti da profissão. Moretti se tornando o "queridinho", e o quanto isso me provocara.

Quaisquer dúvidas que eu tivera algum dia sobre a minha escolha profissional se dissiparam nesse momento. E o tal prêmio Pulitzer nem me importava mais. O que me importava mesmo era fazer a diferença no mundo e interromper as ações desse grupo nazista.

....

O burburinho da redação da *Time* parecia mais alto que o normal para o horário, mas, assim que entrei, as conversas cessaram e todos se viraram para mim.

A revista já circulava nas mãos de todos, e o assunto não podia ser outro. O silêncio dos meus colegas amplificou o barulho dos telefones que já tocavam sem parar. Os mais próximos de mim apressaram o passo para me cumprimentar, perguntar como eu estava ou simplesmente perguntar se aquela história tão inverossímil era verdadeira mesmo.

Moretti me seguiu com os olhos, de longe, só me cumprimentando levemente com a cabeça. Ele sabia que, se este fosse um jogo de beisebol, eu teria feito um *home run*.

Montgomery vem ao meu encontro com Linda.

– Os telefones não param, Williams. São leitores querendo saber se a história é verdadeira.

– Meu colega da *Time Life* já me ligou também, chefe. Ele disse que estão todos atônitos por lá – grita algum jornalista para Montgomery.

– O *New York Times* também já ligou – fala Linda. – Querem conversar com você e fazer uma reportagem sobre o assunto.

Aquiesço com a cabeça. Não posso sorrir. O que está acontecendo e tudo o que houve me impedem.

– Williams – grita uma das nossas telefonistas –, é Ruther do FBI ao telefone. Quer saber se você já chegou. Quer vir aqui para interrogá-lo.

– Diga para ele vir – respondo laconicamente.

A redação tem inúmeros aparelhos de TV espalhados em vários pontos e voltados para editoriais diferentes. Eles ficam sintonizados em canais variados: NBC, CBS, CNN.

Alguém grita:

– Aumentem essa TV. Estão falando da edição.

Todos se viram em direção ao aparelho. Alguém estica o braço e aumenta o volume. É um jornal matutino explorando a matéria da edição especial. O apresentador lê a manchete da capa. Lê os subtítulos de todos os documentos e mostra as fotos. Então avisa: "Se isto for verdade, é a história mais bombástica que este jornalista já viu. Eu pedi à nossa produção para ligar para o jornalista que escreveu a matéria. Vamos tentar colocá-lo no ar ainda hoje".

E ele prossegue dizendo também que vão chamar um especialista em Segunda Guerra Mundial para debater os assuntos abordados. Desconfio que esse será o assunto mais debatido e destrinchado por muitas semanas. A caixa de Pandora foi aberta.

····

Do outro lado do Atlântico, em Berlim, a revista ainda não chegara. Levará mais umas oito horas para o carregamento aportar em terras alemãs. E depois ainda terá que ser distribuído para algumas bancas e pontos de venda.

Mas os jornais televisivos vespertinos estão cobrindo a matéria. E a empresa *4.RIHHI* convoca sua diretoria para a tempestade que enfrentarão. Em instantes, o pátio à frente da empresa é tomado por carros de rádio, TV e jornais. Jornalistas "invadem" o saguão e pedem para falar com alguém sobre "os fatos exibidos na revista *Time*".

No topo do prédio envidraçado, na sala de reuniões decorada com os rostos de seus diretores, liderados pela foto de Adolf Hitler, Barnard Kampmann e seus parceiros acompanham atônitos pela TV os detalhes, os muitos detalhes, da reportagem que fiz. Provavelmente pela primeira vez em décadas eles sentem medo. Medo de seu projeto ter sido desmascarado. Medo de serem presos.

A ordem para camuflar a Base 211 é dada. A ordem para remover os tesouros da Câmara Âmbar também. Mas talvez já seja tarde para isso.

....

Ruther entra no salão pouco depois das 11:30 horas da manhã. Vem acompanhado de dois agentes do FBI e dois da Interpol. São encaminhados à nossa sala de reunião. Chegou a hora de eu contar tudo que passei e descobri. Ele precisará dos documentos verdadeiros, originais e eu tenho tudo para entregar a eles.

....

A notícia chega à CNN. Um canal dedicado ao noticiário que rapidamente está se tornando a referência nos Estados Unidos e no exterior.

– Chefe, estamos na CNN – Linda interrompe o interrogatório.

– Ligue a TV – digo a ela para ligar o aparelho da sala de reuniões.

Bernard Shaw, o âncora de noticiário mais prestigiado da CNN, apresenta a edição especial do jornal:

"Senhores telespectadores, o que temos aqui hoje não é uma notícia comum. Não é um caso de violência no bairro, nem um grande acidente de avião. Também não é uma briga entre partidos políticos, nem uma crise em uma grande empresa. A notícia que temos para dar hoje é *devastadora*. Estou me referindo à edição especial da revista *Time*, esta aqui que tenho em mãos e que já chegou às bancas. A manchete da capa é perturbadora por si só. Ela vem com a foto do famigerado nazista Adolf Hitler e os dizeres: "Adolf Hitler vive". Vocês podem estar pensando que isso é notícia para os tabloides, mas esperem. Aqui dentro, nesta reportagem de quarenta páginas, temos inúmeros documentos. E nas páginas 15 a 22 temos algo que me perturbou profundamente: há manifestos de viajantes do tempo. Isso mesmo, senhores telespectadores: a revista, através do seu jornalista James Williams, alega que foi descoberto que os nazistas dominam a técnica de viagem no tempo e que enviaram dezenas de soldados da época da Segunda Guerra Mundial aos dias atuais. E ele embasa tudo isso com fotos, certidões de nascimento e inúmeros outros documentos. Cada um desses manifestos de viagens contém três nomes – os supostos tripulantes ou viajantes do tempo – e o destino deles. É isso mesmo. Cada folha de manifesto contém os três nomes e uma data que seria aquela que eles se destinaram. Na página 22 temos o manifesto mais importante. Vou ler para vocês, mas também vou mostrar. Câmera, enfoque a revista por cima dos meus ombros, por favor. Diz assim: "Tripulantes: Hans Kammler, Heinrich Mueller[18] e Adolf Hitler. Destino: 2025". Meu Deus! Isto quer dizer, hipoteticamente, que Adolf Hitler retornará para assombrar a humanidade em 2025! Espero que todas as autoridades possíveis investiguem estes documentos e provas, pois, se forem verdadeiros, teremos tempo para agir e impedir outro genocídio. Aqui é Bernard Shaw encerrando esta edição especial".

....

A chuva finalmente cede e se transforma numa fina garoa. As nuvens negras são substituídas por nuvens brancas. Uma fenda se abre e o sol passa por ela, teimosamente. A verdade foi exposta. Agora sabemos. Agora poderemos nos proteger. A caçada aos nazistas irá recomeçar.

NOTAS

1 Em 23 de junho de 1985, o voo 182 da Air India explodiu sobre o oceano Atlântico quando fazia a rota Montreal-Londres. Todos a bordo morreram. Esse foi o primeiro ataque terrorista a um Jumbo 747, o que causou comoção internacional.

2 Garra de Águia foi uma operação de resgate para tentar libertar 52 funcionários da Embaixada Norte-Americana, em Teerã, mas que levou à morte oito militares norte-americanos.

3 O ônibus espacial *Challenger*, construído pela Nasa, explodiu em 28 de janeiro de 1986, 73 segundos após seu lançamento, matando os sete tripulantes diante de milhões de espectadores que acompanhavam o lançamento.

4 O Tribunal de Nuremberg foi um tribunal internacional formado pelos Aliados para julgamento dos líderes nazistas pós-Segunda Guerra Mundial.

5 A Noite das Facas Longas ou Noite dos Longos Punhais foi um expurgo que aconteceu na Alemanha nazista, na noite do dia 30 de junho para 1º de julho de 1934, quando o Partido Nazista decidiu executar dezenas de membros contrários aos ideais de Hitler.

6 A Toca do Lobo (*Wolfsschanze*, em alemão) foi um dos maiores quartéis-generais de Adolf Hitler durante a Segunda Guerra Mundial. O complexo encontrava-se perto de Rastenburg, hoje território da Polônia. Foi construído em 1941 e possuía cerca de oitenta edifícios camuflados, dos quais cinquenta eram *bunkers*.

7 O Passo do Ganso é um estilo de marcha militar adotado na Alemanha nazista. Apesar de utilizada antes e após a Segunda Guerra

Mundial por outras forças militares, acabou se tornando um símbolo hitlerista. Consiste em uma marcha em que o passo à frente projeta-se com a perna esticada.

8 Thule Gesellschaft, ou Sociedade Thule, é considerada por muitos como a precursora do Partido Nazista. Foi criada como uma sociedade antibolchevique nacionalista antes mesmo que Adolf Hitler ganhasse projeção.

9 Karl Haushofer era o homem nos bastidores da política externa nazista, amigo de Rudolf Hess e consultor dele e de Adolf Hitler.

10 General Hans Friedrich Karl Franz Kammler, nascido em 26 de agosto de 1901, era engenheiro civil e oficial da SS. Foi responsável pelo projeto dos mísseis V-2 e do programa de propulsão a jato. Seu paradeiro após a Segunda Grande Guerra é desconhecido.

11 General Joseph Sporrenberg (16/9/1902-6/12/1952) foi oficial da SS servindo em Minsk, na Bielorrússia, e em Lublin, na Polônia. Em 1950 foi processado e condenado por crimes de guerra, extraditado para a Polônia e condenado à morte. Em 6 de dezembro de 1952, foi executado por enforcamento. Acredita-se que Sporrenberg tenha trabalhado no projeto *Die Glöcke*.

12 Operação Barbarossa era o codinome da operação militar alemã para invadir a União Soviética. Teve início em 22 de junho de 1941, rompendo com o tratado de não agressão assinado pelas duas nações apenas dois anos antes. É considerada a maior campanha militar da história em que 4,5 milhões de soldados, 600 mil veículos e 750 mil cavalos invadiram a União Soviética numa frente de 2.900 quilômetros. Seu nome é uma homenagem ao monarca Frederico Barbarossa, do Sacro Império Romano-Germânico, um dos líderes da Terceira Cruzada no século XII.

13 O Partido Nacional-Democrático da Alemanha (Nationaldemokratische Partei Deutschlands – NPD) foi fundado em 28 de novembro de 1948 e é considerado o sucessor do Partido Nazista de Hitler (NSDAP). Foi amplamente considerado um dos sucessores do DRP (Deutsche Reichspartei – Partido do Império Alemão), mas, na

verdade, constituiu a junção de vários pequenos partidos nacionalistas. Ganhou notoriedade por seu posicionamento abertamente racista e xenófobo.

14 Neuschwabenland foi assim batizada por ter sido descoberta pelo capitão Alfred Ritsche enquanto comandava o navio *Schwabenland*, em 19 de janeiro de 1939. Época de plena expansão nazista, na qual queriam fincar bandeira em todos os continentes, incluindo a Antártida.

15 Roald Engelbregt Gravning Amundsen foi um explorador norueguês que liderou a primeira expedição a atingir o polo Sul em 14 de dezembro de 1911, utilizando trenós puxados por cães.

16 Richard Glücks era o oficial nazista responsável pelos campos de concentração. Acreditava-se que ele havia se suicidado, mas seu corpo nunca foi encontrado.

17 Hermann Michel era oficial da SS, também desaparecido desde a Segunda Guerra Mundial.

18 Um dos mais temidos nazistas, Heinrich Mueller (1900-1945) foi chefe da Gestapo e responsável por algumas das maiores atrocidades perpetradas pelo Terceiro Reich. Foi visto com vida, pela última vez, no *Führerbunker* com Adolf Hitler, e, depois, desapareceu. Até hoje seu paradeiro é desconhecido.

ARQUIVOS SECRETOS

A EXPANSÃO NAZISTA

A expansão nazista teve início em 1938, com a anexação da Áustria – onde os nazistas marcharam sob aplausos da população –, e seguiu com a invasão militar a outros países, expandindo-se além do continente europeu, indo até o norte da África.

Porém, bem antes disso, Hitler já sonhava ser uma força mundial dominante e para tal lançou diversas expedições científicas, principalmente para a Ásia e para o Oriente Médio, buscando provas da origem do arianismo. Enviou equipes à Amazônia para realizar pesquisas científicas e à Antártida com o objetivo de montar uma base – assunto debatido acaloradamente até hoje.

O Brasil contava com uma grande população de alemães, muitos vindos durante a imigração do século XIX e outros milhares que fugiram da profunda crise econômica que assolava a Alemanha no pós-

◀ Houve comícios e simpatizantes no Brasil. Esta foto foi feita em uma excursão pela Amazônia, em 1936.

Mapa da Antártida com o local da mítica Neuschwabenland. A posse dessa região foi reclamada pelo Terceiro Reich e, suspeita-se, abrigou uma base militar.

▲ Em 17 de dezembro de 1938, a expedição Neuschwabenland partiu para a Antártida, chegando lá em 19 de janeiro do ano seguinte.

-Primeira Guerra Mundial. Esses imigrantes povoaram basicamente os estados do Sul e se tornaram alvo fácil para a cooptação nazista – em 1928 foi criado o primeiro Partido Nazista em terras brasileiras. Mais tarde, o apoio do governo de Getúlio Vargas foi claro e oficial, sendo, inclusive, responsável pela dramática história de deportação de Olga Benário, mulher do líder comunista brasileiro Luís Carlos Prestes, para a Alemanha nazista.

Mas o nazismo nas Américas não se restringiu ao Brasil. A Argentina, também detentora de uma grande comunidade alemã, foi palco de intensas atividades nazistas. Em 1938, foi realizado em Buenos Aires o que ficou conhecido como o maior encontro nazista fora da Alemanha: o encontro no Luna Park, com cerca de 15 mil pessoas.

Com a ascensão de Stálin ao poder na União Soviética, o comunismo parecia ser uma ameaça real ao mundo ocidental, e o nazifascismo posou de contraponto a esse risco. Os Estados Unidos também sucumbiram – inicialmente – à sedução daquele homem que discursava inflamadamente, atraía multidões por onde passava e parecia imbuído de genuíno interesse em apenas combater o comunismo. Paradas em plena Manhattan saudavam o nazismo e até o famoso Madison Square Garden foi palco de um gigantesco comício.

De certa forma, podemos dizer que a Segunda Guerra Mundial irrompeu a expansão da ideologia nazista para além da Alemanha.

O comício nazista no Zeppelinfeld (Nuremberg), em 1934, mostrava a força do partido naquela época.

Conhecido como o maior comício nazista realizado fora da Alemanha, o encontro no Luna Park, em Buenos Aires, Argentina, ocorreu em 1938.

Parada nazista nas ruas de Nova York, em 1937. O nazismo pré-guerra crescia fora da Alemanha também.

HERRLICH
332
JACOB
HERRLICH
SONS
MEMORIAL CHAPEL
JEREMIAH T. MAHONEY
ROBERT F. WAGNER, Jr.
VOTE EVERY STAR
JACOB HERRLICH'S SONS
328
MOZART
HALL
BAR
CHOP SUEY
1618
FAMOUS
RESTAURANT
BEER-WINES
HAVANA

A SUPOSTA MORTE DE HITLER

Em 30 de abril de 1945, Adolf Hitler se suicidou com um tiro na cabeça. Eva Braun, sua esposa, ingeriu cianureto e morreu junto de Hitler. Depois, os corpos de ambos foram retirados do *bunker* e levados para o jardim da chancelaria do *Reich*, onde foram incinerados. Essa é a versão oficial.

Existe também a versão de que Hitler havia ingerido uma cápsula de cianureto e, na sequência, atirado em sua própria cabeça. Mas ambas as versões têm um problema em comum: ninguém ouviu o tiro que o matou.

Rochus Misch (1917-2013) trabalhou por cinco anos como segurança pessoal de Adolf Hitler – inclusive em seus últimos dias no *bunker*. Ele também relatou que não ouviu o tiro com que Hitler havia se matado. Misch foi capturado pela União Soviética, onde passou nove anos, e

▼ Soviéticos registram sósia encontrado morto com um tiro na cabeça e tido, inicialmente, como Adolf Hitler.

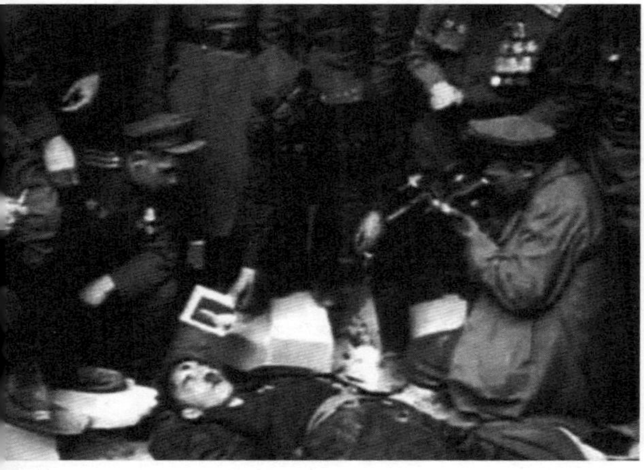

▼ A orelha do sósia tinha a parte superior mais pontuda, e a parte inferior, o lóbulo, mais curto e preso à pele.

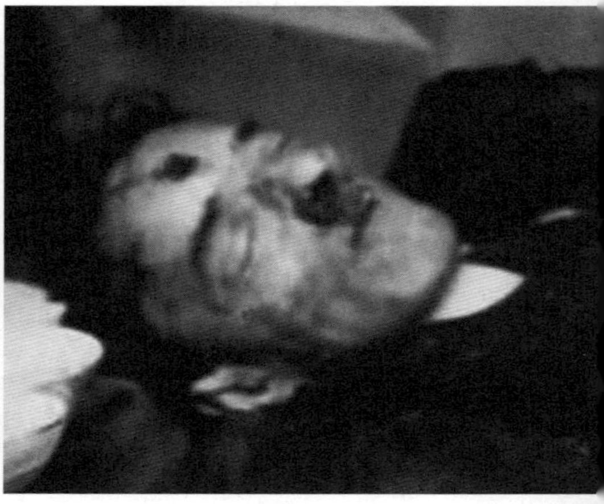

Adolf Hitler em 1933.

afirma ter sido torturado para confessar se Hitler estaria vivo e para onde teria fugido.

À época da conquista de Berlim, os soviéticos apressadamente divulgaram fotos afirmando que seriam imagens do corpo de Hitler. Mas ao comparar as orelhas do morto na imagem com as orelhas de Hitler, pode-se notar que a parte de cima da orelha e o lóbulo do nazista são arredondados. Assim, a história passou a atribuir este cadáver a um *doppelgänger* (sósia) – provavelmente Gustav Weler, mas nem isso ficou claro, pois existe a versão de que seu sósia teria escapado vivo.

Outra corrente histórica afirma que Ferdinand Beisel, um alemão comum, ao fazer uma imitação do *Fürher* conquistou os olhares de oficiais nazistas que estavam no mesmo bar naquele momento, para sua infelicidade. Ele teria sido então convidado (coercitivamente) a se tornar o sósia do líder nazista. Assim, seriam de Ferdinand Beisel os restos mortais encontrados pelos soviéticos.

De qualquer modo, a versão oficial soviética é de que, após confirmarem que esse primeiro corpo encontrado era mesmo de um dos sósias de Hitler, as buscas recomeçaram. O serviço de inteligência e de contraespionagem soviético, o SMERSH (*Smert Shpionam*, "morte aos espiões"), responsável pela investigação secreta, começou a interrogar (e torturar) os chefes nazistas. Todos eles declararam que Adolf Hitler e Eva Braun tiveram os corpos incinerados. No dia 5 de maio de 1945, os soviéticos encontraram os supostos corpos de ambos num local previamente ignorado do *Führerbunker*.

A cabeça que seria de Hitler estava relativamente intacta, apesar da carbonização. Os restos mortais foram então transportados em sigilo para serem necropsiados. Em 8 de maio desse mesmo ano, considerado o dia da vitória, cinco legistas do Exército Vermelho examinaram secretamente os corpos carbonizados e chegaram à conclusão de que ambos haviam sido envenenados. A dentição do homem correspondia à do *Führer*. Os soviéticos deram por encerrada a missão, enterrando à noite os dois cadáveres em um bosque.

Com o sigilo dessas operações, os norte-americanos ficaram em dúvida quanto à veracidade das informações soviéticas. Assim, uma caçada promovida pelo FBI em busca de pistas ao redor do mundo teve início. Boatos e teorias conspiratórias sustentaram que Adolf Hitler ainda estaria vivo. Em uma das versões, ele teria fugido em um submarino para um refúgio na Argentina. Mas em 1956, após três anos de intensas investigações, os norte-americanos declararam que Adolf Hitler teria morrido realmente em 30 de abril de 1945, no *Führerbunker*.

Em 1970, Yuri Andropov (1914-1984), diretor da KGB (o serviço secreto da ex-União Soviética, que operou de 1954 a 1991) que comandava o SMERSH, ordenou que os restos mortais de Adolf Hitler e de Eva Braun fossem exumados, incinerados e lançados no rio Elba. Esse foi mais um episódio conduzido de forma sigilosa pelos soviéticos, com poucos registros oficiais.

Mais tarde, os soviéticos também informaram que mantiveram em sua posse a mandíbula de Hitler e um pedaço de seu crânio; muitos anos depois, em 2000, esses restos mortais foram exibidos pelo Arquivo Federal de Moscou como um troféu de guerra único. Mas o arqueólogo e especialista em ossadas Nick Bellantoni e sua colega Linda Strausbaugh suspeitaram da estrutura óssea do crânio e obtiveram permissão para retirar uma amostra de DNA e analisá-la no laboratório da Universidade de Connecticut, nos Estados Unidos. O resultado foi surpreendente: o DNA confirmou que o extrato ósseo era, na verdade, de uma mulher.

Talvez nós jamais saibamos a história verdadeira.

A ESTRANHA MORTE DE RUDOLF HESS

Em 17 de agosto de 1987, Rudolf Hess morreu em uma situação mal--esclarecida: pendendo de uma forca – algo aparentemente difícil de ser realizado por um senhor frágil, de 93 anos e que tinha artrite. Além disso, o quarto dele havia sido remexido, como se alguém houvesse procurado algo, ou pior, que houvesse ocorrido uma luta corporal.

Abdallah Melaouhi, o enfermeiro e amigo de Hess, estava ausente quando isso aconteceu e, ao retornar a Spandau, contou ter encontrado Rudolf Hess deitado no chão, já sem vida. O quarto estava revirado: o tapete embolado e fora do lugar, uma mesa de pernas para cima, uma luminária caída no chão, mas ainda conectada à tomada. As autoridades relataram que ele havia se suicidado – pendurado pelo pescoço – exatamente com o fio dessa luminária. Ao lado do corpo estavam dois soldados norte-americanos que Melaouhi nunca havia visto antes, além de um terceiro, o senhor Jordan, conhecido seu. Jordan teria dito: "O porco está morto. Você não terá que trabalhar no turno da noite".

Rudolf Hess, braço direito de Hitler e protagonista de um dos mais estranhos episódios da Segunda Guerra Mundial.

Abdallah Melaouhi jamais acreditou na versão de suicídio. E o filho de Rudolf Hess, Wolf Rüdiger Hess, lutou até a morte, em 24 de outubro de 2001, para reconciliar o pai com a história. Ele defendia que o pai foi à Escócia numa missão de paz, indesejada por Winston Churchill. Por isso, teria sido trancafiado pela vida toda e, quando estava para ser finalmente solto, fora assassinado. Rüdiger relatou que visitara o pai na manhã de sua morte e o encontrara mentalmente alerta. Também disse que o pai se locomovia com uma bengala em uma mão, apoiando a outra em um guarda ou em outra pessoa. Ações simples, como se sentar ou se levantar, não podiam ser realizadas sem a ajuda de outrem. Nesse dia, o pai lhe relatou que havia feito mais um apelo ao chefe de Estado soviético, Mikhail Gorbachev, para que validasse seu pedido de liberdade junto às outras forças que comandavam Spandau: Inglaterra e Estados Unidos. Um homem que planejasse tirar a própria vida naquele dia teria tomado essa iniciativa?

Pouco tempo antes, em 13 de abril de 1987, havia sido publicado um artigo na revista alemã *Der Spiegel* intitulado "Gorbachev libertará Hess?". Esse texto dizia que o governo soviético entendia que a libertação do último preso de Spandau seria um gesto de humanidade bem-recebido pelo mundo. A União Soviética parecia decidida. Mas Rüdiger recebeu uma ligação de um jornalista na segunda-feira, 17 de agosto de 1987, informando que seu pai estava morrendo e, mais tarde, uma do diretor de Spandau, senhor Darold Keane, informando que Rudolf Hess havia falecido.

Os exames iniciais concluíram que ele havia tirado a própria vida utilizando um fio elétrico de seu quarto para se enforcar. Mas Rüdiger nunca acreditou que o homem frágil que ele havia visitado naquele mesmo dia teria forças para se matar dessa maneira e perseguiu a verdade sobre esse fato até o final de sua vida.

....

Abdallah Melaouhi nasceu na Tunísia, em 1942. Enfermeiro, foi paramédico no Instituto de Medicina Tropical de Hamburgo entre 1967 e 1970 e, depois, trabalhou na unidade de tratamento intensivo do Hospital Hohengatow, em Berlim. Em 1982 foi promovido a enfermeiro-chefe do hospital de Spandau, onde Rudolph Hess se encontrava prisioneiro.

Os anos seguintes forjaram uma relação maior do que apenas enfermeiro-paciente, e ele e Hess passaram a ter algum tipo de amizade. Melaouhi nunca acreditou na versão oficial da morte de Hess e relatou que no dia do suicídio havia atendido o senhor Hess normalmente, ajudando-o

~~RESTRICTED~~

14 Detachment
93 Section SIB RMP BAOR
BFPO 45

53052/7

Berlin Mil 4402

11 Sep 87

SPECIAL INVESTIGATION

Person Deceased: Walter Richard Rudolf HESS
Born: 26 Apr 1894 at Alexandria, Egypt

Prisoner Number 7
Spandau Allied Prison BERLIN

1. Further to this office report of even reference dated 25 Aug 87, it will be recalled that during the late afternoon of Mon 17 Aug 87, Herr Rudolf Hess - Prisoner Number 7, the remaining prisoner at Spandau Allied Prison, Berlin, had been conveyed to the British Military Hospital, Berlin, where he was declared dead at 1610 hrs that day.

2. Enquiries have continued and additional facts of the case are summarized in this report.

3. It was learned from Lieutenant Colonel (Retd) AH Le Tissier MBE the British Governor of Spandau Allied Prison that a one page handwritten letter thought to be a 'suicide note' had been recovered from the clothing of Prisoner Number 7 following his admission to the British Military Hospital. That letter although retained by the Prison Governors was made available to SIB RMP and it was seen that a handwritten note had been recorded on the reverse of the first page of a two page type written letter received by the prisoner on 29 Jul 87, following censorship, and from his daughter-in-law, Frau A Hess the wife of Herr WR Hess - the prisoner's son.

4. On Tue 25 Aug 87, at Spandau Allied Prison, Mr [redacted], Questioned Documents Section, Laboratory of the Government Chemist, Cornwall House, Waterloo Road, London SE1 8XY, examined the 'suicide note' (questioned writings) together with known writings by the prisoner. He also examined six pens recovered from the prisoner's clothing at the time of his death. Mr [redacted] stated that although his examination was conducted in non-laboratory conditions, and whilst he is restricted by his very limited knowledge of the German language, and in particular, characteristics peculiar to the old German writing style; he was, nonetheless, of the opinion that there was a marked area of resemblance together with detailed features which were considered to be characteristic of the writer. This then gave him no reason to doubt that the author of the questioned writing was Prisoner Number 7. A photocopy of the handwritten note, a typewritten version of that note and an English translation, are attached to this report.

~~RESTRICTED~~

▲ Primeira página do relatório oficial de 11 de setembro de 1987, contendo a investigação da Grã-Bretanha acerca da morte de Rudolf Hess.

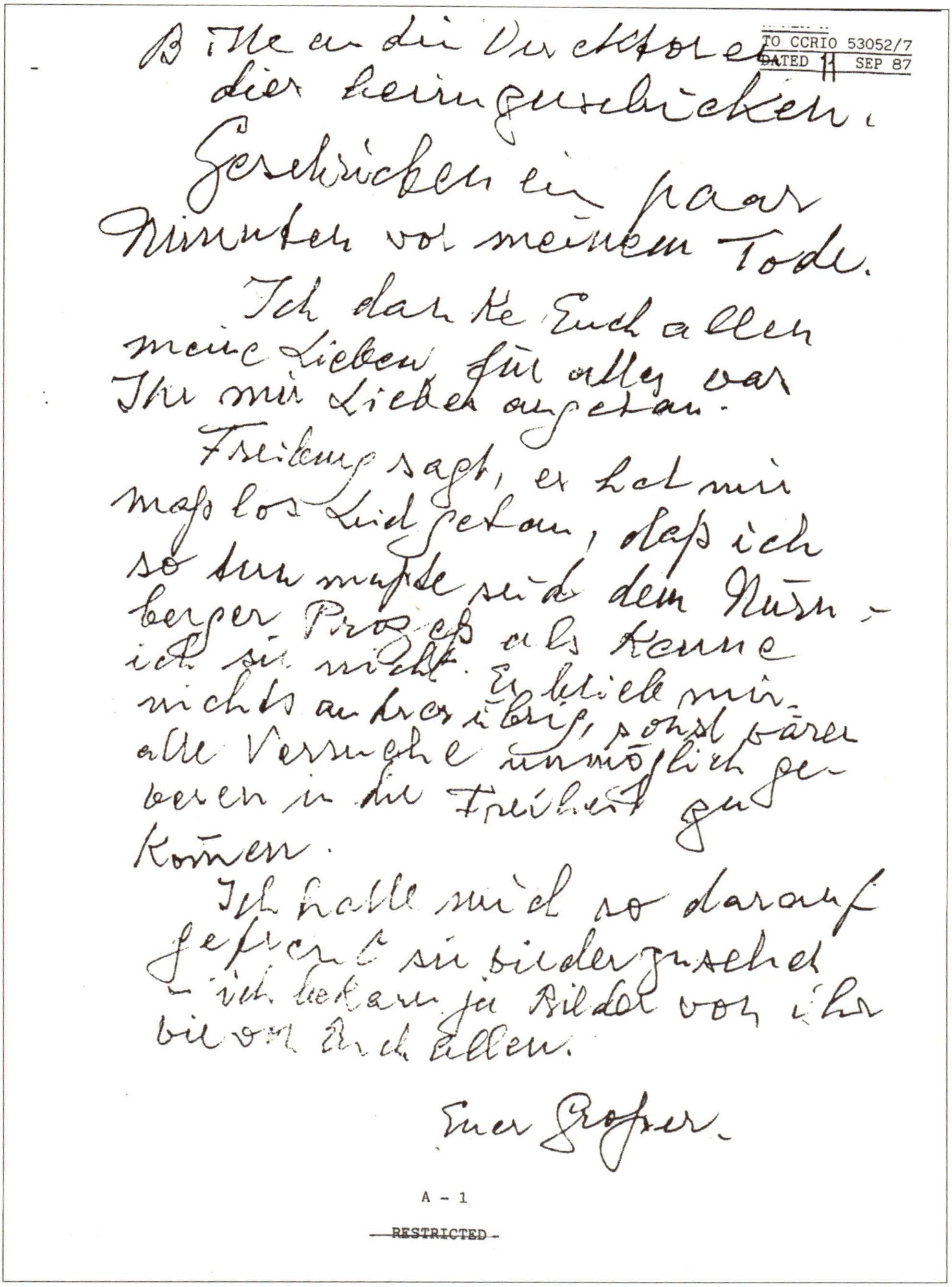

TO CCRIO 53052/7
DATED 11 SEP 87

Bitte an die Direktoren
dies heimzuschicken.
Geschrieben ein paar
Minuten vor meinem Tode.
Ich danke Euch allen
meine Lieben für alles was
Ihr mir Liebes angetan.
Freiburg sagt, er hat mir
maßlos Leid getan, daß ich
so tun mußte seit dem Nürn-
berger Prozeß als kenne
ich sie nicht. Es blieb mir
nichts anderes übrig, sonst wären
alle Versuche unmöglich ge-
wesen in die Freiheit zu
kommen.
Ich hatte mich so darauf
gefreut sie wiederzusehen
– ich bekam ja Bilder von ihr
wie von Euch allen.

Euer Großer.

A – 1

~~RESTRICTED~~

▲Controverso bilhete de suicídio associado a Rudolf Hess, anexado ao relatório oficial da investigação da Grã-Bretanha.

a tomar banho, a se vestir e a comer, e que, em nenhum momento, ele havia demonstrado qualquer intenção de se suicidar. Em seu livro *Rudolph Hess – His betrayal and murder* (Rudolf Hess: Seu julgamento e assassinato), Melaouhi afirma que "não considerava o senhor Hess capaz de cometer suicídio por enforcamento sem ajuda externa". Melaouhi, assim como Rüdiger, o filho de Rudolf Hess, que também publicou um livro em que denunciava o assassinato do pai, passou a fazer palestras e a conceder entrevistas para expor o que achavam: que o braço direito de Adolf Hitler havia sido assassinado.

Melaouhi conseguiu guardar muitos manuscritos de Rudolf Hess e publicou alguns deles, mas acredita-se que vários ainda permaneçam aos seus cuidados – ou em mãos de terceiros –, muito bem-guardados. Ele alega ter sofrido diversas ameaças desde a publicação de seu livro e até hoje não é possível confirmar com certeza absoluta que Rudolf Hess se suicidou. Mas, se ele foi assassinado, o objetivo seria claramente o de recuperar documentos e conciliar algum segredo.

Em 22 de fevereiro de 1988, Abdallah Melaouhi concedeu esta declaração juramentada:

> [...]
> O ministro do *Reich,* Rudolf Hess, foi morto sob as ordens do Home Office britânico. O assassinato foi cometido por dois membros do SAS britânico (22º Regimento do SAS, Depot Bradbury Lines, Hereford, Inglaterra). A unidade militar do SAS [Serviço Aéreo Especial] está subordinada ao Home Office britânico – não ao Ministério da Defesa. O plano do assassinato tanto quanto sua direção foi realizado pelo MI-5. A ação do serviço secreto, cujo objetivo era o homicídio do ministro do *Reich* Rudolf Hess, foi planejada tão apressadamente que não foi dado a ela um codinome, o que é absolutamente não habitual.
> Outros serviços secretos que tinham sido corresponsáveis pelo plano eram o americano, o francês e o israelense. Nem a KGB [soviética], nem o GRU [Agência Militar de Inteligência da Rússia], nem os serviços secretos alemães foram informados.
> O assassinato do ministro do *Reich* Rudolf Hess se tornou necessário por causa do intento do governo da URSS de libertar o prisioneiro em julho de 1987 [em conexão com a futura visita do presidente

> alemão [Richard] von Weizsäcker [1920-2015] a Moscou], mas o presidente [Richard] von Weizsäcker foi capaz de negociar uma prorrogação com o chefe do governo soviético, Mikhail Gorbachev, até novembro de 1987, o próximo período soviético no ciclo da guarda.
>
> [...]

No início de 2017 conversei por Skype com o senhor Abdallah Melaouhi, cujo livro leva o seguinte título: *Ich sah seinen Mördern in die Augen! Die letzten Jahre und der Tod von Rudolf Heß* (em tradução livre, "Eu olhei seus assassinos nos olhos! Os últimos anos e a morte de Rudolf Hess"), e ele acredita ter conhecido os assassinos de Hess durante seu trabalho no presídio de Spandau. Melaouhi é hoje um homem que tem medo e, por isso, tenta levar a vida da forma mais discreta possível.

....

O filho de Rudolf Hess, Wolf Rüdiger Hess, publicou o livro *Mord an Rudolf Hess? Der geheimnisvolle Tod meines Vaters in Spandau* (em tradução livre, "Assassinato de Rudolf Hess? A misteriosa morte de meu pai em Spandau"), em que ele contesta a história oficial de suicídio. Um dos pontos que ele ataca no relatório oficial da Grã-Bretanha se refere ao bilhete de suicídio. Rüdiger até mesmo aceita que possa ter sido escrito por seu pai, mas diz que deve ter sido, pelo menos, vinte anos antes da morte dele pelos seguintes fatos:

- no texto seu pai menciona Freiburg, que havia sido secretária particular de Hess e com quem ele havia demonstrado preocupação em 1969, quando ela teve uma úlcera no duodeno e ficou entre a vida e a morte;
- ele também menciona outra pista da data do bilhete de suicídio. A expressão "*ich bekam ja Bilder von ihr wie von Euch allen*" (em tradução livre, "Eu recebi fotos dela assim como de todos vocês") só teria feito sentido no período anterior ao Natal de 1969, porque nessa data ele recebeu fotografias da família e de Freiburg;
- além disso, Hess assinara o bilhete com uma expressão que não se usava mais havia cerca de vinte anos: "*Euher Grohser*" ("Seu mais velho").

RESTRICTED

ANNEX B
TO CCRIO 53052/7
DATED 11 SEP 87

GERMAN TEXT OF 'SUICIDE' NOTE WRITTEN BY ALLIED PRISONER NO 7

Bitte an die Direktoren
dies heimzuschicken.
Geschrieben ein paar Minuten
vor meinem Tode.
Ich danke Euch allen
meine Lieben für alles was
Ihr mir Lieben angetan.
Freiberg? Sagt, es hat mir
mahslos Leid getan, dass ich
so tun musste seit dem Nürn-
berger Prozehs als kenne
ich sie nicht. Es blieb mir
nichts anderes übrig, sonst wären
alle Versuche unmöglich ge-
wesen in die Freiheit zu
kommen.
Ich hatte mich so darauf
gefreut sie wiederzusehen,
ich bekam ja Bilder von ihr
wie von Euch allen.

Euer Grohser

B - 1

RESTRICTED

▲ Detalhe da transcrição do bilhete de suicídio contido na página B-1 do relatório oficial de investigação da Grã-Bretanha.

~~RESTRICTED~~

ANNEX C
TO CCRIO 53052/7
DATED 17 SEP 87

TRANSLATION OF 'SUICIDE' NOTE WRITTEN BY ALLIED PRISONER NO 7

Written a few minutes prior to my death.
I thank you all my dear for everything you
loved ones have done for me.
Freiberg? Says I was extremely sorry
that I had to act like this since the
Nuremberg trial as if I didn't know her.
I couldn't do anything else, otherwise
all attempts would have been impossible
to become free.
I had looked forward to see her again
I had a photograph of her and from all
of you.

Your great one

Translated to the best of my knowledge and ability.

Official Interpreter
14 Det SIB RMP BAOR

C - 1

~~RESTRICTED~~

▲ Detalhe da página C-1 com a tradução para o inglês do bilhete de suicídio de Rudolf Hess.

O INCIDENTE DE KECKSBURG

Em 9 de dezembro de 1965, uma brilhante bola de fogo foi vista por milhares de norte-americanos a rasgar o céu de seis estados. Finalmente, o objeto não identificado atingiu o solo em Kecksburg, uma pequena vila no estado da Pensilvânia, perto de Pittsburgh. Esse episódio ficou conhecido como o Incidente de Kecksburg.

Rapidamente, os militares norte-americanos fecharam o local para impedir o acesso de civis e recolheram o objeto, que tinha o formato de sino. Centenas de depoimentos nos quais cidadãos norte-americanos relatam ter visto uma "bola de fogo" podem ser facilmente encontrados. Algumas pessoas conseguiram inclusive ver o sino já em terra e pelo menos uma foto dele, já carregado num caminhão militar, fugiu à censura dos militares.

▼ O sino recolhido por militares. Esta é a única foto do artefato que veio a público.

TODAY'S FORECAST
Mostly Cloudy

THE SPOKESMAN-REVIEW

83RD YEAR. NO. 210 — FRIDAY MORNING. — DECEMBER 10, 1965. — PRICE TEN CENTS. — SPOKANE, WASH.

CHRISTMAS FUND

More Gifts Put Drive at $4,905

Coffee Group Brings in $40

All-Out Peace Attempt Promised by President

'Hard Steps' Await Hunt for Solution

'Let's Get Going, Folks'

In Soviet Political Shuffle
From left: Podgorny, Mikoyan, Kosygin and Brezhnev.

Party Chief Tightens Grip in Russia; Two Step Down

FOR BUILDING FUND

Comstock Gives $100,000 to 'Y'

Crewmen Ready Gemini 6; Blastoff Moves to Sunday

Yule Light Theft Suspects Held

YANKS MINE VICTIMS

Baseball Figure Dead at Age 83

U.F.O. STARTS MANY FIRES

CLEVELAND, Ohio (AP)—A brilliant fireball flashed across the sky over Lake Erie near dusk, and particles of the unidentified object apparently were the cause of fires at scattered points in Ohio and Pennsylvania.

The bright flash was seen in Indiana, Michigan, Ohio and Pennsylvania.

Some small grass fires broke out in a wooded area at the west edge of Elyria, about 20 miles west of Cleveland. A small fire in woods just outside Kecksburg in southwest Pennsylvania also was under investigation.

At Elyria, the fire department said there were about 10 fires in an area of about 1,000 square feet. Lt. Jack Trumbull said the pattern led him to believe they could have been touched off by a fireball or meteorite which shattered as it hit the ground.

The fires were extinguished quickly and there was no major damage.

Mrs. Ralph Richards, who lives nearby, said she saw a fiery object fall among the trees shortly before the fires erupted. She said it was of volleyball size.

In Pennsylvania, where state police had been swamped with calls about the "burst of light" seen late in the day, Air Force investigators headed for the fire scene.

Maj. Hector Quintinella, in charge of the Air Force's office at Wright-Patterson Air Force Base, Dayton, Ohio, for investigating unidentified flying objects, said a team had been dispatched from the Pittsburgh area.

Erie, Pa., residents, far to the north of Kecksburg, reported seeing a flash of light followed by a bright trail of "smoke." Federal Aviation Agency spokesman there said it probably was a meteor.

Early reports of possible airplane crashes, rocket firings or aerial explosions faded as quickly as the fiery object, which brought thousands of calls to police agencies and news media in parts of three states and Canada.

▲ O jornal da cidade de Spokesman, Estados Unidos, de 10 de dezembro de 1965, relata a queda do objeto não identificado.

O *Die Glöcke* foi um projeto nazista, descrito como um objeto em formato de sino com aproximadamente três metros de largura por quatro metros de altura. Ele fora desenvolvido dentro da divisão de projetos *Wunderwaffen* e seu uso era um mistério... até hoje.

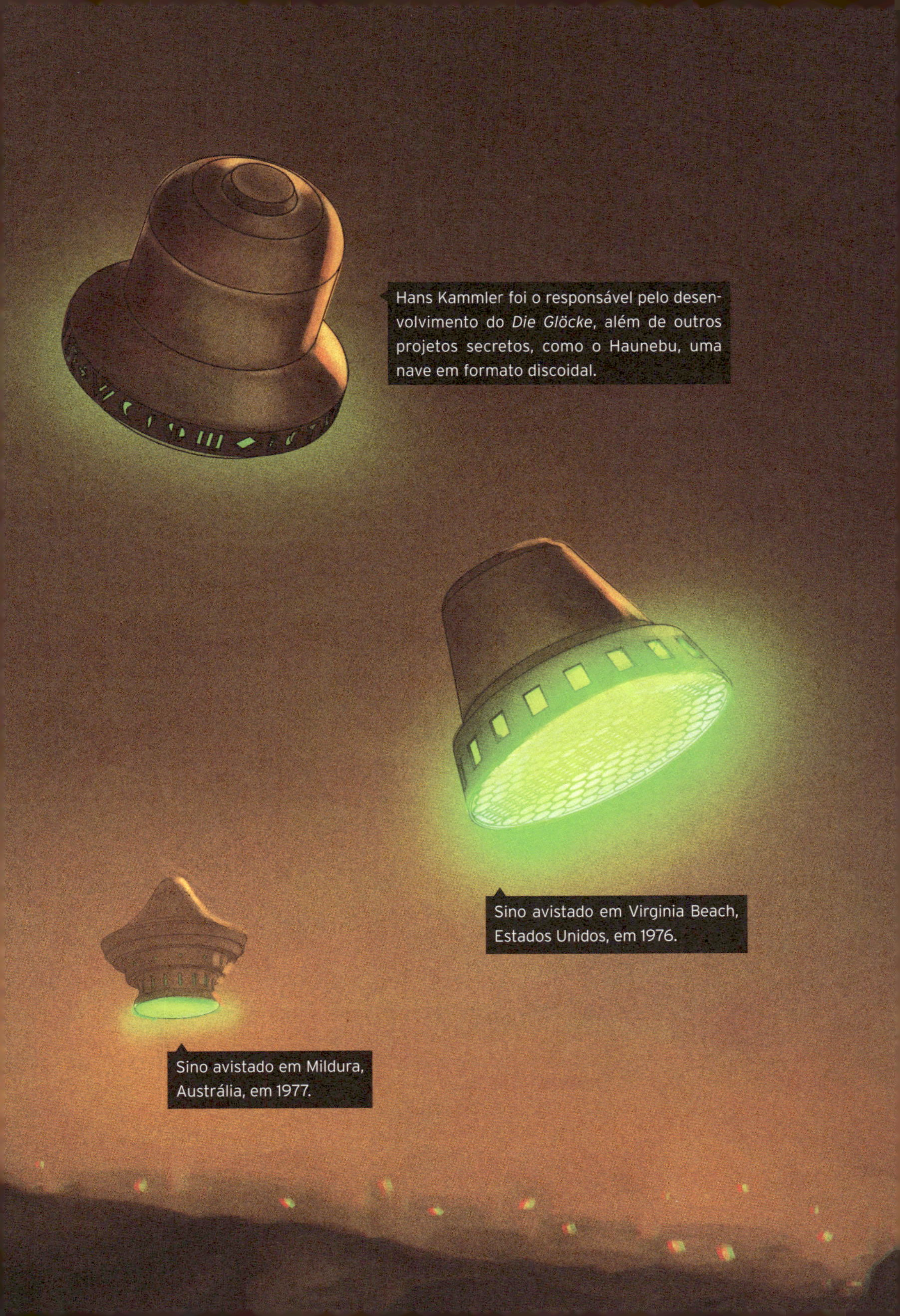

Hans Kammler foi o responsável pelo desenvolvimento do *Die Glöcke*, além de outros projetos secretos, como o Haunebu, uma nave em formato discoidal.

Sino avistado em Virginia Beach, Estados Unidos, em 1976.

Sino avistado em Mildura, Austrália, em 1977.

Logo suposições e histórias conspiratórias começaram a surgir. A primeira informação oficial é de que seria apenas um meteoro, mas logo foi substituída por alegações de que seriam detritos de algum satélite russo. Contudo, nenhum satélite russo da época tinha o formato de sino, e as autoridades norte-americanas nunca mais deixaram que a imprensa e a comunidade vissem e examinassem o objeto, levando o imaginário público em direção a todo tipo de teoria.

Durante as décadas seguintes, o incidente foi explorado inúmeras vezes por canais de televisão, influenciando a percepção da população sobre o ocorrido. A corrente mais comum acredita em uma nave de outro planeta ou em uma espaçonave de testes russa.

Pelo menos outros dois sinos similares foram vistos no mundo: em 6 de novembro de 1976, em Virginia Beach, no estado da Virgínia, e no verão de 1977, em Mildura, na Austrália.

Em 2008, o Discovery Channel fez a primeira ligação entre o sino de Kecksburg e o projeto nazista *Die Glöcke*, ainda sem conectar todos os pontos desse elaborado mistério. Em 2009, o The History Channel revisitou o incidente comparando-o a outro similar ocorrido na Califórnia. Estavam no caminho certo. Outra reportagem do mesmo canal, em 2011, concluiu que o sino seria o mesmo do projeto *Die Glöcke*. Esse programa deduziu que o sino poderia ter sido usado na fuga de Hans Kammler.

Hoje acredita-se que todos esses objetos e muitos outros que nunca foram encontrados são modelos do mesmo projeto nazista, o *Die Glöcke*, transportando soldados e simpatizantes do regime para o futuro.

Adolf Hitler posa com oficiais na Toca do Lobo, em 1940. Esta foto, em comparação com a imagem abaixo, chamou a atenção de James Williams.

Soldados alemães na frente de batalha russa durante a Primeira Guerra Mundial. Observe a estranha similaridade com a foto anterior.

TECNOLOGIA ALEMÃ

A Alemanha nazista investia esforços e dinheiro no desenvolvimento de tecnologia de ponta, de modo que os demais países se sentiram forçados a seguir tamanha revolução tecnológica.

Porém, parecia que os alemães estavam sempre à frente de seus inimigos. Foi assim com as minas magnéticas, que colocadas no leito do mar e acionadas pela passagem de um navio acima delas promoveram grande destruição na armada britânica. Ou com a frota dos incríveis submarinos U-Boot, que até o final da guerra haviam afundado nada menos que 2.800 navios inimigos.

Os nazistas saíram na frente também quando desenvolveram submarinos mais velozes, que reabasteciam menos vezes e carregavam mais armamentos. Na véspera da rendição, os alemães lançariam o U-2511, com mais de 76 metros e 1.620 toneladas. Ele carregava 23 torpedos e não precisava submergir para operar. Se tivesse sido usado, provavelmente teria mudado o rumo da guerra.

◀ Hans Kammler, oficial nazista responsável por projetos militares avançados.

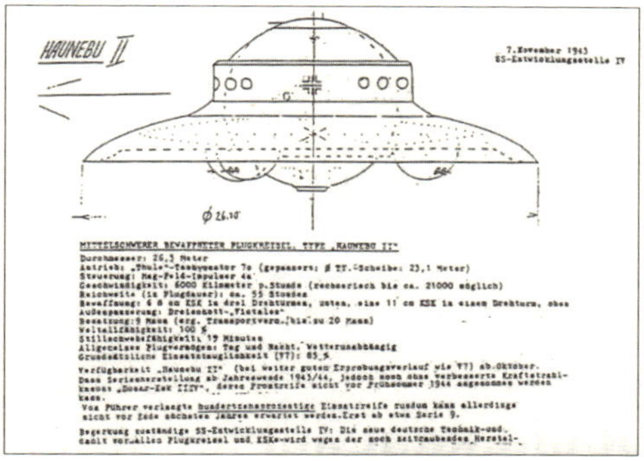

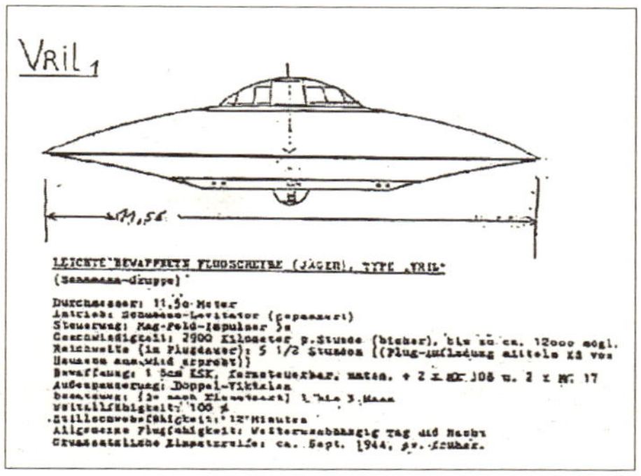

▲ Dois dos muitos projetos de discos voadores, tecnologia que, teoricamente, os nazistas dominaram.

Mas foi no ar que a Alemanha se sobressaiu, principalmente com o avião Messerschmitt Bf 109, um caça multifuncional superior às aeronaves da época. Devido à sua capacidade produtiva, a Alemanha nazista havia se tornado uma engrenagem superefíciente na produção de equipamentos bélicos. Em poucos anos, Hitler elevou o país à condição de maior potência militar aérea.

Até o final da guerra, uma das principais corridas da indústria militar era para produzir o primeiro avião a jato funcional. O Me 262 inaugurou uma nova era para a aviação ao aparecer impulsionado por dois turbojatos e voando a quase novecentos quilômetros por hora – o dobro dos aviões a turboélice. Mas os alemães só conseguiram lançar esta formidável arma no fim da guerra, quando já não seria possível influenciar o resultado final.

Pouco antes disso, em junho de 1944, os alemães construíram o V-1, batizado de Bomba Voadora. Precursor do míssil intercontinental, foi lançado contra a Inglaterra, causando milhares de mortes.

O projeto do V-2, que seria de fato o primeiro míssil intercontinental, estava sob condução de Wernher von Braun, que não conseguiu terminá-lo durante a guerra. Cooptado pelos Estados Unidos, o engenheiro alemão se tornou o principal responsável pelo sucesso do programa espacial norte-americano, desenvolvendo e lançando com sucesso os foguetes Saturno, que levaram os homens à Lua.

As *Feuerballs*, ou "bolas de fogo", possuíam um sistema de pulsos eletromagnéticos gerados a partir de aeródromos da Luftwaffe que danificavam os instrumentos de voo dos aviões inimigos. Foram descritas

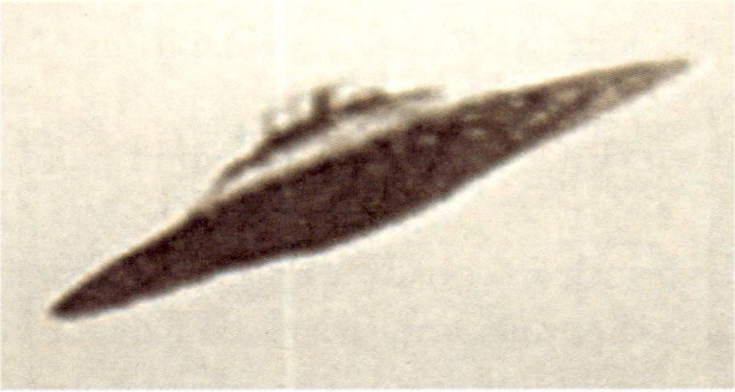

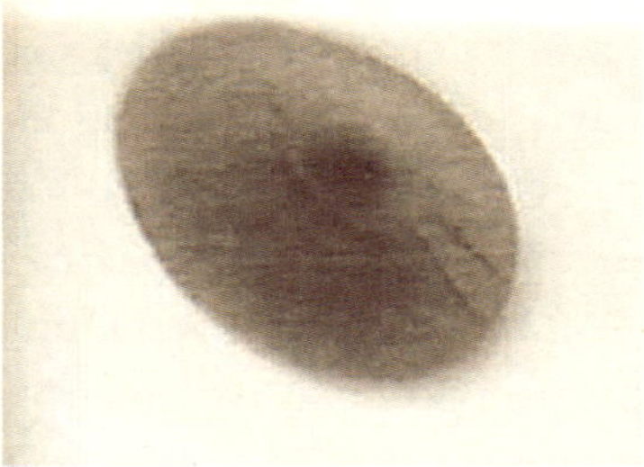

▲ *Wunderwaffen*, ou "armas maravilhosas", era o termo empregado na propaganda nazista para se referir às armas excepcionais, como as naves em formato de disco voador.

pelos pilotos atingidos como um clarão em formato de bola vindo do chão. Porém, não se mostraram muito eficazes porque eram necessárias centenas delas para interferir num número significativo de aviões em formação de ataque. As *Feuerballs* teriam sido abandonadas pelos nazistas antes do final da Segunda Guerra.

Um dos inventos mais sofisticados da aviação alemã foi obra de Walter e Reimar Horten, conhecidos como irmãos Horten. Eles desenvolveram vários protótipos de aviões bombardeiros de pequeno porte, no formato de asas, extremamente leves para voarem em baixa altitude, evitando, assim, os radares inimigos. O Horten Ho 229 se assemelha muito aos atuais aviões *stealth* norte-americanos.

Hans Kammler, engenheiro responsável pelo V-2, também estava à frente de inúmeros projetos secretos. As *Wunderwaffen*, ou "armas maravilhosas", como eram chamadas, iam de aviões bombardeiros indetectáveis pelos radares inimigos a superaeronaves discoidais capazes de levar tropas inteiras. Kammler foi responsável pela implantação de várias fábricas de armas e munições – como a fábrica subterrânea de Mittlewerk –, além de plantas de testes para os aviões Me 262 e foguetes V-2.

Outra criação de Kammler foi o Haunebu 1, uma nave em formato discoidal, de pequeno porte, contendo apenas um canhão. Presume-se que dois protótipos tenham sido construídos. Já Haunebu 2, de porte superior, poderia carregar até vinte soldados e tinha quatro conjuntos de metralhadoras. Haunebu 3 parecia ser o mais armado da série, capaz de transportar setenta soldados. Da última aeronave da série, o Haunebu 4, sabe-se pouco além do fato de que

▲ Acredita-se que as *Feuerballs*, ou "bolas de fogo", eram geradas a partir de impulsos eletromagnéticos com o objetivo de interferir nos instrumentos de voo dos aviões inimigos.

O projeto Horten desenvolveu protótipos de "asas voadoras". Seriam bombardeiros leves capazes de voar abaixo dos radares inimigos. Quatro décadas mais tarde, os norte-americanos finalmente conseguiram desenvolver as aeronaves com tecnologia *stealth*, seguindo o mesmo modelo alemão.

era 50% maior que seu predecessor, com vinte metros de diâmetro aproximadamente.

Por fim, Hans Kammler teria sido o responsável pelo projeto nazista mais polêmico: o *Die Glöcke* ou "O Sino", uma nave pequena com capacidade de transporte muito peculiar. Em 1º de abril de 1945, Kammler ordenou a evacuação de quinhentos técnicos da base nos Alpes e a destruição imediata do local. A Alemanha nazista estava capitulando e o que ele quis esconder é mistério até hoje. Sua morte nunca foi totalmente esclarecida.

REFERÊNCIAS BIBLIOGRÁFICAS

LIVROS

ALLEN, Martin. *A missão secreta de Rudold Hess*. Rio de Janeiro: Record, 2007.

BERBEN, Paul. *O atentado contra Hitler*. Rio de Janeiro: Nova Fronteira, 1962.

BLOCH, Michael. *Ribbentrop*. New York: Crown Publishing, 1992.

BUTLER, Ewan; **YOUNG**, Gordon. *The life and death of Hermann Goering*. New York: David & Charles, 1989.

COOK, Nick. *The hunt for Zero Point: Inside the classified world of antigravity technology*. London: Century, 2001.

DAWIDOWICZ, Lucy. *The war against the Jews*. New York: Bantam Books, 1986.

DOLLINGER, Hans. *The decline and fall of Nazi Germany and Imperial Japan*. Bexley: Gramercy, 1995.

DUNSTAN, Simon. *Grey wolf: The escape of Adolf Hitler*. New York: Sterling, 2013.

EL-HAI, Jack. *O nazista e o psiquiatra*. São Paulo: Planeta, 2016.

FARRELL, Joseph P. *Reich of the black sun: Nazi secret weapons and the Cold War allied legend*. Kempton: Adventures Unlimited Press, 2004.

____. *The SS brotherhood of the bell: The nazi's incredible secret technology*. Kempton: Adventures Unlimited Press, 2006.

____. *Secrets of the unified field: The Philadelphia experiment, the nazi bell, and the discarded theory*. Kempton: Adventures Unlimited Press, 2008.

FEST, Joachim C. *The face of the Third Reich*. London: Weidenfeld & Nicolson, 1970.

____; **SPEER**, Albert. *Conversations with Hitler's architect*. Cambridge: Polity Press, 2007.

GOBLIN, James Cross. *The life and death of Adolf Hitler*. Chicago: HMH Books, 2002.

HESS, Wolf Rüdiger. *Mein vater Rudolf Hess: Englandflug und Gefangenschaft*. Stuttgart: Langen Müller, 1984.

KEEGAN, John. *The Second World War*. London: Hutchinson, 1989.

LANGER, Walter C. *The mind of Adolf Hitler*. New York: Basic Books, 1972.

LEWIS, David. *The man who invented Hitler*. New York: Hodder Headline, 2003.

MACDONOGH, G. *After the Reich*. London: John Murray, 2008.

MARRS, Jim. *The rise of the Fourth Reich*. New York: William Morrow & Company, 2008.

MARRUS, Michael. *The holocaust in history*. Toronto: Key Porter, 2000.

MELAOUHI, Abdullah. *Rudolf Hess: His betrayal and murder*. New York: The Barnes Review, 2013.

MURRAY, Williamson. *The change in the European balance of power*. Princeton: Princeton University Press, 1984.

NARRELL, Joseph P. *Nazi International: The nazis' postwar plan to control finance, conflict, physics and space*. Kempton: Adventures Unlimited Press, 2008.

OVERY, Richard. *The dictators: Hitler's Germany, Stalin's Russia*. London: Penguin Books, 2005.

PETROVA, Ada; **WATSON,** Peter. *The death of Hitler: The full story with new evidence from secret Russian archives*. New York: W. W. Norton & Company, 1995.

ROMAÑA, José Miguel. *Armas secretas de Hitler*. São Paulo: Madras, 2013.

ROSENBAUM, Ron. *Explaining Hitler: The search for the origins of his evil*. New York: Macmillan Publishers, 1998.

SHIRER, William L. *The rise and fall of Adolf Hitler*. London: Random House, 1961.

____. *The rise and fall of the Third Reich*. New York: Simon & Schuster, 1995.

SPEER, Albert. *Por dentro do III Reich*. São Paulo: Macmillan, 1970.

____. *Inside the Third Reich*. New York: Weidenfeld & Nicolson History, 2003.

STEVENS, Henry. *Hitler's suppressed and still-secret weapons, science and technology*. New York: Adventures Unlimited Press, 2007.

____. *Hitler's flying saucers: A guide to German flying discs of the Second World War*. New York: Adventures Unlimited Press, 2003.

TOLAND, John. *Adolf Hitler: The definitive biography*. Toronto: Anchor, 1992.

WITKOWSKI, Igor. *The truth about the Wunderwaffe*. New York: RVP Press, 2013.

WHEELER-BENNETT, John. *The Nemesis of power*. London: Macmillan, 1967.

SITES

- http://ahduvido.com.br/o-sinistro-sino-nazista
- http://bell.greyfalcon.us/Glocke.htm
- http://discaircraft.greyfalcon.us/HAUNEBU.htm
- http://edition.cnn.com/2008/TECH/science/02/25/nazi.gold/index.html
- http://es.metapedia.org/wiki/Abdallah_Melaouhi
- http://exame.abril.com.br/mundo/noticias/centro-entrega-lista-de-nazistas-que-podem-estar-vivos
- http://g1.globo.com/mundo/noticia/2013/09/morre-aos-96-anos-ultima-testemunha-do-suicidio-de-hitler-e-eva-braun.html
- http://germany-nazi.blogspot.com.br/2014/05/die-glocke.html
- http://historiasladob.blogspot.com.br/2012/03/buenos-aires-1938-el-mayor-acto-nazi.html
- http://inacreditavel.com.br/wp/guarda-costas-descreve-o-fim-de-hitler
- http://inacreditavel.com.br/wp/neuschwabenland
- http://kid-bentinho.blogspot.com.br/2014/11/fotos-coloridas-alemanha-antes-da-segunda-guerra.html
- http://letrasdespidas.blogspot.com.br/2013/02/a-morte-de-adolf-hitler-v1.html
- http://maishistoria.com.br/brasil-teve-maior-celula-do-partido-nazista-fora-da-alemanha
- http://news.bbc.co.uk/2/hi/europe/143364.stm
- http://observador.pt/especiais/nazis-de-turbante-e-outros-10-episodios-menos-conhecidos-da-ii-guerra-mundial
- http://rarehistoricalphotos.com/american-nazi-organization-rally-madison-square-garden-1939
- http://seuhistory.com/noticias/fbi-libera-documento-com-evidencias-que-fortalecem-teoria-sobre-fuga-de-hitler-para
- http://thoth3126.com.br/antartica-estranhas-aberturas-e-base-nazista-neuschwabenland
- http://us-presidents.insidegov.com/q/4/9699/What-were-President-Jimmy-Carter-s-accomplishments
- http://veja.abril.com.br/agencias/afp/veja-afp/detail/2009-09-29-543824.shtml

- http://virtualiaomanifesto.blogspot.com.br/2009/09/os-misterios-da-morte-de-adolf-hitler.html
- http://ww2db.com/index.php
- http://ww2gravestone.com/people/hess-rudolf-walter-richard
- http://www.alamy.com/search.html?qt=rudolf%20hess&imgt=0
- http://www.amberroom.org
- http://www.bibliotecapleyades.net/sociopolitica/sociopol_thule05.htm
- http://www.dailymail.co.uk/news/article-2117093/Secret-files-reveal-9-000-Nazi-war-criminals-fled-South-America-WWII.html
- http://www.dailyrecord.co.uk/news/uk-world-news/rudolf-hess-enduring-riddle-hitlers-1100229
- http://www.digitalhistoryarchive.com/store/c1/Featured_Products.html
- http://www.digitalhistoryarchive.com/wwii-german-records.html
- http://www.infoplease.com/year/1986.html
- http://www.megacurioso.com.br/guerras/45071-8-misterios-da-segunda-guerra-mundial-que-continuam-sem-resposta.htm
- http://www.nl-aid.org/suicide-hitler-not-proven-inductive-logic
- http://www.omartelo.com/omartelo22/materia13.html
- http://www.semprequestione.com/2015/05/o-sino-nazista-era-uma-maquina-de-buraco-de-minhoca-ufo.html#.V8s5DJMrLeR
- http://www.tecmundo.com.br/tecnologia-militar/12644-conheca-as-tecnologias-mortiferas-criadas-pela-alemanha-nazista.htm
- http://www.thirdreichruins.com
- http://www.thirdreichruins.com/nuernberg.htm
- http://www.wiesenthal.com
- https://commons.wikimedia.org/wiki/File:Bundesarchiv_Bild_183-R99057,_%22Wolfsschanze%22,_Adolf_Hitler_mit_Stab.jpg
- https://movv.org/2012/10/09/o-projeto-nazi-de-uma-arma-secreta-die-glocke-mito-ou-realidade
- https://noticias.terra.com.br/ciencia/pesquisa/dna-aponta-que-cranio-atribuido-a-hitler-pertenceu-a-mulher,56eb1557419ea310VgnCLD200000bbcceboaRCRD.html
- https://theawakezone.wordpress.com/2015/03/17/third-reich-operation-nazi-base-in-antarctica

O AUTOR

M. A. Costa foi executivo das multinacionais IBM e Xerox, além de empreendedor digital. Sua paixão pelos livros, porém, sempre se fez presente. Em 2014 lançou seu primeiro thriller sci-fi, *Redenção Legionella*, e-book best-seller na Amazon e na revista *Veja*. Na sequência lançou *Crônicas de redenção*, selecionado pela Chippini Produções para virar série de TV.

A obra *O Quarto Reich* foi lançada em e-book em 2016 e permanece na lista dos mais vendidos da Amazon e da revista *Veja*.

M. A. Costa é imortal da Academia de Letras e Artes de Lisboa e vive no Rio de Janeiro com sua esposa e dois cachorros.